Mordsgeschichten aus dem Eichsfeld und anderswo

6. Creativo Anthologie

Impressum:

Coverfoto: Pixabay
Covergestaltung: Max Buhl

Satz und Layout: Gudrun Strüber

Fabuloso Verlag
Fabrikstraße 20
37434 Bilshausen
Tel.: 05528 205853
Fax: 05528 205854
E-Mail: strueber@fabuloso.de
www.fabuloso.de

Printed in Germany 2016
Druck: In der Europäischen Union
ISBN: 978-3-945346-48-8
Preis: 9,80 €

Mordsgeschichten aus dem Eichsfeld und anderswo

6. Creativo Anthologie

Inhaltsverzeichnis

Ein Dieb,
nichts Gutes er im Schilde führt,
hat von den Eichsfeldern gehört.
Dass sie zuhause fleißig rackern,
Haus, Hof und Garten gern beackern,
dass sie ihr Geld zusammenhalten,
und ihr Vermögen gut verwalten.

So denkt der Dieb: Das find ich fein,
dort steig ich in ein Häuschen ein!
Nehm mir von allem, was ich brauch,
PC, den Schmuck, das Geld wohl auch.
Lass einen lieben Gruß zurück,
wünsch dann dem Eichsfelder viel Glück.

Guter Dinge reist er an,
niemand ihn erkennen kann.
Schleicht um das Haus, das ihm gefällt,
vermutet dort ´nen Batzen Geld.
Drückt bei der Hintertür die Klinke:
denkt, dass sein Mut ihm bloß nicht sinke.

Darf auf Erfolg er heute hoffen? -
Jawohl! - Die Hintertür ist offen!
Er kann es immer noch nicht fassen.
Das Werkzeug kann im Sack er lassen!
So einfach hätt er´s nicht gedacht,
hat überheblich laut gelacht.

Von sich erschrocken wird er stumm,
dreht sich an jeder Ecke um.

Horcht, lauscht und geistert durch das Haus,
piekfein und sauber sieht´s hier aus.
Ist niemand da? Wo sind sie nur?
Eichsfelder geh´n wohl gern auf Tour.

Nun kann der Dieb dem Laster fröhnen,
mit reifer Mettwurst sich verwöhnen.
Das ganze Haus nimmt er aufs Korn.
Von oben, unten, hinten, vorn.
Sein Sack ist schon ganz dick und propper,
da greift er noch zum Einkaufsshopper.

Packt alles ein, was gut und teuer.
Hier kann er nehmen, ohne Steuer.
Macht sich dann auf den Rückzugsweg,
inzwischen ist es ziemlich spät.
Will aus der Hintertür sich schleichen,
doch dort wird er vor Schreck erbleichen.

Denn Nachbar Hans steht gleich davor,
versperrt dem Dieb nun Tür und Tor.
Mit seinem gut geschliffenem Spaten,
wird er dem Dieb eins überbraten.
Sein Schlag ist kräftig und voll Zorn.
Er trifft den Mann direkt von vorn.

Und die Moral von der Geschicht:
Im Eichsfeld klauen, lohnt sich nicht.
Der Nachbar sieht und hört hier alles,
springt für dich ein im Fall des Falles.
Verlassen kannst du dich darauf. –
Drum lass die Türe ruhig auf!

Schatten der Vergangenheit

Ihre Laufschritte waren leicht und gleichmäßig, die Arme schwangen locker im Takt. Den Oberkörper ein wenig vornübergebeugt lief sie in einem moderaten Tempo und atmete dabei kräftig ein und aus. Jetzt war sie wieder einmal froh darüber, dass sie sich aufgerafft hatte. Nach einem zehnstündigen Diensttag abends noch in die Laufschuhe zu schlüpfen – dazu gehörte selbst für sie manchmal viel Überwindung. Doch die Tatsache, dass sie beim Laufen den Kopf so herrlich frei bekam und ihr dabei häufig die genialsten Einfälle kamen, sprach eindeutig für die abendliche Joggingrunde. Meistens führte sie die über den Duderstädter Wall, dann durchs LNS Gelände in Richtung Ecklingerode. Wenn sie sich gut fühlte, joggte sie locker die ordentlich ansteigende Asphaltstraße zum West-Östlichen Tor hinauf und dann querfeldein wieder nach Duderstadt zurück. Doch heute Abend zog es sie in Höhe des REWE-Marktes in eine andere Richtung. Flink trippelte sie die Treppe beim Minigolf-Platz hinunter, überquerte mit schnellen Schritten den stark befahrenen Schützenring und bog dann links in die Ziegeleistraße. Scheinbar mühelos sprintete sie an der einseitigen Häuserreihe vorbei. Anschließend bog sie nach links ab. Hier endete die Ziegeleistraße und mündete in den schmalen Adolph-Kolping-Weg. Dieser zog sich malerisch an der Hahle entlang und traf auf die Nebenstraße, die die zwei Orte Gerblingerode und Tiftlingerode verband. Außerdem gelangte man hier zur Kolping-Ferienstätte, die am Fuße des Pferdebergs lag.

Die junge Polizeibeamtin mochte Strecken fernab des Verkehrs am liebsten. Inmitten der Natur kam sie zur Ruhe. Und Ruhe hatte sie momentan dringend nötig. Der schreckliche Mordfall, den sie vor ein paar Tagen mit ihrem Kollegen aufgenommen hatte, raubte ihr den Schlaf. Sie konnte die Bilder des brutal erstochenen Menschen einfach nicht abschütteln. Immer wieder tauchten sie in ihren Träumen auf und ließen sie erschrocken aus dem Schlaf fahren. Das lag sicherlich daran, dass sie, Jana Stockmeier, in ihrer recht kurzen Polizeilaufbahn noch nicht so viele Mordopfer gesehen hatte. Klar – Leichen hatte sie schon zur Genüge zu Gesicht bekommen. In ihrer Ausbildung stand so manche Obduktion auf dem Lehrplan und nicht selten war sie dabei gewesen, wenn vereinsamte Rentner tot in ihrer Wohnung aufgefunden wurden oder ein viel zu junger Mensch bei einem Unfall ums Leben gekommen war. Aber der Anblick des regelrecht hingerichteten Mannes, der da am Rande des Maisfelds gelegen hatte, war für sie ein Schock gewesen. Unzählige Messerstiche hatten ihn in ein blutiges Etwas verwandelt – sein Innerstes war regelrecht nach außen gekehrt. Selbst vor dem Gesicht hatte der Täter kein Halt gemacht. Es war bis zur Unkenntlichkeit zerschnitten und zerstochen gewesen. Jana schüttelte sich, als sie an das zerfleischte Antlitz dachte.

Trotz dieser Umstände konnte die Identität der Leiche schnell ermittelt werden. Es handelte sich um Olaf Kowalski, 69 Jahre alt, wohnhaft in Duderstadt. Kowalski lebte allein und zurückgezogen in einer kleinen Wohnung in der Dr. Hellrung Straße. Er hatte damals in der Ziegelei gearbeitet, verlor aber wegen eines Alkoholproblems seinen Job und verdiente sich dann als Erntehelfer ein paar Mark. Der Alkohol hinterließ seine Spuren. Kowalski wurde krank, lebte schließlich von der Stütze und nahm kaum noch am öffentlichen Leben teil. Nur seine allabendlichen Spaziergänge am Ufer der Hahle entlang lockten ihn vor die Tür.

Laut der Spurenermittlung hatte der Täter im Maisfeld gehockt und Kowalski aufgelauert. Der Fundort der Leiche war also auch der Tatort. Und eben genau dorthin wollte Jana. Sie hatte es sich in den Kopf gesetzt, den Leichenfundort noch einmal unter die Lupe zu nehmen. Allerdings war es schon fast dunkel und seit in dem sonst so ruhigen Fachwerkstädtchen Duderstadt die Nachricht von dem bestialischen Mord die Runde gemacht hatte, traute sich hier kaum noch jemand entlang. Davor war der heimelige Weg eine beliebte Strecke für Jogger und Spaziergänger gewesen. Er lag inmitten ein paar Wiesen, Felder und Gärten. Lediglich das letzte Drittel der Strecke wurde einseitig von einem langgestreckten Maisfeld eingefasst. Ab Mitte Juli ragten die dicken, dunkelgrünen Pflanzenhalme bis zu drei Meter in die Höhe und schränkten die ursprünglich freie Sicht auf diesem Geländestück stark ein. Der Weg verlief in Richtung Gerblingerode in zwei leichten Rechtsbögen. Somit konnte man wegen der hohen Maispflanzen immer nur den jeweiligen Wegabschnitt vorausschauen.

Als Jana dort angelangt war, schaute sie an der meterhohen undurchdringlichen Pflanzenwand empor, die nun rechts neben ihr aufragte. Die Büsche auf der anderen Seite wuchsen ebenfalls tüchtig vor sich hin und machten den Eindruck, als wollten sie sich auf den schmalen Asphaltweg drängeln. Das Bild, das sich Jana bot, erinnerte sie ein wenig an ein Labyrinth. Man wusste nie, was einen nach der nächsten Kurve erwartete ... Ziemlich unheimlich, fand sie ... Zumal hier vor einigen Tagen noch ein kaltblütiger Mörder im Maisfeld gelauert hatte ...

Automatisch steigerte die junge Frau ihr Lauftempo. Da hörte sie plötzlich, wie etwas aus dem Maisfeld zu ihr durchbrach. Die Geräusche wurden immer lauter und die

Pflanzenhalme rechts neben ihr wackelten wild hin und her. Jana blieb vor Schreck wie angewurzelt stehen. Instinktiv griff ihre rechte Hand in ihre Westentasche und zog eine kleine Dose Pfefferspray hervor. Gespannt hielt sie den Atem an! Da sprangen mit einem Mal zwei Rehe dicht vor ihr aus dem Maisfeld und verschwanden genauso schnell wieder in die wild wuchernde Hahleniederung auf der gegenüberliegenden Wegseite. Jana schlug sich erleichtert die Hände vor die Brust.

„Du meine Güte!", stieß sie atemlos hervor und lachte dann nervös auf. Mit zitternden Knien setzte sie ihren Weg nun lieber gehend fort. Immer noch etwas unruhig schaute sie sich ständig um. Erleichterung machte sich erst in ihr breit, als sie die zweite Wegbiegung passiert hatte. Nun konnte sie das letzte Stück des Weges, der leicht bergan zu der Verbindungsstraße führte, gänzlich überblicken. Hier befand sich auch der Tatort.

Jana zuckte erneut zusammen, als sie unverhofft ein altes Ehepaar an der Stelle erblickte. Sie waren gerade dabei, einen Blumenstrauß niederzulegen. Sofort kam die Polizeibeamtin in ihr durch und sie lief mit federnden Schritten auf die beiden zu.

„Guten Abend! Mein Name ist Jana Stockmeyer. Ich bin Polizeibeamtin und war am vergangenen Mittwoch mit meinem Kollegen als Erste hier am Tatort. Kannten Sie Herrn Kowalski?", fragte Jana mit Blick auf die Blumen.

Die zwei älteren Herrschaften nickten traurig. Der Mann ergriff schließlich das Wort: „Guten Abend Frau Stockmeyer! Ich bin Gerd Wolscher und das ist meine Frau Hildegard." Beide reichten Jana die Hand. „Ich habe damals zusammen mit Olaf in der Ziegelei gearbeitet – bis er rausgeschmissen wurde. Er konnte die Sauferei ja leider nicht sein lassen ..."

Seine Gattin schüttelte tadelnd den Kopf. „Ja, es war ein Jammer! Der Alkohol hat Olafs Leben ruiniert. Nachdem er seine Arbeit in der Ziegelei los war, hat er hier und da auf den Bauernhöfen ausgeholfen. Aber auch da konnte er das Trinken nicht lassen. Es war also eine Frage der Zeit, bis was passieren würde. Dieser furchtbare Unfall hat ihn dann völlig aus der Bahn geworfen ..."

Jana horchte auf. „Welcher Unfall?"

Frau Wolscher war nun voll in ihrem Element. Mit aufgeregter Stimme fuhr sie fort. „Das Unglück ereignete sich vor genau vierzig Jahren. Gerd und ich haben extra nochmal in den alten Zeitungsartikeln nachgeguckt. Fast auf den Tag genau vor vierzig Jahren sollte Olaf hier die Frucht mit dem Mähdrescher abernten. Damals wurde auf diesem Feld Weizen angebaut. Da es am Nachmittag regnen sollte, musste Olaf schon früh los. Angeblich hatte er am Abend vorher wieder einmal zu tief ins Glas geguckt. Tja, so nahm das Unglück seinen Lauf: Er fing in aller Herrgottsfrühe an zu dreschen und sah nicht, dass da einer im Kornfeld lag ..."

Jana sah das Ehepaar fassungslos an. „Sie meinen, er hat einen Menschen mit dem Mähdrescher überfahren?"

„Genau so war es!" Das erschrockene Gesicht der jungen Polizeibeamtin stachelte die alte Dame weiter an: „Der junge Fränzel war sofort tot. Er hatte sich nach einer durchzechten Nacht einfach in das Kornfeld gelegt!"

„Herrje, der arme Kerl!", rief Jana aus.

„Aber das ist ja noch nicht alles!", ereiferte sich Frau Wolscher. Jana sah aus den Augenwinkeln, wie ihr Mann die Augen verdrehte, als sich seine Gattin vertrauensvoll zu der Polizeibeamtin vorbeugte und mit wichtiger Stimme erzählte: „Sie müssen wissen, dass das nicht irgendeine durchzechte

Nacht war ...", die Frau machte eine bedeutungsvolle Pause, „es war sein Junggesellenabschied gewesen! Der junge Fränzel wollte ein paar Tage später seine Moni heiraten. Sie haben ja keine Ahnung, wie fix und fertig das arme Ding war, als sie die traurige Nachricht erhielt! Ach nee! Das Mädel hat so laut vor Schmerz und Kummer geschrien, dass man sie in ganz Gerblingerode hören konnte. Der junge Fränzel war ja ihr Ein und Alles gewesen. Die beiden waren seit zwei Jahren bis über beide Ohren ineinander verliebt und freuten sich so sehr auf ihre Hochzeit. Ganz schnell wollten sie Kinder bekommen - und dann das!"

Jana schaute betroffen zu Boden. Dann sah sie auf und fragte: „Wie ging es dann weiter?"

Auf diese Frage hatte Frau Wolscher schon gelauert, also erzählte sie eifrig weiter: „Die Fränzels waren total am Ende. Sie konnten das alles hier nicht mehr ertragen und zogen unmittelbar nach der Beerdigung weg. Olaf fiel nach dem Ereignis in ein tiefes Loch. Er wurde, glaube ich, zu zwei oder drei Jahren Haft verdonnert. Nachdem er seine Strafe abgesessen hatte, zog er in die kleine Wohnung in der Dr. Hellrung Straße. Er ließ sich kaum noch in der Öffentlichkeit blicken. Mein Mann ist mehrmals bei ihm gewesen und wollte ihn besuchen. Aber Olaf hat ihn nie reingelassen."

Nun wagte es Herr Wolscher, den Redefluss seiner Frau zu unterbrechen: „Ab und zu traf ich ihn abends beim Spazierengehen. Dann haben wir kurz geschnackt, aber über den Unfall verloren wir nie ein Sterbenswörtchen."

Jana nickte. Dann überlegte sie kurz und wandte sich wieder an die weitaus gesprächigere Frau: „Was ist denn eigentlich mit der Braut passiert?"

Frau Wolscher schaute sich kurz um, so als würde sie

befürchten, dass sich plötzlich ein heimlicher Lauscher herangeschlichen hätte. Dann flüsterte sie: „Es wurde gemunkelt, dass sie sich zwei Wochen nach dem Tod ihres Liebsten die Pulsadern aufgeschnitten hat. Ihr Vater fand sie gerade noch rechtzeitig und brachte sie ins Krankenhaus. Nach diesem Vorfall zog auch Monis Familie weg. Ich habe nie wieder was von denen gehört. Mensch, es war wirklich schade um die beiden! So jung und schön, in der Blüte ihres Lebens, immer nett und hilfsbereit ... Die zwei hätten ein traumhaftes Hochzeitspaar abgegeben ... " Frau Wolscher schüttelte erneut mit leidender Miene den Kopf.

Jana hatte genug gehört. Sie bedankte sich für das Gespräch und lief eilig nach Hause.

Kaum dort angekommen rief sie ihren Kollegen Bernd Haberkorn an.

„Hallo Jana", begrüßte der Mann sie gutgelaunt. Das war typisch für ihn. Bernd war doppelt so alt wie Jana und vom Typ her ein väterlicher Geduldsmensch.

„Hi Berndchen", grinste Jana in ihr Handy, „ich hab eben noch schnell `ne Runde gedreht und bin zufällig am Fundort von dem Kowalski vorbeigelaufen."

„Aha", schmunzelte Bernd, „so ganz zufällig ..."

„Ach, nu lass mal", murrte Jana und erzählte dann schnell von ihrer Begegnung mit den Wolschers. „Hast du von diesem schlimmen Unfall gewusst?"

„Klar", gab Haberkorn nüchtern zurück. „Das war damals eine Riesensache! Wochenlang wurde über nichts anderes gesprochen. Als ich später als Jungspund meinen Dienst antrat, hab ich mal mit einem Kollegen gesprochen, der den jungen Fränzel aus dem Mähwerk rauskratzen musste. Muss grausig gewesen sein. Der Mann wurde allein vom

Erzählen noch ganz grün im Gesicht."

Jana schluckte schwer. „Das kann ich mir vorstellen ... Warum hast du mir davon nichts erzählt?"

„Ach, Mädchen", brummte Haberkorn gutmütig, „dich hat die ganze Sache schon genug mitgenommen, da wollte ich nicht noch mit so ollen Schauergeschichten anfangen. Aber ich hätte es dir auf jeden Fall später erzählt – versprochen!"

Jana wusste nicht, ob sie beleidigt oder dankbar für die Rücksichtnahme ihres Kollegen sein sollte. „Aber - hast du mal daran gedacht, dass bei dem Mord vielleicht die Fränzels ihre Finger mit im Spiel haben könnten. Aus Rache oder so?"

„Na logisch", gab Haberkorn zurück. „Die haben damals noch nach der Urteilsverkündung ein Riesentheater gemacht, weil sie die Strafe viel zu milde fanden. Angeblich haben auch Monis Eltern ein höheres Strafmaß gefordert. Aber der Richter, damals noch ein ganz junger, hatte sich nicht beirren lassen. Na ja, jedenfalls hab ich gleich unsere alte Spürnase Mutzke mit der Suche nach den Familien beauftragt. Er hat ein bisschen nachgeforscht und fand raus, dass die Fränzels zuletzt in Göttingen gewohnt haben. Sie waren beide schwer krank und sind schon vor Jahren verstorben."

„Und was ist mit Moni, der Braut?"

„Die ist mit ihrer Familie nach Berlin gezogen. Wohl vor allem aus dem Grund, weil es da ein gutes Therapiezentrum für Suizidgefährdete gibt. Die Kleine hatte nämlich mehrmals versucht, ihrem Süßen in den Tod zu folgen. Auch ihre Eltern haben schon lange das Zeitliche gesegnet. Moni wurde nach deren Tod in einer geschlossenen Einrichtung untergebracht und wird da wohl bis ans Ende ihrer Tage bleiben ..."

„Echt krass, wie die Dummheit eines Einzelnen das Leben

von so vielen Menschen kaputtmachen kann“, fand Jana. Dann verabschiedete sie sich von Haberkorn und sah nach all den Informationen wieder einmal einer fast schlaflosen Nacht entgegen.

Als Jana am nächsten Tag die Tür zu ihrem Büro öffnete, betrat zur selben Zeit ein akkurat gekleideter Mann Ende dreißig den Eingang einer psychiatrischen Klinik in Berlin. Zielsicher schritt er die langen Gänge entlang und nickte dabei einigen der Angestellten flüchtig zu. Als er in die geschlossene Abteilung einbog, wurde er bereits von einem Mitarbeiter erwartet. „Schön, dass Sie wieder da sind! Wie war der Urlaub?“

„Weniger erholsam, als ich mir erhofft hatte, aber durchaus erfolgreich“, gab der Mann knapp zurück und fragte: „Wie geht es ihr?“

„Ganz gut soweit. Aber sie hat jeden Tag nach Ihnen gefragt!“ Der Mitarbeiter hielt lächelnd eine Karte vor das elektronische Türschloss und ließ den Mann passieren.

Wenige Augenblicke später hielt er eine zerbrechlich wirkende Frau im Arm. Sachte wog er sie hin und her und strich ihr dabei beruhigend übers Haar. Dann küsste er zärtlich ihre Wange und flüsterte leise in ihr Ohr: „40 Jahre hat es gedauert, Mutter! Aber jetzt hat Vaters Mörder seine gerechte Strafe bekommen. Den Richter packe ich mir auch noch, darauf kannst du dich verlassen! Und dann - ja dann können die Schatten deiner Vergangenheit endlich ruhen ...“

Lancelot von Dorfen (*1)

„Scheiße!", schimpfte Mike alias Michael Kogel vor sich hin. „Das war`s dann wohl. Mein Alter macht einen Mordsterror, wenn ich nochmal eine Ehrenrunde drehe. Das neue Smartphone kann ich auch vergessen. Und alles bloß wegen dieser blöden Kuh. Der zahl ich das noch heim!"

Mikes Freundin Sandy schloss sich an: „Man merkt, dass die schon ein Grufti ist. Vierzig hat die mindestens auf dem Buckel. Mich lässt sie auch durchfallen. Auf eine Vier kann ich nur noch kommen, wenn ich in der letzten Schulaufgabe mindestens eine Zwei schreibe. Das schaffe ich nie. Weil ich in Mathe todsicher eine Fünf bekomme, bin ich heuer auch wieder dran. Und weil es zum zweiten Mal hintereinander ist, kann ich ganz einpacken. Scheiße!"

„Seit wir die Heller haben, sind die Noten von allen schlechter geworden", stellte Kevin fest. Er war Mikes engster Vertrauter – eigentlich eher sein Lakai, der für alle unangenehmen Aufgaben zur Verfügung stand und ihm stets zustimmte. „Bloß weil die blöde Gans so viel Wert auf Grammatik und Wortschatz legt. Das ist doch piepsegal! Und dann Shakespeare und den anderen alten Mist! Das ist megaout. Die in der 10a mit dem Referendar reden über die neuesten Hits und über Aktuelles: Politik, Fußball, Promis und so. Die lesen im Unterricht Zeitung. Da gibt es auch mehr Action und Fun, mit Referaten, Rollenspielen und so. Nur bei uns ist alles langweilig und steif wie in der Steinzeit."

„Bei mir sieht`s auch nicht besser aus", schaltete sich Sandys Zwillingsschwester Tanja ein. „Früher hatte ich in Englisch immer eine Drei, ohne dass ich viel machen musste. Seit wir die Heller haben, steh ich zwischen Vier und Fünf."

Sie wandte sich an Sandy: „Der einzige Unterschied zu dir ist, dass mir schon eine Drei reichen würde. Aber die ist auch nicht drin. Gerade jetzt, wo ich so viel Stress mit den Alten hab. Und da soll ich noch lernen?“

So ging es noch einige Zeit weiter. Ihr Mitschüler Alfred Niedermeier hörte zu – weil sie so laut waren, nicht freiwillig, aber auch nicht ohne Schadenfreude. Für ihn waren alle vier arrogante Großkotze, die glaubten, sich mit ihrem Geld, mit modischem Schnickschnack und anmaßendem Auftreten alles leisten zu können. Und die anderen in der Klasse ließen sich davon beeindrucken. Jetzt schienen sie aber an ihre Grenzen gekommen zu sein – zumindest was die Schule betraf. Dass sie ihn weitgehend ignorierten, störte ihn nicht – schließlich wollte er mit denen auch nichts zu tun haben. Was ihn aber ärgerte, waren ihre spöttischen Kommentare in seine Richtung, bloß weil er bessere Noten hatte und bei den Lehrern noch nie unangenehm aufgefallen war. Aber gemäß der Regel, dass sich der Böse am meisten ärgert, wenn seine Bosheit nicht bemerkt wird, ließ er sich nicht provozieren. So war er eben für die tonangebende Viererbande ein Streber, Spießer, *Loamsieder* (*2) – und zudem auch ein Proll, denn sein Vater war *bloß* Busfahrer bei einem ortsansässigen Unternehmer.

Am Ende der Pause trotteten die vier missmutig ins Klassenzimmer. Während der folgenden Religionsstunde setzten sie ihre Unterhaltung flüsternd fort und verabredeten sich für den Nachmittag an ihrem Treffpunkt beim *Jakobmayer* am unteren Marktplatz – für Alfred ein Grund, das Ortszentrum zu meiden und seine Einkäufe heute im Gewerbegebiet zu erledigen.

Barbara Heller hatte wieder einmal Mühe, sich auf das „Hier und Jetzt“ zu konzentrieren. An diesem heißen Nachmittag Ende Juni war das aber auch schwierig. Eigentlich hatte sie nach der Schule zum Baden nach München fahren wollen, an einen der Baggerseen oder in die Pupplinger Au. Aber dann hatte ihre Freundin Erika angerufen. Als sie das Gespräch endlich beenden konnte, war es schon drei Uhr, sodass sich die Fahrt nicht mehr lohnte. Also doch in der Umgebung bleiben? Aber wohin? Zwar gab es in Dorfen ein ganz annehmbares Schwimmbad, aber nachdem sie dort vor einer Woche vom Bademeister wegen ihres fehlenden Bikini-Oberteils dumm angeredet und aus dem Bad gewiesen worden war, mochte sie nicht mehr hin. So etwas war nicht neu. Seit sie vor zwei Jahren hierher versetzt worden war, war sie immer wieder angeeckt, nicht nur in der Schule, sondern auch in ihrer Nachbarschaft. Das fing an bei der Wohnung. Sie nutzte zum Beispiel die Waschmaschine oft in der Nacht, weil sie tagsüber Besseres zu tun hatte. Und es setzte sich fort beim dazugehörenden Gartenanteil. Barbara schätzte Wildwuchs, dichte hohe Hecken, bunte Wiesenblumen und nahtlose Bräune. Und es hörte in der Schule nicht auf. Ihr größtes Problem war, dass sie ihren Beruf nicht mochte und keinen Zugang zu Jugendlichen fand. Schon deren oft armselige, nur aus Wortfetzen bestehende Sprache, ihre rüden Umgangsformen, ihre häufig geschmacklos-provozierende Aufmachung und vor allem ihr Konformismus stießen sie ab. Vor zwanzig Jahren hatten sie ihre Eltern gedrängt, etwas „Vernünftiges“ zu studieren, und sie hatte nachgegeben. Während der Ausbildung war es noch erträglich gewesen, aber mit dem Schuldienst hatten die Probleme begonnen. Aufgrund ihres ziemlich mittelmäßigen Examens war sie weder verbeamtet worden, noch konnte sie bezüglich ihres Einsatzortes wählerisch sein. Die Referendarzeit war nur mit viel Beruhigungsmitteln auszuhalten und die Zeit danach war auch nicht besser. Zuletzt hatte sie an einem Gymnasium eines sozialen Brennpunktes versucht, desinteressierten Schülern Englisch beizubringen und war grandios gescheitert, indem fast ein Drittel der Klasse auch bei großzügigster Beurteilung keine bessere Jahresnote als „Fünf" bekommen konnte. Dies, die allgemeine Disziplinlosigkeit sowie Probleme mit Vorgesetzten und Kollegen hatten dazu geführt, dass sie mehr trank, als ihr gut tat. Das war nicht unbemerkt geblieben und nach einigen unerfreulichen Episoden hatte die Direktorin für ihre Versetzung in die Provinz gesorgt.

Das war zunächst gar nicht so schlimm, denn Barbara liebte die Natur. Zudem war sie auch der Ansicht, dass die Jugendlichen dort noch etwas umgänglicher und interessierter seien. So war sie nicht ungern nach Dorfen gezogen, zumal das hübsche und gepflegte Städtchen und die Umgebung einen guten Eindruck auf sie machten. Auch das dortige Gymnasium hob sich äußerlich positiv von dem ab, was sie von früher kannte: Es gab nur wenige Spuren von Vandalismus und die Disziplin der Schüler war merklich besser als in der Großstadt. Schon bald zeigten sich aber die Schattenseiten des ländlichen Idylls, nämlich weniger Anonymität und Toleranz und dafür mehr soziale Kontrolle und Kleingeisterei – nicht nur innerhalb des Lehrerkollegiums, sondern auch im normalen menschlichen Umgang. Immer wieder fragte sie sich, wie lange sie die allgegenwärtige provinzielle Enge noch aushalten konnte. Aber welche Alternativen hatte sie? Vielleicht sollte sie doch den Sprung ins kalte Wasser wagen und sich als freiberufliche Übersetzerin und Dolmetscherin selbständig machen?

Aber die Konkurrenz war groß und demzufolge auch die wirtschaftliche Unsicherheit. Ein regelmäßiges Einkommen war da schon besser. Ihre Gedanken drehten sich wieder einmal im Kreis.

Um den Kopf freizubekommen, musste sie raus aus der stickigen Wohnung und aufs Rad. Nachdem sie die um diese Zeit kaum befahrene Isener Straße überquert hatte, fuhr sie auf dem Radweg entlang der Isen in Richtung Oberdorfen. Dort kannte sie mehrere, für ein Sonnenbad geeignete, einsame Stellen. So gut es ging, verscheuchte sie die drückenden Gedanken an den kommenden Tag und insbesondere an die Klasse 10b, die ihr am meisten Probleme machte. Immerhin lagen jetzt noch ein paar sonnige Stunden vor ihr, die sie auf dem Rückweg noch mit einem Besuch in der Kultgaststätte *Jakobmayer* krönen konnte. Solche bescheidenen Freuden mussten ihr zurzeit genügen – es sei denn, sie meldete sich morgen wieder einmal krank. Das würde zwar schiefe und gehässige Blicke der Kollegen geben, aber auch zwei Tage Ruhe – wobei sie allerdings die Wohnung möglichst nicht verlassen durfte. Bei einem Wetter wie jetzt würde das nicht leicht sein. Mit solchen Gedanken radelte sie durch die sonnendurchflutete Landschaft, genoss die Wärme und freute sich auf die bevorstehende Erfrischung. Nachdem sie die Straße nach Lappach überquert hatte, nahm sie den Feldweg, der unmittelbar entlang der Isen führte. Einige hundert Meter weiter fand sie einen geeigneten Platz. Auf einer kleinen Kiesmulde breitete sie ihre Decke aus, befreite sich von sämtlichen Kleidungsstücken und rieb sich mit Sonnencreme ein – vor allem um sich vor den lästigen Stechmücken zu schützen. Auf dem Rücken liegend entspannte sie sich.

‚Wie schön wäre doch das Leben und die Welt', dachte

sie, ‚wenn jeder das tun könnte, was ihm Freude macht, wenn die Kinder besser erzogen wären und wenn die Menschen sich mehr um sich selbst kümmern würden als darum, andere zu kontrollieren und zu kritisieren.' Mit solchen Überlegungen döste sie ein – nur gelegentlich vom Schrei eines Vogels oder dem fernen Motorengeräusch eines Traktors begleitet. Als einmal in ihrer Nähe Zweige knackten, schreckte sie kurz auf.

„Möglicherweise ein Biber", beruhigte sie sich und erhob sich von ihrer Matte, in der Hoffnung, das seltene Tier einmal aus der Nähe beobachten zu können. Weil sie keine Badeschuhe hatte, tappte sie sich mühsam durch das träge dahin fließende seichte Wasser zum anderen Ufer, konnte aber auch nach einigen Minuten nichts entdecken. Auf dem Rückweg erschrak sie kurz, als sie im Gebüsch eine geduckte Gestalt mit einer Kamera sah. Ein leises Klicken verschaffte ihr Gewissheit, dass sie soeben fotografiert worden war. Offenbar hatte der Voyeur bemerkt, dass sie auf ihn aufmerksam geworden war, denn er verschwand augenblicklich und wenig später hörte sie, wie jemand sich rasch mit dem Fahrrad entfernte.

Barbara war über dieses Vorkommnis eher überrascht als beunruhigt.

‚Na und?', dachte sie. ‚Wenn es ihm Freude macht, soll er doch! Wahrscheinlich so ein armer verkorkster Typ, der Befriedigung empfindet, wenn er einmal ein Motiv wie mich vor die Linse bekommt.' Da sie sich als attraktiv empfand, fühlte sie sich durch das Interesse des Unbekannten sogar geschmeichelt. So verbrachte sie noch weitere zwei Stunden an ihrem idyllischen Refugium, und es gelang ihr sogar, die belastenden Gedanken an die Schule wegzuschieben.

Im Unterschied zur Viererbande aus Mike, Sandy, Kevin und Tanja und zu den meisten anderen Mitschülern teilte Alfred die allgemeine Abneigung gegenüber Studienrätin Heller nicht. Das lag nicht nur an seinen Noten – als Einziger in der Klasse hatte er sich bei ihr verbessert – sondern an ihrer nach moderner Auffassung traditionellen Art ihres Unterrichts, der mehr seinem Naturell entsprach. Der weitaus wesentlichere Grund war aber, dass er sich in seine Lehrerin verliebt hatte. Angefangen hatte es als Schwärmerei für die Frau, die altersmäßig seine Mutter hätte sein können. Da Alfreds Mutter früh gestorben war und sein Vater, ein wortkarger Sonderling, in seiner Freizeit entweder am Auto herumschraubte oder sich mit seiner Münzsammlung befasste, war er für sein Alter schon sehr selbständig. Neben der Schule besorgte er den Haushalt, erledigte die Einkäufe und kochte, sodass wenig Zeit für die typischen Freizeitbeschäftigungen Gleichaltriger blieb. Alfred, der schon immer sehr zurückhaltend war, bedauerte das nicht, sondern schätzte die selbst gewählte Einsamkeit, die er am liebsten mit Büchern – bevorzugt Heldensagen und Biographien – und Bastelarbeiten verbrachte. Im Laufe der Zeit hatte er sich eine eigene Traumwelt geschaffen. Seit Herbst letzten Jahres gab es darin aber auch eine Frau: Barbara Heller. Sie hatte ihm von Anfang an fasziniert: Groß, dunkelhaarig und sehr selbstbewusst, aber auch ernst und distanziert. Allein durch ihre Aufmachung regte sie seine Phantasie an. Als sie sich einmal über sein Diktatheft gebeugt hatte, um eine Korrektur vorzunehmen und ihm dabei einen kurzen, aber höchst erfreulichen Einblick gewährte, war es um ihn geschehen: Barbara ging ihm seitdem nicht mehr aus dem Kopf. Aus der Verehrung war ein anfangs noch unbestimmtes Begehren geworden, das sich in kurzer Zeit zu einer nur mühsam verborgenen Besessenheit gewandelt hatte. Dass die Lehrerin aufgrund ihres spröden Wesens und ihrer strengen Notengebung in der Klasse nicht sonderlich beliebt war, trug zur Steigerung seiner Leidenschaft bei, denn auf diese Weise konnte er sich als ihr einziger Sympathisant, heimlicher Verbündeter und sogar Beschützer fühlen. Als er einmal bemerkte, dass ein Klassenkamerad vor Unterrichtsbeginn ein beim darauf Sitzen peinliche Geräusche von sich gebendes *Scherzkissen* unter die Sitzfläche ihres Stuhles geschoben hatte, ließ er es zum Ärger der anderen in einem günstigen Augenblick verschwinden. Die Beschimpfungen seiner Mitschüler ertrug er ebenso stoisch, wie ihre Verachtung und ihren Spott, und als einige nach dem Unterricht sogar handgreiflich geworden waren, hatte er das mit dem Bewusstsein hingenommen, sich für die Geliebte geopfert zu haben.

Natürlich achtete Alfred darauf, seine Gefühle gegenüber Studienrätin Heller sowohl vor seinen Kameraden als auch vor ihr selbst zu verbergen. Umso lebhafter wurden aber die Phantasien, die sich mit ihr beschäftigten: Oft sah er sich dabei als starker und furchtloser Ritter, als Erek, Parzival oder Lancelot, der seine Angebetete unerkannt aus den Klauen eines Unholds befreite, und er begann, sich fantastische Geschichten auszudenken und niederzuschreiben. In einer davon hatte er Barbara vor einem hinterhältigen Feind gerettet. Als der Henker bereits Hand an sie legen wollte, war er mit einer schwarzen Maske vor dem Gesicht aus dem Nichts aufgetaucht, hatte sie ihren Peinigern entrissen, aufs Pferd gehoben, in Sicherheit gebracht – und mit der ungelösten Frage nach der Identität ihres Befreiers zurückgelassen. Dann überkam ihn große Traurigkeit, weil ihm bewusst wurde, dass er wohl nie Gelegenheit zu einer derartigen Tat haben würde.

Wie fast immer war Alfred einer der Ersten auf dem Schulhof. Er schätzte die Zeit vorher, um sich in aller Ruhe auf den Unterricht vorzubereiten. Weil er Lust auf einen Schokoriegel bekam, kramte er seine Geldbörse aus der Tasche. Dabei stellte er sich aber ungeschickt an, sodass alles Kleingeld auf dem Boden landete. Alfred reagierte zwar schnell, doch fehlten ihm schließlich noch zwei Euro, die vermutlich unter oder hinter den großen Wertstoffbehältern gerollt waren. So blieb ihm nichts anderes übrig, als dort hinzukriechen und nachzusehen – allerdings ohne Erfolg. Gerade als er die Suche abbrechen wollte, bemerkte er, dass sich die Viererbande auf der anderen Seite der Altpapiertonne versammelt hatte. Da er keine Lust hatte, sich Mikes spöttische Kommentare und das dann unvermeidliche Gekicher der Mädchen anzuhören, verharrte er an seinem Platz, um sich dann beim Läuten der Schulglocke unbemerkt unter die anderen mischen zu können. Zu seiner Freude entdeckte er dabei auch die beiden fehlenden Münzen.

Wie üblich gab Mike, der recht gut gelaunt schien, den Ton an. Zuerst gab er Kevin den Auftrag, ihm eine Cola zu holen. Dann winkte er Sandy und Tanja näher zu sich: „Good News!“, flüsterte er. „Ich hab die Heller in der Hand. Entweder gibt sie uns in der nächsten Schulaufgabe vorher die Musterlösung – oder sie ist erledigt!“

„Wie das? Hat sie jemanden umgebracht? Oder hast du herausgefunden, dass sie in Wirklichkeit keine Lehrerin ist, sondern nur ein Putze?“, fragte Sandy.

„Das nicht, aber es reicht, um ihr Schwierigkeiten zu machen. Ich garantiere euch, dass ihr durchkommt – und ich natürlich auch!“

„Super! Mit was willst du sie erpressen?“

„Erpressen? Was für ein hässliches Wort! Ich schlag ihr einen Deal vor! Ein *Win-Win-Geschäft*, bei dem jeder etwas hat. Uns bleibt die Ehrenrunde erspart und ihr ein Skandal."

„Nun sag schon: Um was geht es?" Sandy mochte es nicht, wenn man sie im Ungewissen ließ.

Mike sah sich nach allen Seiten um. Seine Stimme wurde noch leiser: „Am Sonntag bin ich mit dem Rad gefahren, über die Felder, der Isen entlang, Richtung Oberdorfen. Wie du vielleicht weißt, hört der Weg kurz nach der Brücke auf. Da hab ich das Rad an einen Baum gelehnt und bin weiter gegangen. Irgendwie hatte ich so eine Ahnung. Da gibt es eine Stelle, wo das Flussbett etwas breiter wird. Und da seh' ich die Heller liegen – splitternackt."

„Wow!", rief Sandy. „Die traut sich was! Ist sie recht erschrocken?"

„Wieso? Ich hab mich ganz ruhig verhalten und abgewartet. Sie ist dann zum Abkühlen ins Wasser gegangen – vielleicht eine Viertelstunde, hat sich zwischendurch hingesetzt, ist dann wieder aufgestanden und hat sich von der Sonne trocknen lassen. Die hat sich ganz sicher gefühlt. Irgendwann hat sie sich wieder hingelegt und gelesen. Oben ohne und unten auch."

„Und? Hast du sie dann angequatscht?"

„Natürlich nicht. Ich war ganz still und unauffällig und habe meine Kamera rausgeholt und ein paar geile Bilder geschossen. Dann hab ich mich wieder still und heimlich vom Acker gemacht."

„Zeig mal!"

Mike holte sein Smartphone hervor.

„Wow! Also für ihr Alter sieht die noch ganz passabel aus. Aber ich würde so was nie machen! FKK! Das ist doch eklig und megaout."

„Wenn schon – uns tut es gut. Da hat sie sich in diesem spießigen Kaff ein Eigentor geschossen. Morgen besuch ich sie zuhause. Da zeig ich ihr die Aufnahmen und sag dann: ‚Entweder – oder'!

„Wieso ‚entweder – oder'?"

„Schnallst du es nicht? Ich sag: Entweder die Tanja, die Sandy und ich kriegen in der letzten Schulaufgabe die passenden Noten – oder ich stell das ins Netz und lass zusätzlich davon noch hundert Abzüge machen. Die klebe ich dann überall hin, in der Schule, am Eingang, am Schwarzen Brett, vor dem Lehrerzimmer, auf den Klos, – aber auch außerhalb, an der Haltestelle, am Marienplatz, am Bahnhof, beim Bäcker, vorm Modehaus Gruber, vor der Buchhandlung, beim Aldi, vor ihrem Haus – und auch wenn sie alle abreißt – so schnell kommt die gar nicht nach. Jedenfalls ist sie dann fertig! Der Rektor macht sie zur Sau, die Kollegen und vor allem die Kolleginnen machen hämische und anzügliche Bemerkungen und lachen über sie, die Eltern regen sich auf, die Sache spricht sich rum, und sie kann froh sein, wenn sie nur versetzt wird."

„Wow! Super!"

„Ich seh` schon die Überschrift im *Intelligenzblatt* (*3) und im *Dorfener Anzeiger*: ‚Skandal! Lehrerin als Nacktmodell' oder ‚Empörung über Sex-Lehrerin: Eltern fordern: So eine ist für Dorfen nicht tragbar!' ‚Barbara H.: Hat sie das nötig?' und so weiter."

„Geil! Die hat hier ausgeschissen! Wenn es nicht um meine Versetzung ginge, würde ich mir wünschen, dass sie sich nicht auf den Deal einlässt."

„Die ist nicht dumm! Natürlich gibt sie nach. Und das Schönste ist: Sollten wir sie im nächsten Jahr noch haben, wird es zumindest wegen Englisch keine Schwierigkeiten geben."

„Wieso?"

„Mensch, streng doch dein Hirn an! Die Fotos gebe ich ihr, aber löschen werde ich die nicht – oder ich tue vor ihr nur so, als ob ich sie löschen würde. Dann kann ich bei Bedarf immer wieder neue Abzüge machen." Er hielt ihnen sein Smartphone hin: „Das ist unsere Vorrückungs-Versicherung für Englisch für heuer und wahrscheinlich auch noch für das nächste Jahr. Das werde ich hüten wie meinen Augapfel und immer bei mir behalten. Und heute Abend, so um zehn Uhr, statte ich der Heller einen Besuch ab und konfrontiere sie mit den nackten Tatsachen: Bilder gegen den Lösungstext für die Übersetzung bei der nächsten Schulaufgabe!"

„Wow! Super! Du denkst auch an alles!" Sandy fiel ihm um den Hals und drückte ihm einen Kuss auf den Mund.

Mike verzog den Mund zu seinem üblichen Grinsen, bevor er wieder ernst wurde: „Also noch mal: kein Wort zu niemandem! Wenn das rauskommt, sind wir nämlich auch dran, wegen Erpressung."

„Logo! Aber was ist mit Kevin? Darf der auch nichts wissen?"

„Nein. Ihr wisst doch, wie viel der quatscht, wenn er sich wichtigmachen kann. Je mehr davon erfahren, desto größer ist das Risiko für uns. Eigentlich hätte ich nicht einmal euch einweihen dürfen."

„Wir können schweigen!"

„Schwört es!"

„Ich schwörs!"

„Ich auch – bei allem, was mir heilig ist!"

Endlich erschien Kevin mit der bereits geöffneten Flasche.

„Sorry, hat etwas gedauert, aber vor dem Automaten sind so viele angestanden."

Mike nahm sie ohne ein Wort des Dankes entgegen, tat einen kräftigen Zug und reichte sie an seine Freundin weiter. Danach kam Tanja an die Reihe, und für Kevin gab es nur noch den Rest. Gleich darauf ertönte die Glocke und die vier setzten sich in Bewegung.

Zur Sicherheit wartete Alfred noch ein paar Augenblicke, bevor er sein unfreiwilliges Versteck verließ, die langsam dahintrödelnde Viererbande unbemerkt überholte und vor ihnen im Klassenzimmer saß.

Obwohl ihn Geographie interessierte, war Alfred die ganze erste Schulstunde nicht recht bei der Sache, denn Mikes Intrige ging ihm nicht aus dem Sinn. Dabei spielten zwei Motive eine Rolle: zum einen die hinterhältige Erpressung, zum anderen – ganz egoistisch – die Folgen, die das für ihn haben würde. Wie er Barbara einschätzte, hatte sie ihre Prinzipien: Sie würde sich trotz der angedrohten Nachteile nicht beugen. Die von Mike und seiner Bande geplante Racheaktion würde mit Sicherheit zu einem Skandal führen, der für die Lehrerin nur mit einem Disziplinarverfahren und einer Versetzung enden konnte. Er würde sie dann nie mehr sehen, sie würde ihn nie mehr aufrufen, nie mehr seine Hefte durchsehen, sich nie mehr über ihn beugen ... Wie sollte er die Schule ohne seine Barbara nur aushalten? Ihm wurde ganz flau bei dem Gedanken. Der Unterricht – und insbesondere Englisch – würde ihm dann zur Qual werden. Aber wie konnte er das drohende Verhängnis verhindern? Einen Augenblick überlegte er, alle seine Ersparnisse zusammenzukratzen – immerhin fast 400 Euro – und sie Mike anzubieten, damit er auf Erpressung verzichtete. Aber das war eine Schnapsidee. Mikes mit Sicherheit zu erwartender Spott über ihn und sein Eintreten für die ungeliebte Lehrerin störte ihn dabei noch am wenigsten. Gewichtiger war, dass die Vierbande entweder gar nicht darauf eingehen oder das Geld nehmen und trotzdem ihre Vorhaben durchziehen würden, zumal es ihnen ja nicht auf eine Bereicherung ankam, sondern auf ihre Versetzung. Eine andere Idee war, Barbara Heller über die Absichten der Viererbande zu informieren. Aber auch das versprach keinen Erfolg. Sie würde ihn dann für einen verächtlichen Wichtigtuer oder Denunzianten ansehen oder die Sache nicht ernst nehmen. Es konnte aber auch sein, dass sie dann die Flucht nach vorne antrat und die Schulleitung über die Erpressung informierte. Auch wenn die Übeltäter ihre verdiente Strafe bekämen, wäre Barbaras Versetzung unausweichlich. Was gab es sonst noch für Möglichkeiten, das heimtückische Vorhaben scheitern zu lassen? Alfred versuchte, sich in Mikes Situation zu versetzen. Er rief sich das morgendliche Gespräch noch mal ins Gedächtnis: Kurz vor zehn Uhr, also bereits in der Dämmerung, würde sich Mike auf dem Weg zu Barbara Heller machen. Dazu würde er sicher sein Rennrad benutzen, schon allein, um von der Bernöder Siedlung im Norden zur Moosener Siedlung rasen zu können, wo Barbara wohnte. Und da kam ihm eine Idee.

Wie immer, wenn sein Vater Nachtschicht hatte, war Alfred auch diesmal alleine zuhause. Obwohl sein Plan riskant war, gelang es ihm, Ruhe zu bewahren. Die notwendigen Vorbereitungen waren schnell gemacht: Eine Einkaufstasche für das Drahtseil und das erforderliche Werkzeug, ein Kopftuch und einen alten Mantel, den er heimlich aus einer Altkleiderkiste entwendet hatte, ein Paar Arbeitshandschuhe und für alle Fälle auch noch ein Küchenmesser. Bereits am Nachmittag hatte er sein Fahrrad unauffällig hinter dem, auf Mikes Weg liegenden, Kreiskrankenhaus deponiert. Von dort aus war er dann zu Fuß nach Hause gegangen. Um neun Uhr machte er sich von der Isener Siedlung auf in Richtung des vorgesehenen Tatorts. Bereits vor einigen Stunden hatte Nieselregen eingesetzt, alles war feucht und grau in grau, und kein Mensch war unterwegs. Im Stadtpark vergewisserte sich Alfred, dass er allein und unbeobachtet war. Dann zog er den Mantel an, band das Kopftuch um und bewegte sich hinkend fort, sodass man ihn bei unzureichender Beleuchtung und aus der Ferne für eine gebrechliche ältere Frau halten konnte. Nur wenige Passanten hasteten an ihm vorbei. So erreichte er am Unteren Tor die um diese Zeit wenig befahrene Jahnstraße, ging auf ihr entlang in Richtung Erding, überquerte die Buchbacher Straße und erreichte schließlich seinen *Tatort* an der Äußeren Erdinger Straße zwischen Kreiskrankenhaus und der Polizeiinspektion. Diese Stelle war, durch die herrschenden Sichtverhältnisse, ideal für sein Vorhaben. Der dem Straßenverlauf folgende, aber von ihm durch Bäume und Buschwerk abgegrenzte Radweg war steil und kurvenreich. Ein Ende des Drahtseils war schnell an einem Baum an der Straße befestigt. Dann nahm Alfred das andere Ende, platzierte das Seil auf dem Weg, bezog sein Versteck hinter einem Busch gegenüber und zog die Handschuhe an. Er machte dann einige Versuche das Seil zu spannen, indem er es anhob und sich mit aller Kraft dagegen stemmte. Obwohl er eher schmächtig war, gelang ihm das ganz gut. Jetzt kam es auf äußerste Wachsamkeit an, denn er wollte weder gesehen werden, noch sollte ein Unbeteiligter zu Schaden kommen.

Die Zeit verging, und Nässe und Kälte machten sich unangenehm bemerkbar. Inzwischen war es schon viertel nach zehn Uhr geworden. Sollte Mike seinen Besuch verschoben haben? Oder hatte er einen anderen Weg gewählt? Hatte er am Ende den Plan ganz aufgegeben? Kurz nach Mitternacht würde Alfreds Vater heimkommen. Er musste unbedingt vorher zu Hause sein, um nicht mit unangenehmen Fragen traktiert zu werden. So gab er sich noch eine halbe Stunde. Wenn sein Opfer bis dahin nicht erschienen war, würde er die Sache beenden und sich etwas anderes überlegen, um doch noch an das Smartphone und die Bilder zu kommen.

Dann, als er fast schon aufgeben wollte, hörte er ein Fahrrad bergab rasen. Mit diesem Tempo und ohne Licht konnte das eigentlich nur Mike sein. Schon sah er ihn. Im selben Augenblick zog Alfred mit aller Kraft an dem Seil, das sich nun in einer Höhe von gut zehn Zentimetern über den Boden spannte.

Alles ging blitzschnell: Der harte Aufprall, das Drahtseil, das sich trotz der dicken Handschuhe in Alfreds Fleisch schnitt, das sich überschlagende Fahrrad und der auf den Teerbelag geschleuderte und sich dort in wilden Zuckungen in seinem Blut windende und laut stöhnende Mike vermengten sich zu einem einzigen chaotischen Bild. So schrecklich hatte sich Alfred das nicht vorgestellt. Schon überkam ihn ein Anflug von Entsetzen, Reue und Scham – am liebsten wäre er jetzt weggelaufen und hätte laut um Hilfe geschrien. Dann aber dachte er an seine Mission. Wie hätte Siegfried angesichts des im Todeskampf zuckenden Drachens reagiert? Hätte er Mitleid mit der Kreatur gehabt? Sicher nicht! Und Mike war schäbiger als der Drachen – und er, Alfred, handelte edler als Siegfried, dem es nur um den Schatz ging. Auch wenn Mike überlebte, würde er wohl kaum noch zu seiner Erpressung kommen und in der Dunkelheit und mit der Verkleidung konnte er den Attentäter weder gesehen haben, noch würde er ihn später identifizieren können. Jetzt kam es darauf an, eiskalt zu bleiben und planvoll zu handeln. Alfred kniff die Augen zusammen, um möglichst wenig von dem wahrzunehmen, was er angerichtet hatte. Zielstrebig griff er in Mikes Rucksack und nahm das Smartphone und den Umschlag mit den verfänglichen Bildern heraus. Dann löste er das Seil und packte es ein. Nachdem er sich überzeugt hatte, dass er nichts vergessen hatte, warf er einen letzten Blick auf seinen nur noch leise röchelnden Mitschüler. „Fahr dahin in die Hölle!“ murmelte er. „Und zahle für die Anmaßung, dich an einer zu vergreifen, die weit über dir steht – und auch für deine Dummheit, ihren treuesten Gefolgsmann unterschätzt zu haben!“ Dann entfernte er sich zügig, aber ohne Hast. Auf der Straße sah er einen Lieferwagen in Richtung Erding, aber der Fahrer schien nichts von dem Drama wenige Meter entfernt mitbekommen zu haben – ebenso wenig wie ein Radfahrer, der auf dem gegenüberliegenden Weg den Berg herunterrollte. Überall blieb es ruhig. Auch von den etwa zwanzig Metern entfernten Reihenhäusern hatte niemand etwas bemerkt, lediglich kurzes Hundegebell war zu hören.

Mit einem bisher nie gekannten Hochgefühl ging Alfred zu seinem versteckten Fahrrad. Er hatte eine wahrhaft große Tat vollbracht: Der Unhold war ausgeschaltet und die Erpressungswerkzeuge befanden sich in seiner Hand. Die immer noch aufflackernden Bilder von der Unfallstelle empfand er jetzt nur noch als eklig. Sie lösten kaum mehr Gewissensbisse aus, hatte er doch aus vielen Krimis gelernt, dass es keine anderen Möglichkeiten gab, Erpresser zum

Schweigen zu bringen. Für ihn selbst war jetzt das Wichtigste, alle Spuren zu beseitigen. So ersetzte er hinter einem Schuppen Mantel und Kopftuch durch einen leichten Regenumhang mit Kapuze. Seine Verkleidung knüllte er zusammen und steckte sie in die mitgebrachte Plastiktasche. Dann radelte er gemächlich die Buchbacher Straße entlang und bog nach dem Wertstoffhof auf den schnurgeraden Isen-Vilstal-Weg ein, dem er bis zum Bahnhof folgte. Dort stand ein Altkleider-Container, in den er den Tascheninhalt warf. An einer einsamen Stelle ein paar Meter weiter zertrampelte er das Smartphone, bis nur noch kleinste Teile übrig waren, die er – so gut es in der Dunkelheit ging – aufsammelte und in den Isen-Flutkanal warf. Drahtseil und Werkzeug wollte er in den nächsten Tagen unauffällig entsorgen – ganz sicher aber nicht die delikaten Fotos. Daran würde er sich schon bald in aller Ruhe erfreuen. Das letzte Stück seines Weges legte er in der Gewissheit zurück, seine Dame gerettet und eine gerechte Strafe vollzogen zu haben. Wie gut, dass er Auseinandersetzungen mit Mike und seiner Clique immer aus dem Weg gegangen war und ihre Missachtungen und Kränkungen äußerlich ungerührt hingenommen hatte! Sollte die Polizei einen Mordanschlag vermuten und den Täter in der Schule suchen, würde sie jedenfalls keinen Hinweis darauf finden, dass gerade er etwas damit zu tun gehabt haben könnte.

Erst kurz vor ein Uhr kam Alfreds Vater nach Hause. Entspannt schenkte er sich ein Glas Bier ein und sah dann noch nach seinem friedlich schlummernden Sohn. Er lächelte: Alfred war ein guter Junge, fleißig, ruhig und folgsam – und unbedingt loyal. Auf den war Verlass! Wenn er da an die frechen, aufmüpfigen und anspruchsvollen Kinder seiner Kollegen dachte ... Da hatte er wirklich Glück!

Der Tod eines Schülers auf der schlecht beleuchteten Äußeren Erdinger Straße war einige Zeit Tagesgespräch in Dorfen. Die Polizei ermittelte in alle Richtungen. Da Mike erst eine Stunde nach dem ermittelten Todeszeitpunkt entdeckt worden war und es in der Zwischenzeit stark geregnet hatte, fanden sich aber keine Hinweise auf ein Fremdverschulden. Die ältere Frau, die ein Radfahrer zum vermuteten Zeitpunkt des Geschehens in der Nähe des Unfallortes gesehen haben wollte, und die als mögliche Zeugin interessant gewesen wäre, meldete sich trotz mehrerer Aufrufe nicht – vielleicht gab es sie auch gar nicht. So wurde der Fall ein paar Wochen nach Mikes Beerdigung dann endgültig als tödlicher Fahrradunfall aufgrund von Leichtsinn, Fahren mit überhöhter Geschwindigkeit, ohne Licht und Helm, und schlechten Witterungsverhältnissen zu den Akten gelegt.

Da Tanja und Sandy das Gymnasium verlassen mussten, war von der ehemaligen Viererbande nur noch Kevin übrig geblieben, der ohne seine früheren Freunde einigermaßen erträglich war. Alfred konnte zufrieden sein – er hatte den Unhold unschädlich gemacht und seine Angebetete gerettet.

Dass sie das nicht wusste, nicht wissen konnte und auch nie erfahren würde, schmälerte seine Genugtuung nicht, denn wahrer Edelmut verlangt nicht nach Lohn und Anerkennung.

Anmerkungen

1) die knapp 60 Kilometer östlich von München gelegene oberbayerische Kleinstadt Dorfen (ca 14.000 Einwohner) im Landkreis Erding wurde 773 erstmals urkundlich erwähnt. Herzog Ludwig I. (der Kelheimer) ließ den Ort um 1230 systematisch anlegen und verlieh ihm kurz darauf das Marktrecht. 1954 erfolgte die Erhebung zur Stadt. Überregionale Bekanntheit erlangte Dorfen durch den „Bierkrieg" von 1910: Eine Erhöhung des Bierpreises um zwei Pfennige führte zu Streik- und Boykottaufrufen, Tumulten und Brandstiftungen, sodass die Maßnahme schließlich zurückgenommen wurde. Im Zusammenhang mit Dorfen ist der alljährliche „Hemadlenzn"-Umzug am „unsinnigen Donnerstag" erwähnenswert, bei dem bis zu 5.000 Einheimische und Auswärtige in langen weißen Nachthemden singend und trinkend durch die Straßen ziehen, um sich mittags unter Absingen der Dorfener Narrenhymne zur rituellen Verbrennung des Hemadlenzn auf dem Marktplatz zu versammeln.

2) mit „Loamsieder" oder „Loamsiada" werden in Altbayern (Ober- und Niederbayern und Oberpfalz) besonders langweilige und faule Menschen bezeichnet, die nichts auf die Reihe kriegen.

3) In Dorfen erscheint deutschlandweit die letzte Zeitung mit dem im 18. und 19. Jahrhundert häufigen Namen „Intelligenzblatt".

Der Schuss

Der *Leeren* ist ein liebliches Tal östlich von Duderstadt, das sehr gern von Spaziergängern aufgesucht wird. Dort gibt es am Südhang vor dem Wäldchen mehrere Obstgärten mit kleinen Hütten. Eine Quelle sprudelt in einen Fischteich, die daran erinnert, dass hier in früheren Zeiten ein Dorf lag.

In der Woche vor Weihnachten, als es überall sehr geschäftig zugeht, hat Marius Langeweile. Es wohnt kein Schulfreund in der Nähe, mit dem er sich treffen könnte, er ist überhaupt eher ein Einzelgänger. Für die Schule muss er nichts tun, er ist ein guter Schüler, und übermorgen gibt es Ferien. Meistens sitzt er gerne vor dem Fernsehapparat und hat seinen Spaß, wenn tüchtig geschossen und geknallt wird.

Aber heute ist ein so milder und sonniger Dezembertag, da zieht es ihn hinaus. Er schwingt sich auf sein Fahrrad und fährt aus der Stadt heraus in Richtung *Leeren*. Zunächst strampelt er den Fußweg am Bach entlang. Es ist sehr still, er hört nur das Plätschern und Murmeln des Wassers. Kein Mensch ist heute hier draußen.

Er wirft sein Rad auf die Böschung und strolcht durch die Obstgärten und um die Hütten. Sie sind alle winterdicht verschlossen. Ein etwas stabileres Häuschen erweckt seine Neugier. Die Tür ist fest verrammelt, aber hinten gibt es ein kleines Fenster, durch das er hineinspähen kann. Aha, eine Matratze, ein Tisch, ... das sieht ja richtig gemütlich aus! Er drückt gegen das Fenster, es geht tatsächlich auf. Marius sieht sich um. Niemand kommt um diese Jahreszeit hierher. Er zieht seinen Anorak aus und zwängt sich durch die Luke, nicht schwer für einen schlanken Fünfzehnjährigen.

Er staunt über die wohnliche Einrichtung: den eisernen Kochherd, das altmodische Küchenbüfett und die Rehgehörne an der Wand – an einem hängt eine grüne Jacke. Neugierig öffnet er den Schrank, sieht Teller, Becher und Gläser. In der Schublade findet er Streichhölzer, einen Flaschenöffner, Bindfaden und ... Was ist denn das für eine Schachtel? Die ist ja schwer, da sind Patronen drin! Zu Patronen gehört ein Gewehr.

Jetzt sucht er gezielt in allen Ecken, auf und hinter dem Schrank. Unter dem Bett wird er fündig. Oh, ein Jagdgewehr! Er schaut es sich genau an, nimmt dann ein Handtuch vom Haken neben dem Herd und wickelt das Gewehr darin ein. Nun schiebt er es durch die Luke hinaus, klettert hinterher und zieht das Fenster wieder zu. Die Patronen verstaut er in seiner Anoraktasche.

Mit einem Bindfaden bindet er das lange Paket an der Fahrradstange fest und macht sich auf den Heimweg. Es dunkelt schon. Zu Hause versteckt er seinen Fund im Fahrradschuppen.

‚Zu Silvester, wenn die Böller knallen, probiere ich es aus, dann fällt ein Schuss nicht auf. Toll, ein eigenes Gewehr!'

Silvester 2015

Drei Pärchen, Kai und Susi, Jens und Laura sowie Lars und Sarah freuen sich auf die Silvesternacht. Um 20 Uhr sind sie beim Italiener im Ratskeller zum Abendessen verabredet.

„Gemütlich ist es hier, aber ziemlich voll", stellt Susi fest.

„Ja, gut, dass Jens einen Tisch bestellt hat", meint Kai.

Nach Pasta und einem guten Glas Rotwein begeben sich die sechs in fröhlicher Stimmung in die Obertorstraße zu

Lauras Wohnung, hören Musik und trinken Bowle.

Da Feuerwerk in der Innenstadt wegen Brandgefahr verboten ist, ziehen sie um 23 Uhr hinaus in Richtung Stadtberg. Jens trägt den Rucksack mit Getränken und Bechern, Kai die Tüte mit den Feuerwerkskörpern. Susi atmet hörbar aus: „Ha, die frische Luft tut gut nach dem Essen und der Bowle!"

„Ja, und die Bewegung auch", ergänzt Sarah.

Sie spazieren schwatzend und lachend die Barkefeldstraße hinauf bis zu der Bank am höchsten Punkt. Dort haben sie die beste Sicht auf die Stadt, über der ein heller Schein liegt. Hier und da steigen schon Funkengarben außerhalb des Walls auf und einzelne Böller krachen. Jens und Lars haben die Raketen in den lockeren Boden gesteckt und stehen bereit, sie anzuzünden. Laura hat die Sektflasche mit einem Knall geöffnet und füllt die Pappbecher.

„Ist eigentlich stillos", lacht Sarah.

Da läuten die Glocken in der Stadt das neue Jahr ein. Alle stoßen darauf an, beglückwünschen und umarmen sich gegenseitig. Wie man das so macht.

Marius sitzt vor dem Fernsehgerät, als seine Eltern sich verabschieden; sie wollen bei Freunden ins neue Jahr feiern. Bald danach macht Marius sich mit seiner Waffe vertraut, lädt sie, legt sie an, so wie er es von der Schießbude her kennt. Schließlich schnappt er sich seinen Anorak, bindet das Gewehr wieder an sein Fahrrad und strampelt den steilen Klingenburgweg hinauf. Hinter dem letzten Haus, einem Bauernhof, fährt er noch ein paar Meter auf der Feldstraße, steigt ab und lehnt sein Rad an einen Baum. Es geht auf Mitternacht zu. Er wartet. Als die Glocken noch läuten, erhellen schon überall Raketen den Himmel und es wird heftig geböllert. Marius hat das Gewehr bereit. Plötzlich sieht er mehrere Tiere über das Feld huschen. Ein Sprung Rehe! Die sind wohl durch die Knallerei aufgeschreckt. Er legt an und schießt. Heftig haut ihm der Gewehrkolben gegen die Schulter. Marius taumelt und fällt hintenüber. Damit hat er nicht gerechnet. Als er sich aufrappelt, merkt er, dass sein eines Ohr ganz taub ist. Schießen ist wohl doch nicht so einfach?

Die sechs Freunde haben die Sektflasche geleert.

Während unter ihnen schon kräftig geböllert wird, brennt Jens die erste Rakete an. Als sie zum Himmel zischt und alle ihrem Sprühen nachschauen, schreit Sarah auf. Sie schwankt, Laura kann sie gerade noch auffangen und führt sie zu der Bank.

„Was ist los?“, ruft Lars erschrocken.

„Mein Arm!“, stöhnt Sarah. „Ich kann ihn nicht bewegen.“

Jetzt sehen es alle: Blut läuft aus Sarahs Ärmel über ihre Hand!

„Was ist das denn?“, ruft Susi bestürzt.

Jens hat schon sein Handy am Ohr und ruft den Notarzt. „Bitte schnell, eine Verletzte, Barkefeldstraße, circa 300 Meter oberhalb im Feld!“

Sarah ist sehr blass. Laura gibt ihr einen Becher, zum Glück hat sie außer dem Sekt auch eine Tüte Orangensaft eingepackt. Nach wenigen Minuten ist die Ambulanz da und versorgt Sarah.

„Eine Schussverletzung, sie blutet stark“, sagt der Sanitäter, während er die Tür schließt.

„Ich fahre mit!“, ruft Lars und springt in den Wagen.

Die anderen sehen sich ratlos an. Unten leuchten die Funkengarben und es knallt heftig. Die vier haben keinen Blick mehr dafür und machen sich betroffen auf den Heimweg.

Jens und Kai rätseln: „Eine Schussverletzung? Wie kann das sein?"

Nachdenklich sagt Laura: „Da wird sich die Polizei noch bei uns melden."

„Schade, es hatte so schön im Ratskeller und mit der Bowle bei Laura begonnen! Nun das!" , bedauert Susi.

Nach dem Schreck durch den Rückstoß ist Marius die Lust zum Schießen vergangen. Er packt die Waffe sorgfältig wieder ans Fahrrad und will nach Hause. Da hört er das Martinshorn. Der Unfallwagen nähert sich, hält oberhalb am Stadtberg. Was ist da wohl passiert? Neugierig wie er ist, fährt er durch den Rehnbergweg zur Barkefeldstraße, aber da braust der Unfallwagen schon vorbei. Von oben kommen Leute den Weg herunter. Marius wartet im Schatten eines Hauses. Als sie vorbeigehen, fängt er einige Wortfetzen auf: Schussverletzung, Polizei – Er bekommt einen heißen Schreck. Kopflos springt er auf sein Fahrrad und hetzt den Klingenburgweg hinunter.

Unten auf der Querstraße prallt er auf ein Auto, das von rechts kommt. Der Fahrer – offenbar unverletzt – ruft Polizei und Notarzt, denn Marius liegt bewusstlos auf der Motorhaube seines Wagens. Der Polizist, der den Unfall aufnimmt, findet das Gewehr neben dem verbogenen Fahrrad auf der Straße.

Die sechs Freunde müssen am nächsten Tag eine polizeiliche Befragung über sich ergehen lassen, die aber nicht viel ergibt, da der Schütze anhand der Waffe und der Patronen in seiner Jackentasche bereits ermittelt ist.

Sarah darf nach zwei Tagen das Krankenhaus verlassen. Es war ein Durchschuss durch den Oberarmmuskel, der Schulterknochen ist zu ihrem Glück unverletzt geblieben. Sie ist schreckhaft und leidet noch unter dem Schock, aber da sie mehrfach Freundinnen und Bekannten von ihrem Unfall berichten soll, mildern sich die Folgen mit der Zeit.

Marius hat eine Gehirnerschütterung und mehrere Prellungen und muss länger in Behandlung bleiben. Als er von einem Polizeibeamten befragt wird, kann er sich an nichts erinnern. Er ist tief betroffen, als er erfährt, was er angestellt hat und kann es nicht fassen, dass er jemand verletzt haben soll. Erst nach einigen Tagen fallen ihm Einzelheiten wieder ein und er schämt sich sehr. Nach seinem Krankenhausaufenthalt will er die junge Frau aufsuchen, um sich bei ihr zu entschuldigen.

Seine Eltern müssen für den Schaden aufkommen. Sie nehmen sich vor, sich zukünftig eingehender um ihren Sohn zu kümmern.

Der Eigentümer bekommt sein Gewehr nicht zurück. Vielleicht muss er auch seinen Waffenschein abgeben, weil er die Waffe nicht ordnungsgemäß weggeschlossen hatte. Mit einem Bußgeldbescheid kommt er jedenfalls nicht davon.

Gelb, gelb, gelb blüht der Enzian!

Sommer 1991

Josef Kopf, Eigentümer der stillgelegten Duderstädter Obermühle, wankte schweren Schrittes, auf seinen Stock gestützt, über den Hof. Er brauchte einen Schnaps, dringend. Im Haus hatte er alles abgesucht.

„Nicht einen Tropfen. Nirgends, verdammt noch mal!"

Aber nach dem, was er durchgemacht hatte, musste er etwas trinken!

Ob in seinem alten Versteck hinter der Säge noch eine Flasche stand? Dort hatte seine inzwischen verstorbene Frau sicher nicht gesucht. Sie wollte ihn immer davon abbringen zu trinken, weil er unausstehlich wurde, sobald ihm Alkohol in die Nase stieg. Darum hielt sie das Haus sauber, wie sie sagte.

Im letzten Winter hatte Josef Kopf seine Frau beerdigt und damit auch seine Vergangenheit begraben. Und seitdem war er trocken.

‚Ach Lene', dachte er, ‚hättest du mich nicht so gestriezt und ständig kontrolliert, wäre ich sicher früher von dem Teufelszeug losgekommen.'

Mehr schlecht als recht lebte er seitdem allein in der Mühle, sah zu, wie alles verfiel. Im Frühjahr hatte er sich entschlossen alles hinter sich zu lassen, neu anzufangen. Er hatte ein Inserat in die Zeitung gesetzt, dass er verkaufen wollte. Alles war zu seiner Zufriedenheit gelaufen. Er sah Licht am Horizont, plante mit dem Geld, das er für das Grundstück bekommen würde, eine große Reise. Eine seniorengerechte Wohnung am Adenauerring hatte er sich auch schon angeschaut.

Und nun das ...

Er brauchte unbedingt einen Schnaps. Sein Kopf dröhnte, die Gicht riss in den Gelenken zum Zerbersten. Stöhnend ließ er sich auf dem Buchenstamm nieder, der schon seit Jahren vor der Säge lag. Mit seiner Linken griff er hinter das verrostete Sägeblatt. Als er das Gesuchte ertastete, löste sich seine Anspannung. Grinsend entzog er die Flasche den rostigen Sägezähnen. „Hast gut aufgepasst“, tätschelte er das Sägeblatt fast liebevoll. Es hatte ihm all die Jahre gute Dienste geleistet, so manche Eiche und Buche in glatte Bretter zersägt, dem Holz den guten Duft entlockt. Nun rostete es alt und klapperig vor sich hin. Er betrachtete die Flasche, die noch gut zu einem Drittel mit Nordhäuser Schnaps gefüllt war. Zitternd drehte er den Verschluss auf, nahm einen Schluck. Als das ölige Gesöff seine Kehle hinunterfloss, bekam er einen Hustenanfall und schüttelte sich.

„Teufel noch mal!“, raunte er und verzog sein Gesicht zu einer Grimasse. „Da muss noch Enzianwurzel drin sein!“ Er drehte die Flasche hin und her. Blinzelnd schaute er durch das Glas. Der erdige Geschmack des Enzians ließ ihn immer wieder schmatzen.

„Jau!“

Unten am Boden entdeckte er es. Das ungefähr zwei Zentimeter kleine Stück Enzianwurzel, vom Alkohol bleich ausgelaugt und zerfressen. Vor Jahren hatte es ein Freund aus Brehme mitgebracht, als der zum ersten Mal als Rentner über die Grenze in den Westen durfte. So hatten sie in ihrer Jugend aus Nordhäuser Schnaps einen Magenbitter gemacht, denn am Sonnenstein, oberhalb des Ortes, wuchs die inzwischen seltene Pflanze auf kargem Kalkboden. Gallebitter war der Geschmack, fast ungenießbar. Augenblicklich war Josef Kopf wieder in der Gegenwart.

„Enzian", stöhnte er, „gelber Enzian! Warum kann man die Vergangenheit nicht genauso ertränken wie dieses Wurzelstück im Schnaps?"

Verzweifelt schloss er die Augen und sah all das Schreckliche vor sich.

Am frühen Morgen hatte er wie jeden Tag seinen Spaziergang bis zum Hof von Gockel, seinem Nachbarn, gemacht, um ihm seine Tageszeitung in den Kasten zu stecken. Und auf dem Rückweg hatte er sie entdeckt, die Leiche. Sie lag zwischen zwei Baumstämmen vor seinem Mühlrad. Auf seinem Grundstück! Wie war sie dahin gekommen? Er zermarterte sich noch immer das Hirn. Eine Stunde hatte er gebraucht, ehe er die Polizei in Duderstadt anrufen konnte. Was würde jetzt alles auf ihn zukommen? Wie sollte er das überstehen?

Nun blickte er auf und schaute über den Hof. Alles war von der Polizei mit rot-weißen Bändern abgesperrt.

„Den kenne ich nicht. Der ist nicht von hier", hörte er Polizeioberwachtmeister Carl-Otto Paschke, auch Cop genannt, sagen.

„Von hinten erschlagen, eindeutig, hmpf", ergänzte Hauptkommissar Schneider naserümpfend. „Der ist noch nicht lange tot, vielleicht letzte Nacht oder gestern Abend." Der Kommissar streifte sich Gummihandschuhe über, um einen gefalteten Zettel, der aus der Hemdtasche des Toten lugte, herauszuziehen.

„Hmpf hmpf. Ein Bild vom gelben Enzian?", wunderte er sich schniefend. „Scheint aus einer Zeitschrift herausgerissen zu sein. Hmpf, wuchs der nicht früher oben am Sonnenstein?" Ihm war, als hätte sein Vater ihm von dieser Rarität im Ohmgebirge erzählt.

„Vielleicht ist das ein Naturschützer", spekulierte Cop.

„Glaub ich nicht. Die benutzen Bestimmungsbücher, keine Zettel aus Zeitschriften“, widersprach Schneider. „Pfützenreuter! Hmpf hmpf. Komm mal her!“, zitierte er den Wachtmeister zu sich.

„Ja, Schnüffel, äh – `tschuldigung, Hauptkommissar Schneider!“ Mit hochrotem Kopf wandte sich Pfützenreuter, der selbst von allen Fuzzi genannt wurde, ab und dachte: ‚Scheiße! Jetzt hab ich Schnüffel zu dem gesagt. Das gibt ´nen Riesenärger! Warum hat der auch diese blöde Angewohnheit und zieht ständig Luft durch die Nase hoch? Wie ein mümmelnder Hase.´

„Tüten Sie den Zettel hier ein“, befahl Schneider seinem Untergebenen in barschem Ton, ohne auf den Fauxpas einzugehen. Dann wandte er sich Josef Kopf zu, der immer noch auf dem Baumstamm neben der Säge hockte und vor sich hinstierte. „Herr Kopf, kennen Sie den Toten?“ Mit rotangelaufenem Kopf schaute der Angesprochene auf.

„Ja, Wischnewski heißt der. Arthur Wischnewski. Hat sich letzte Woche die Mühle angeguckt!“

„Wollen Sie denn die Mühle verkaufen?“, erkundigte sich Schneider und schniefte.

„Ich muss! Sehen Sie sich um! Es verfällt doch alles. Und Nachkommen? - Nee, die hab ich nicht.“

„Ja, wäre schade um die alte Sägemühle. Mein Vater hat mir erzählt, dass es hier früher sogar eine Badeanstalt gegeben hat, die von Brehmewasser gespeist wurde. Stimmt das?“

„Ja, da! Hinter dem Mühlrad sind noch die Betonbecken, aber die sind auch schon zugewuchert“, zeigte Kopf mit seinem Gehstock in Richtung Osten.

„Und der Mann“, Schneider deutete auf die Leiche, „wollte Ihnen das alles hier abkaufen? War er gestern Abend bei

Ihnen?“ Der Kommissar ließ seinen Blick über das Gelände schweifen.

„Ja – nein, der sollte erst Donnerstag wiederkommen. Bis dahin wollten mir noch zwei andere Interessenten ein Angebot machen.“

„Können Sie mir die Namen der anderen sagen?“

„Karl Rudolph und Heinrich Wenzel. Auf meinem Schreibtisch liegen die Adressen und Telefonnummern.“ Sich auf den Stock stützend versuchte Kopf aufzustehen. „Diese verdammte Gicht“, stöhnte er.

„Bleiben Sie sitzen, Herr Kopf. Darf ich reingehen und den Zettel vom Schreibtisch holen? Oder haben Sie etwas dagegen?“

Misstrauisch stirnrunzelnd überlegte Kopf für einen Moment. „Ach was. Liegt ja gleich auf dem Tisch unter der Lampe. Gehen Sie ruhig rein, ist offen“, schickte er den Kommissar los.

Mit dem Schritt über die Schwelle fühlte sich der Kommissar ins letzte Jahrhundert versetzt. Wie in einem Forsthaus hingen an den Wänden Hirschgeweihe und ausgestopfte Tiere. Auf dem alten eichenen Schreibtisch knipste Schneider schniefend die Messinglampe an. „Wie im Museum“, murmelte er und blickte sich um. Tatsächlich fand er den Zettel auf der Unterlage, nahm ihn und ging wieder hinaus. In der Hand, wie eine Trophäe wedelnd, zeigte er Herrn Kopf den Zettel und bedankte sich. „Wissen Sie noch was über den Toten, hmpf?“, fragte er.

„Nur, dass der ein Spirituosen-Fabrikant aus Recklinghausen war. Alleinstehend, hat er gesagt, und dass er sich hier niederlassen wollte. Mehr weiß ich nicht. Hab mich gewundert, wie der an das Inserat aus der Zeitung gekommen ist.“

„Danke, Herr Kopf. Ich melde mich, wenn ich noch Fragen habe."

‚An die Arbeit', dachte der Kommissar, als er sich abgewandt hatte.

„Cop! Übernimm mal die Leute da hinten und die Nachbarn, hmpf hmpf. Ich will wissen, ob jemand was gesehen oder vielleicht in der Nacht ein Auto gehört hat", rief er seinem Oberwachtmeister zu.

„Pffff! – Na gut Chef, wird gemacht." Missmutig ging Cop auf die kleine Gruppe Neugieriger zu und zückte seinen Notizblock.

Der Hauptkommissar indes suchte im umliegenden Gelände nach weiteren Spuren. Er kletterte die kleine Anhöhe zum Mühlengraben, oberhalb der Straße, hinauf. Zwischen hohem Gras und Gestrüpp fand er ein nagelneues Herrenfahrrad.

„Einfach ins Gebüsch geworfen, hmpf hmpf. – Fuzzi!", brüllte Schneider nach unten. „Komm mal hier hoch!"

Wachtmeister Pfützenreuter stakste widerwillig durch die hohen Brennnesseln auf den Hauptkommissar zu.

„Oh! – Ein Rad. – Von dem Toten? Vielleicht hat den jemand im Dunkeln übersehen und umgefahren. Und als er merkte, dass der Mann tot ist, hat er das Rad ins Gebüsch geschmissen und sich schnell vom Acker gemacht. Fahrerflucht", eiferte Fuzzi nun, um seinen ‚Schnüffel-Ausrutscher' wieder gut zu machen.

„Hirnlos. So ein Stumpfsinn! Der Tote hat doch nur am Hinterkopf eine Platzwunde, die könnte vom Schlag mit einem Knüppel oder ´ner Eisenstange stammen. Außerdem, guck dir mal das Fahrrad an! Ist nicht mal ein Kratzer dran, hmpf." Der Kommissar hob das Rad begutachtend hoch und zog dabei unentwegt Luft mümmelnd durch die Nase.

„Lass das Rad zur Untersuchung abtransportieren. Hmpf hmpf. Ich will wissen, woher es kommt, wem es gehört und so weiter. Außerdem sollen die Kollegen nach dem Tatwerkzeug suchen. Und komm in die Hufe!“ Grollend und schniefend machte sich Schneider auf den Weg zu seinem Auto.

Mit knirschenden Zähnen blickte Fuzzi ihm nach. „Hmpf hmpf“, ahmte er nach.

Am Nachmittag trafen sie sich zur Fallbesprechung im Kommissariat. Schneider hatte eine Stellwand mit Spickzetteln, Fotos vom Tatort und dem Bild vom gelben Enzian behängt.

„Cop, hmpf hmpf, hast du was rausgefunden?“, wandte sich Schneider an den Oberwachtmeister.

Der räusperte sich. „Die Nachbarn haben in der fraglichen Nacht nichts gesehen und gehört. Aber jemand aus der Gärtnerei Reischl hat den Toten auf dem Fahrrad ein paar Tage vorher Richtung Ecklingerode fahren sehen.“

„Soso, den Toten auf dem Fahrrad radeln, hmpf hmpf.“

„Naja, den Wischnewski, als er noch lebte.“ Genervt blickte Cop zur Decke. „Außerdem habe ich herausgefunden, dass der im Hotel zum Löwen ein Zimmer bis nächste Woche gebucht hatte. Dem gehörte in Recklinghausen eine Spirituosen-Fabrik. Hat keine Angehörigen mehr. Seine Mutter ist im Frühjahr verstorben. – Das war´s.“

„Na gut. – Fuzzi? Hmpf hmpf. Und du?“

„Äh, ja“, begann der Wachtmeister stotternd. „Also – den Knüppel oder ein anderes Tatwerkzeug haben wir nicht gefunden. Das Fahrrad hat der Tote ... ähm, der Wischnewski letzte Woche bei Zweirad Hertwig gekauft und bar bezahlt. Der Chef von dem Laden wusste noch, dass der Mann zu

Besuch hier ist und ins Obereichsfeld radeln wollte, sozusagen auf den Spuren seiner geliebten Mutter. Hat der ihm erzählt. Die habe während des Krieges in Brehme gelebt. Weil doch der Kohlenpott ausgebombt war, wurden damals viele Kinder und Jugendliche hier im Eichsfeld untergebracht. Der Wischnewski hatte sogar das alte Tagebuch seiner Mutter dabei. Außerdem hat er den Hertwig gefragt, ob auf dem Sonnenstein noch gelber Enzian wachse."

„Hmpf hmpf. Gute Arbeit", lenkte Schneider kopfnickend ein. „Gelber Enzian, soso. Wollte der in seiner Fabrik etwa Enzianschnaps brennen? Hatte er deshalb das Bild in der Brusttasche, um auf Suche zu gehen? Vielleicht steht ja in dem besagten Tagebuch mehr darüber." Sichtlich erfreut mümmelte Schneider lautlos. Eine Spur! Er konnte sie riechen! „Habt ihr das Tagebuch gefunden?"

„Nee."

„Nicht im Hotel und auch nicht am Tatort."

„Hmpf. Weitersuchen. Was ist mit den anderen Interessenten?"

„Heinrich Wenzel kommt um 10 Uhr, Karl Rudolph um 10:30 Uhr auf die Wache", sagte Cop.

„Dann nehmt ihre Daten auf und schickt sie mir hoch, hmpf." Schneider kniff listig die Augen zusammen. „Vielleicht ist ja einer von beiden nicht ganz astrein, hat den Wischnewski ausgeschaltet, um selber an die Mühle zu kommen."

Um 10:10 Uhr klopfte es heftig an Schneiders Tür. Kaum hatte der Hauptkommissar „Herein!" gebeten, wurde die Tür auch schon stürmisch aufgerissen und schlug polternd gegen den Schrank.

„Was soll das Theater? Ich habe Termine! Was wollen Sie

von mir? Unverschämtheit, mich hier einzubestellen wie einen Verbrecher!"

„Guten Morgen! Herr Wenzel, nehme ich an?" Schneider blieb förmlich und bat den aufgebrachten Mann, Platz zu nehmen.

„Mir hängen Sie nichts an! Ich habe nichts verbrochen!"

„Herr Wenzel, beruhigen Sie sich bitte! Ich habe nur ein paar Fragen an Sie." Kommissar Schneider hielt einen Moment inne. „Sie haben sicher schon gehört, dass wir an der Obermühle einen Mann namens Wischnewski tot aufgefunden haben. Nach Auskunft von Herrn Kopf war der Tote, genau wie Sie, ein Kaufinteressent. Dazu hätte ich ein paar Fragen."

„Wieso Fragen? Der hatte doch gar keine Chance. Ich hab doch viel mehr Geld geboten. Hat der olle Kopp Ihnen das nicht gesagt? Warum sollte ich den also erschlagen?", sagte Wenzel laut. Dann murmelte er verächtlich: „Provinzbullen."

„Na na, passen Sie auf, was Sie sagen, Herr Heinrich Wenzel. Ich kann auch anders! Hmpf hmpf. Woher wissen Sie eigentlich, dass der Tote erschlagen wurde? Und wo waren Sie vorgestern Abend und in der Nacht zum Mittwoch?", zischte Schneider ihn scharf an.

„Ich glaube, das hat unten der Polizist gesagt, dass der erschlagen wurde. Und vorgestern Abend, da war mein Architekt bei mir im Büro. Muss so gegen neun gewesen sein, als ich nach Hause bin zu meiner Frau", antwortete Wenzel einlenkend.

„Na gut. Wir werden das überprüfen. Halten Sie sich bitte für weitere Fragen zu unserer Verfügung. Hmpf hmpf. Wiedersehen", verabschiedete der Kommissar den Bauunternehmer kühl.

Karl Rudolph, der dritte Kaufinteressent, erschien erst gegen 11:45 Uhr. „Entschuldigen Sie die Verspätung, Herr Hauptkommissar. Sie wissen ja, Termine, Termine!“

„Hmpf hmpf. Nehmen Sie bitte Platz. Herr Karl Rudolph? Ich komme gleich zur Sache. Von den Kollegen unten wissen Sie ja schon, warum ich Sie sprechen will. Wie mir berichtet wurde, haben Sie auch Interesse an der Obermühle gezeigt.“

„Ja, ich will daraus ein Event-Café machen, verstehen Sie? Regionale Gerichte, wie Mettwurstbrot oder Eichsfelder Schmandkuchen, wollen wir anbieten. Außerdem einen Wasserspielplatz für Kinder und einen Kleintierzoo. Jetzt liegt die Mühle ja nicht mehr am Ende der Welt, sondern mitten in Deutschland. Der Bürgermeister unterstützt übrigens mein Vorhaben. Tut der Stadt gut und dem Miteinander von Ober- und Untereichsfeld! Die Ecklingeröder und die Brehmer haben sich ja schon vor dem Krieg nach Duderstadt orientiert. Und die Obermühle liegt genau auf der Strecke ins Ohmgebirge und zum Sonnenstein. Da lässt sich touristisch was draus machen!“, versicherte Rudolph erzählfreudig.

„Hmpf, hmpf. Kennen Sie auch die anderen Kaufinteressenten?“

„Meinen Sie Wenzel, den Aufschneider? Der alte Bollerkopp hat´s diesmal selbst vermasselt. So wie der macht man doch keine Geschäfte mit einem alten Mann, ha!“

„Hmpf hmpf. Und Herrn Wischnewski? Kannten Sie den auch?“

„Nein, der war doch nicht von hier. – Na ja, im Löwen hat er mich mal angesprochen. Wollte uns seinen Schnaps verkaufen, aus Recklinghausen! – Nee, nee, habe ich ihm gesagt. Wir setzen hier auf Lokales! Wir Eichsfelder müssen schließlich zusammenhalten!“

„Hat Herr Wischnewski Ihnen sonst noch etwas erzählt? Hmpf."

„Nein", schüttelte Rudolph energisch den Kopf. „Wir haben wirklich nur so zwischen Tür und Angel geredet."

„Wo waren Sie denn am Dienstagabend? Hmpf hmpf."

„Ja, wo werde ich schon gewesen sein? Ich bin Gastwirt! Da hat man erst Feierabend, wenn der letzte Gast gegangen ist."

„Hmpf, na gut Herr Rudolph. Dann war´s das erst einmal. Bitte halten Sie sich zu unserer Verfügung."

„In Ordnung. Wird gemacht. Muss ja aufgeklärt werden, so´n Mord, nicht wahr? Wirft ja ein schlechtes Licht auf unser schönes Duderstadt. Wenn ich da mal so spekulieren darf. Der gute Mann kam doch nicht von hier. Warum sollte ein Duderstädter denn einen Fremden umbringen? Das macht doch keinen Sinn. Also, viel Erfolg Herr Hauptkommissar." Rudolph reichte Schneider dienernd die Hand und verließ das Zimmer.

„Hmpf hmpf, Schleimer", raunte Schneider, griff zum Hörer und polterte: „Sofort hochkommen!"

Zwei Minuten später standen Cop und Fuzzi nervös vor dem Schreibtisch des Hauptkommissars.

„Welcher Idiot hat dem Wenzel erzählt, dass Wischnewski erschlagen wurde?", schnauzte er.

„Keiner!" – „Wir sind doch nicht blöd!"

„Hmpf hmpf. Woher wusste das der Wenzel dann? – Habt ihr sonst was Neues? – Cop?"

„Ja, ein Angestellter aus der Schnapsfabrik in Recklinghausen hat bei uns angerufen, weil er keinen Kontakt mehr zu seinem Chef gekriegt hat. Die haben täglich telefoniert und betriebliche Dinge besprochen. Der Mann war fix und fertig, als ich ihm gesagt habe, dass Wischnewski tot ist. Morgen will er herkommen und sich um die Überführung kümmern, weil es keine Angehörigen gibt. Die Mutter litt unter schlimmen Depressionen, hat er erzählt. Sie hat sich im Frühjahr das Leben genommen. Das hat den Chef total aus der Bahn geworfen. Der hatte nie ´ne Freundin, war immer nur mit seiner Mutti zusammen. Eigenartig."

„Okay, Cop. Hmpf hmpf, bleib dran! Ich will wissen, wer das Ganze in Recklinghausen erbt. Gibt es ein Testament? Du weißt schon: Such die Nadel im Heuhaufen! Vielleicht wollte jemand den Chef loswerden. Da eignet sich ein Aufenthalt in der Provinz doch ausgezeichnet. Hmpf hmpf", übernahm Schneider die Gedanken des Gastwirts. ‚Oder wollte der Rudolph mir eine falsche Spur legen, um von sich selbst abzulenken?´, überlegte er.

„Hmpf hmpf. Und nun zu dir, Fuzzi. Was ist mit dem Tatwerkzeug? Weiß die Spusi inzwischen mehr? Ist der Fundort auch der Tatort?"

Aber wie immer, wenn der Chef mit schnellen Forderungen kam, konnte Fuzzi keinen klaren Gedanken fassen.

„Ähm, ja. Den Knüppel, ähm, nee, den hab´n wir nicht gefunden. Ja und ... ähm. Ach ja, die Spusi sagt, dass der woanders umgebracht worden ist, nicht bei der Mühle. Sie haben Schleifspuren und Blut vom Toten von der Straße bis zum Fundort sichergestellt. Außerdem waren da Reifenspuren."

„Ach ja? Na, dann müssen wir den Tatort finden. Wo ist Wischnewski rumgeradelt? Wen hat er getroffen? Die ganze Bandbreite will ich auf dem Schreibtisch haben. Und Fuzzi! Informiere die Polizeidienststelle in Worbis. Ist ja Thüringen – einen Kilometer weiter. Hmpf. Auf ein neues Kapitel im geeinten Deutschland!"

Am Nachmittag verließ der Hauptkommissar pfeifend die Dienststelle, setzte sich in seinen Wagen und fuhr, vorbei an der Obermühle über die ehemalige Grenze nach Ecklingerode. Ob seine Schnüffelnase ihn wieder einmal lenken würde?

Er fuhr durch den Ort am Gelben Hof vorbei weiter Richtung Brehme. Am Ortseingang hielt er am Friedhof an. Ein Besuch am Grab seiner Großeltern musste sein, auch wenn er sie zu Lebzeiten wegen der Grenze nie gesehen hatte. Durch die alten Geschichten, die sich die Eltern und Verwandten, die damals in den Westen geflüchtet waren, so gern erzählten, waren ihm die Großeltern trotzdem vertraut. Sein Weg führte ihn bald darauf weiter durch Brehme in Richtung Wildungen, einer alten Ruine unterhalb der Steilen Trift im Ohmgebirge. An der Badeanstalt stellte er seinen Wagen ab und marschierte zu Fuß den ansteigenden Weg zum Waldcafé hinauf. Von hier aus wollte er über den alten Sportplatz durch die Wiesen zum Braunen Bühl, einem kleinen Hügel unterhalb des Sonnensteins mit herrlichem Blick ins Untereichsfeld, gehen.

‚In einer guten halben Stunde werde ich wohl oben sein', überlegte er. Dass hier im Frühjahr Orchideen und Himmelsschlüsselchen blühten, wusste er von seinem Vater. Ob auch noch der gelbe Enzian hier wuchs?

In Puschen schlurfend kam ihm ein alter Mann entgegen. Er beäugte den Kommissar von oben bis unten und sprach ihn dann auf Plattdeutsch an: „Bist du nich von Schnieers Alwies de Junge?"

„Ja, hmpf hmpf. Woher kennen Sie mich?", staunte der Hauptkommissar.

„Ha! Eek kenne alle uut´n Darp! Du ßieht jenau uut wie dien Voater! Dat woar freuer en Freund von meek. Dann bist du also de Kommissar uute Stadt? Christian! Stimmet et?“ Der Alte grinste. „Hat dien Voater deek nichts von Wands Autchen vertellt? Dat bin eek. Freuer hät wie Jungs von Wildungen, in Diekholt rupp und an de Käperwiesen bis zum Ssunnenstahn allet unsicher moaket. Obwohl eek wohl en poar Joar älrer bin, is dien Voater immer bi eseck ewest, ha! Dat woar ne chaue Tiet.“ Er nickte bei dem Gedanken an die gute alte Zeit vor dem Krieg.

„Ja, doch, hmpf hmpf. August Wand, sagten Sie? Von dem hat mir mein Vater viele Streiche erzählt. Ich freue mich Sie kennenzulernen!“ Schneider reichte dem Mann aufgeregt schnüffelnd die Hand.

„Du mosst nich ‚Sie´ zu meek sagen. Eek ßie Autchen! Und du schnüffelst wie dien Chossvoater. Dat sich sowat verarvet ...“ Der Alte schüttelte ergriffen den Kopf. „Nichts für ungut“, entschuldigte er sich kurz darauf.

„Du bist wohl jeden Tag hier draußen, was?“, versuchte Schneider das Gespräch in eine andere Richtung zu lenken.

„Bi Wind und Wear“, nickte Wand. „Doch hiete reißt´s meek in Knooken. Doa bin eek truuss blebn.“

„Sag mal Autchen, hmpf hmpf, ist hier vor ein paar Tagen ein fremder Mann mit einem Fahrrad rumgefahren? Vielleicht hast du den ja gesehen oder sogar mit ihm gesprochen“, erhoffte der Kommissar Neues zu erfahren.

„Joa, mahnst den Jung´n von ´ner Else? Dat Meeken ut Recklinghusen, dat in Kriech hier wass?“

Hauptkommissar Schneider blieb der Mund offen stehen.

„Eek häwwe dat klaane Tagebauk von ne Else jefun´n, oben bien Tisch am Ssunnenstahn! Kennst du den Jung´n von´ne Else? Dann kannst du ehm dat Bauk mehnehm.“

Volltreffer!

„Weißt du was Autchen? Hmpf hmpf. Ich gebe einen aus! Wollen wir im Waldcafé ein Bier trinken? Auf alte Zeiten! Dann kannst du mir alles erzählen."

„Dat is en Woart. Jawoll mien Junge, bist´n echten Kearl. Dat moak wie. Kumm!"

Die Erzählungen von Wand´s Autchen begeisterten Kommissar Schneider derart, dass er total die Zeit vergaß und das Gehörte in sich aufsog wie ein trockener Schwamm. Als etliche Biere die Kehlen hinunter geflossen waren, und der Durst trotzdem nicht zu stillen war, beschlossen die beiden nach Hause zu gehen. Sich gegenseitig stützend, torkelten sie singend den Abhang hinunter. Schneider kannte das umgedichtete Lied: ‚Wenn alle Brünnlein fließen', das Autchen anstimmte, von seinem Vater und sang inbrünstig mit: „... ein schönres Mädel findst du nich, juuh-jaah findst du nich, wohl unterm Sonnenstein!" Er brachte August Wand bis zu seinem Haus, um das Tagebuch mitzunehmen und wankte dann summend zu seinem Wagen.

„Schnüffel! Eigentlich darfst du nich mehr fahrn! Hmpf hmpf", sprach er zu sich selbst und versuchte den Schlüssel ins Zündschloss zu stecken. „Aber Schnüffel is im Einsatz! Hmpf hmpf. Schnüffel muss schnell in ´ne Stadt, weil Schnüffel nämlich ein Bulle is! Hmpf hmpf!", erklärte er nickend. Selig schnüffelnd und glucksend startete er seinen Wagen und tuckerte im zweiten Gang langsam bergab nach Duderstadt immer am Bach der Brehme entlang.

Berstende Kopfschmerzen plagten ihn am nächsten Morgen. Vorsichtig öffnete er die Tür zur Wache.

„Kommt mal mit nach oben", flüsterte er. „Lagebesprechung. Aber leise." Cop und Fuzzi ließen ihre Arbeit liegen und folgten dem Chef.

„Oh wei! – Miau!“, raunte Cop wohlwissend Fuzzi zu. „War wohl spät gestern Abend!“

„Also“, begann Schneider seine Gedanken zu ordnen, als sie um den Schreibtisch saßen. „Stellt euch vor! Wir haben einen neuen Zeugen, der Wischnewski am Sonnenstein gesehen hat! August Wand heißt er. Ein echtes Brehmer Urgestein. Von ihm habe ich gestern Nachmittag erfahren, dass Kopf die Mutter von dem Wischnewski kannte! Davon hat der uns nichts erzählt. Und das Beste! Der Wand hat oben am Kreuz vom Sonnenstein das Tagebuch gefunden. Unglaublich!“ Schneider öffnete, immer noch beseelt von den Erkenntnissen, seine Aktentasche und holte das kleine, grauschwarze Büchlein heraus. „Das muss ich noch lesen. Hab ich bis jetzt noch nicht geschafft.“ Cop knuffte unter dem Tisch Fuzzi an und grinste. „Vielleicht liegt da des Rätsels Lösung. – Cop, ruf die Inspektion in Worbis an! Die sollen prüfen, ob oben am Sonnenstein Blutspuren zu finden sind. Das könnte nämlich der Tatort sein.“ Schneider wischte sich die Stirn, als ob dahinter noch etwas war, was er sagen wollte.

„Wird gemacht, Chef“, bellte Cop gehorsam.

„Fuzzi, du bestellst mir Josef Kopf her. Auch den Rudolph und den Wenzel will ich sehen. Um Drei, alle drei! Verstanden?“

„Klar, Chef.“ Fast hätte Fuzzi die Hacken zusammengeschlagen.

Am Nachmittag trafen die Herren Kopf, Rudolph und Wenzel in Schneiders Büro aufeinander. Misstrauisch beäugten sie sich und jeder wartete darauf, dass der Kommissar etwas sagte. Auf diese eher ungewöhnliche Arbeitsweise, alle zusammen zu vernehmen, griff der Hauptkommissar gern zurück, wenn die Verdächtigen sich durch Lügen und Anschuldigungen gegenseitig belasteten.

Cop und Fuzzi lehnten am Schrank und beobachteten wachen Auges die Szene. Rudolph und Wenzel saßen angespannt auf einer Bank, Kopf auf einem Stuhl gegenüber.

„Herr Kopf, hmpf hmpf", eröffnete der Hauptkommissar das Gespräch. „Wie ich erfahren habe, kannten Sie die Mutter des Toten, Else Wischnewski. Warum haben Sie uns das verschwiegen?"

Kopfwiegend murrte der Alte: „Das sind olle Kamellen. Ich wüsste nicht, was Sie das angeht."

„Ich denke, das wissen Sie schon." Kommissar Schneider nahm das Tagebuch von Else Wischnewski und legte es vor sich auf den Schreibtisch.

Sichtlich nervös krächzte Kopf. „Woher haben Sie das?"

„Ach, Sie kennen das Buch, Herr Josef Kopf? Oder sollte ich besser Jupp sagen? Hmpf. Dieses kleine Büchlein wurde gestern oben am Sonnenstein gefunden."

Mit zitternden Händen umfasste Kopf den runden Knauf seines Gehstockes fester. Sein Gesicht lief nun fleckig rotweiß an. Die Lippen schienen blutleer zu sein.

Der Hauptkommissar blätterte in dem Tagebuch und begann vorzulesen: *„Heute hat mir der Jupp von der Obermühle in Duderstadt schöne Augen gemacht. Am Samstag gehe ich mit ihm zum Tanzen. Jupp ist der beste Tänzer von allen. Moni und Lisbeth werden vor Neid erblassen! Ich muss bloß aufpassen, dass er nicht zu viel von dem Enzianschnaps trinkt. Dann wird er immer so rabiat."* Der Kommissar schaute Josef Kopf mit hochgezogenen Augenbrauen an, dann blätterte er weiter. *„Einen Monat später schreibt die Mutter: Heute habe ich mich mit Jupp am Sonnenstein getroffen. Er hatte schon wieder dieses Teufelszeug getrunken und ist zudringlich geworden. Ich konnte ihm gerade* *noch entkommen. Langsam kriege ich Angst, er tut mir was Unsittliches an."* Schneider klappte das Tagebuch zu. Lufteinsaugend machte er eine Pause. Nur das Ticken der Uhr an der Wand war zu hören. Eine kaum auszuhaltende Stille. Jeder schaute auf jeden. Was hatte das mit dem Mord an dem jungen Wischnewski zu tun? Selbst Cop und Fuzzi waren verwirrt. Endlich ging der Kommissar zum Angriff über. „Hmpf. Herr Kopf, dieses Tagebuch von der Else hat Ihnen der Sohn Wischnewski gezeigt, nicht wahr? Wissen Sie, was ich denke? – Sie sind der Vater von Herrn Wischnewski!"

Die Augen von Herrn Kopf füllten sich mit Tränen. „Ja, das hat er gesagt: dass ich sein Vater bin. Oben am Sonnenstein. Ich wusste das nicht, ehrlich. Er hatte mich doch nur nach dem gelben Enzian gefragt. Ich dachte, der wollte daraus Schnaps brennen, in seiner Fabrik." Trotzig kniff er die Augen zusammen. Eine Träne rollte die Wange hinunter, tropfte auf sein Hosenbein. „Aber warum sollte ich ihn denn umbringen? Ich habe mich doch darüber gefreut, einen Sohn zu haben. Glauben Sie mir! Ich hätte ihm alles überschrieben, was ich besitze!"

„Hmpf hmpf, ja. Das habe ich zuerst auch gedacht. Leider endet das Tagebuch mit dieser Eintragung. Aber von August Wand aus Brehme weiß ich, dass damals viel geredet und spekuliert wurde, warum Else Wischnewski Hals über Kopf das Eichsfeld verlassen hat. Hmpf hmpf. Herr Kopf, kann es sein, dass Sie die Frau gegen ihren Willen geschwängert haben? Sie waren ja bekannt als Schürzenjäger", mutmaßte der Kommissar.

Kerzengerade richtete sich Kopf nun auf, klammerte die Hände fester um seinen Stock. „Das können Sie nicht beweisen!", stieß er hervor.

„Mag sein, hmpf", gab Schneider grübelnd zu und beäugte

sein Gegenüber. Es schien, als hätte er den Faden verloren. Plötzlich aber blitzten seine Augen auf. Ruhigen Schrittes kam er um den Schreibtisch herum auf Kopf zu. Mit einer schnellen Handbewegung entwendete er ihm den Gehstock. „Das ist das Beweisstück, Herr Kopf! Ich bin mir sicher. Das ist die Tatwaffe!“, rief er triumphierend in den Raum und betrachtete den Stock. „Hmpf hmpf. Selbst geschnitzt, was? Gutes Stück. Sicher werden wir Spuren daran finden.“

Erschrocken sackte Kopf in sich zusammen, unfähig zu reagieren.

„Hmpf. Hat Wischnewski Sie für den Tod seiner Mutter verantwortlich gemacht? Hat er Ihnen vorgeworfen, dass Sie seine geliebte Mutter vergewaltigt haben? Dass sie wegen Ihnen dieses furchtbare Trauma hatte, nicht mehr leben wollte und sich schließlich selbst das Leben nahm? Dass er ein unerwünschtes Kind war? Herr Kopf! Reden Sie! Warum haben Sie Ihren eigenen Sohn erschlagen?“, drängte Schneider.

„Ich wollte das nicht. Er war doch mein einziger Nachkomme! Es war ein Unfall! Das müssen Sie mir glauben. Der war verrückt! Wollte mich umbringen, weil ich schuld sein sollte am Schicksal seiner Mutter! Vom Sonnenstein wollte er mich runterstoßen. Herr Kommissar!“ Hilfe suchend flehte Kopf Schneider an. „Ich habe mich doch nur gewehrt! Dann ist er ausgerutscht und rückwärts mit dem Kopf auf den Steintisch geschlagen. Ich hab ihn nicht erschlagen! Ehrlich! Ich bin dann sofort weg, als er da lag! Aber wie der zu mir auf´s Grundstück gekommen ist? ... Ich weiß es nicht!“ Verzweifelt zuckte Kopf die Achseln.

„Hmpf hmpf. Tja“, schaute Schneider zu Wenzel und Rudolph. „Wir werden die Reifenabdrücke von Ihren Wagen mit den Spuren, die wir gefunden haben, vergleichen. Aber vielleicht ist einer der Herren bereit, sich jetzt zu äußern?"

„Ich habe Ihnen schon mal gesagt: Sie hängen mir nichts an", drohte Heinrich Wenzel mit der Faust. „Ich habe damit nichts zu tun!"

„Herr Wenzel, hmpf hmpf. Woher wussten Sie dann, dass Herr Wischnewski erschlagen wurde? Meine Kollegen bestätigen beide, dass sie Ihnen das nicht gesagt haben. Also muss ich annehmen, dass Sie den Toten vom Sonnenstein geschleppt und bei der Obermühle abgelegt haben. Aber ich verstehe nicht, warum?"

Mit krauser Stirn überlegte Wenzel. „Jetzt fällt´s mir ein! Der Rudolph hier", er rückte ein Stück von seinem Sitznachbarn ab, „der hat mich an dem Morgen angerufen und gefragt, ob ich auch ins Kommissariat muss, weil der Wischnewski erschlagen wurde."

„Hmpf hmpf, soso. Herr Rudolph, dann sind Sie Herrn Kopf und Herrn Wischnewski zum Sonnenstein gefolgt?", wandte sich Schneider an den Gastwirt.

Widerwillig zuckte Rudolph die Achseln. „Ja. Es kommt ja sowieso alles raus." Tief Luft holend begann er: „Ich wollte noch mal zur Mühle und dem Kopf ein neues Angebot machen. Als ich da ankam, sah ich, wie der mit dem Wischnewski vom Hof fuhr, Richtung Ecklingerode. Das Fahrrad von dem Recklinghäuser lehnte an der Mühle. Die wollen sicher Enzian vom Sonnenstein holen, hab ich mir gedacht. Zum Schnaps brennen, verstehen Sie? Da hatte der doch von rumgefaselt. Enzian, gelber Enzian! Da musste ich natürlich hinterher! Wäre ja noch schöner, wenn einer aus dem Kohlenpott unseren Eichsfelder Enzian vermarkten will! –

Ich habe dann gesehen, wie der Wischnewski oben am Kreuz wie ein Verrückter auf den Kopf losgegangen ist. ‚Du hast meine Mutti auf dem Gewissen! Du Schwein!', hat er geschrien und versucht, ihn zum Abhang zu schubsen. Genaues konnte ich aber nicht sehen, weil ich mich weiter unten hinter einem Busch versteckt habe. Nach einer Weile kam Kopf allein den Hang runter gehumpelt, hat sich in sein Auto gesetzt und ist wie der Teufel davongefahren. Ich war natürlich neugierig und bin hoch zum Kreuz. Da lag Wischnewski tot vor dem Tisch. Erst wollte ich die Polizei rufen, aber dann hab ich mir gedacht, dass ich einen Trumpf in der Hand habe, wenn ich ihn vor die Obermühle lege. Mit meinem Wissen hätte der Kopf mir die Mühle doch verkaufen müssen, verstehen Sie?"

„Aha, erpressen wollten Sie ihn also. Na, da kommt noch Einiges auf Sie zu, meine Herren Rudolph und Kopf." Zufrieden setzte sich Schneider hinter seinen Schreibtisch und klappte die Akte zu. „Abführen!"

Begeistert knuffte Cop seinen Kollegen in die Seite. „Mensch Fuzzi. Unser Schnüffel! Alle Achtung! Er hatte mal wieder den richtigen Riecher! Hmpf hmpf."

Die Entführung

Dieser Bericht gilt einer wahren Begebenheit. Sie ereignete sich in den 1970er Jahren in Holtensen oder in Ellensen bei Einbeck. Oder doch in Heiligenhafen? Niemand weiß das genau. Nur Gerhard. Der aber lächelt – und schweigt.

Seine Wochenenden waren immer kurz und heftig. Gerhard war in einer Abteilung der Bundeswehr, die halb zivilen, halb uniformierten Dienst verrichtete, je nach Situation. Genaues erzählte er nicht. Das wiederum inspirierte seine Omi, die er von Herzen liebte, zu ungeahnten konspirativen Höhenflügen. Der Junge sollte es wenigstens am Wochenende gut haben, dafür sorgte Omi Holtensen, wie sie in der Familie genannt wurde, mit allem, wessen sie fähig war. Ihre unheilschwangeren Ahnungen erhielten durch das neue Fernsehangebot dieser Jahre laufend neue Nahrung.

Der Junge, wie sie Gerhard nannte, packte ihr immer am Wochenende einen Seesack voller Wäsche hin, aß Abendbrot und unterhielt sich dabei ausgiebig mit ihr. Diese Zeit gehörte ausschließlich ihr. Hätte sie ihn um einen Gefallen gebeten – jeden Wunsch hätte er ihr erfüllt. Omi war für ihn der Inbegriff von „zuhause". Er liebte diese zierliche tapfere Frau und war um ihr Wohlergehen stets in Sorge. Aber sie bat ihn fast nie um etwas. Der Junge sollte seine knappe Freizeit genießen können. Omi verwöhnte ihn, wo sie nur konnte und ließ ihm alle Freiheiten, die sich ein junger Mensch nur wünschen konnte. Manchmal kam er in seiner schmucken Uniform nach Hause, ihr zuliebe und um dem Stammtisch im Ort eine Freude zu machen. Man war stolz darauf, dass es einer von ihnen zum Offizier gebracht hatte. Omi sah das mit Stolz – und mit Trauer im Herzen, waren doch ihre zwei Söhne im Krieg geblieben. Manchmal, wenn sie ‚so ein Gefühl' hatte, stellte sie nachts eine brennende Kerze ins Fenster. Das war nach dem Kriege so Brauch, um den Vermissten ‚heimzuleuchten'.

Bis an ihr Ende wartete sie darauf, dass es plötzlich an der Tür klopfte und Hänschen, ihr Jüngster, davor stünde. Er galt als vermisst. Wenn sie dann ihr Jüngelchen, den Gerhard, um sich hatte, war keine Zeit für schwere Gedanken, obwohl auch er diese unheilschwangere Uniform trug. Omi seufzte.

An diesem Wochenende hatte Gerhard etwas vor:

Er wollte zusammen mit Freunden einen Männerabend feiern, zu dem Hermann K. aus Stöckheim ihn und seinen Cousin Heinz eingeladen hatte. So mit Fernsehgucken, Bier trinken und Rülpsen, Übernachtung inklusive, denn Gerhard fuhr seit einem Erlebnis in Flensburg nicht mehr Auto, wenn Alkohol im Spiel war. Bis dahin war eigentlich alles klar. Omi wusste Bescheid, die Jungens ließen sich abholen und Gerhards roter Capri 2,3 GT, für damalige Zeiten ein ‚Geschoss', blieb auf seinem Stammplatz beim Nachbarn schräg vor dem Haus der Großeltern stehen. Diesen hielten sogar die Nachbarn für ihn frei. Niemand im Dorfe durfte dort parken, sonst bekam er es mit den Nachbarn und Omi zu tun.

Es würde ein lustiger Abend werden, so mit Witze erzählen, Bier trinken und – Sie wissen schon.

Am gleichen Freitagnachmittag hatte Ruth, die Älteste der Enkeltöchter, vom Dorfkrug aus mit einem Ferienhausvermieter in Heiligenhafen telefoniert. Sie wollte dort vielleicht mit einer Freundin einen Kurzurlaub verbringen und hatte um Informationen gebeten. Heiligenhafen – das war damals ein fast exotisches Urlaubsziel. Noch kein Holtenser war jemals dort gewesen, jedenfalls nicht nach dem Krieg. Ein Rückruf des Vermieters einer kleinen Ferienwohnung wurde zugesagt. Damals hatte noch nicht jeder ein Telefon, also musste man dorthin gehen, wo man telefonieren oder angerufen werden konnte. Den Rest besorgte die Nachbarschaft per ‚Buschtrommel'. Umständlich zwar, aber es klappte zumeist. Der sehnlichst erwartete Rückruf wurde bei Tante Margreth, Heinzens und Ruths Mutter, für Samstagvormittag avisiert. Er wurde in Vertretung der großen Schwester von deren jüngerer Schwester Jutta, genannt ‚die Dicke', entgegengenommen und in Stichworten auf einen Zettel geschrieben. Jutta würde sich an den vollen Wortlaut schon erinnern, wenn sie ihn las. Der Zettel war also nur eine Gedankenstütze, kein Protokoll. Jutta war damals nicht so genau, es würde schon klappen, wenn jemand den Zettel fände – dachte sie. Jutta legte ihn auf den Küchentisch und verließ das Haus. Am Wochenende hatten alle etwas vor, wenn man nicht zum Arbeiten in die Landwirtschaft musste – Jutta auch. Sie hatte einen Freund, das war wichtiger.

Gerhards Vater war damals in Göttingen bei der Kripo im Bereich ‚Sitte, Mord und Brand' tätig. Omi verschlang dessen spärliche Berichte, die im engen Familienkreise manchmal erstattet wurden, mit Hingabe. Daher fühlte sie sich kriminalistisch gebildet. Gewissermaßen die ‚Miss Marple' von Holtensen. Keiner könne ihr etwas vormachen, hatte sie einmal laut verkündet. Wir werden sie trotzdem weiterhin ‚Omi Holtensen' nennen.

Eine unvorhergesehene Wendung der Feier in Stöckheim ergab nun aber, dass Gerhards erster Fete gleich die zweite in Ellensen folgen sollte. Zu diesem Zwecke musste man sich neu organisieren. Für die Rückfahrt zum Ausgangsort bot sich ein alter Freund namens Helfried an. Dieser fuhr einen klapprigen Fiat 500. Wenn der fuhr. Also eher selten. Heinz wurde zuhause gebraucht, folglich musste man ohnehin über Holtensen nach Ellensen fahren. Unterwegs bekam Helfrieds kleiner Fiat 500 mal wieder seine Mucken und man beschloss spontan, in Holtensen auf Gerhards roten Capri 2,3 GT umzusteigen. War auch besser wegen der Mädels.

So kam es, dass Omi, die am Freitagabend noch den roten Capri vor dem Haus gesehen hatte, am Samstagabend an gleicher Stelle einen rostigen klapprigen Fiat 500 vorfand. Ihre kriminalistische Vorbildung begann zu arbeiten.

Wie bereits erwähnt fuhr Gerhard kein Auto, wenn Alkohol getrunken wurde. Deshalb war ihm auch in Ellensen eine Unterkunft im Hause des Pastors angeboten worden, bei dessen Kindern auch die zweite Feier stattfinden sollte.

Es wurde wiederum ein vergnüglicher Abend mit Bier trinken und allerlei Scherzen und der Bekanntschaft von zwei höchst erfreulichen jungen Damen, die Gerhard erstmals bewusst wahrnahm. Es waren Schwestern seines in Hermannsburg Theologie studierenden sehr guten Freundes Christoph. Doch dazu an anderer Stelle mehr.

Das Wochenende nahm an Dramatik zu, als Omi am Sonntagmorgen immer noch auf Gerhards Parkplatz diesen klapprigen Fiat 500 stehen sah. Ihre kriminalistische Vorbildung und schlimme Erinnerungen an aktuelle Fernsehkrimis à la Stahlnetz trieben Omi aus dem Haus. Die Nachbarn zeigten sich wenig kooperativ, niemand konnte oder wollte bei der Lösung des Falles helfen. Omi ging ins Unterdorf zu Tante Margreth, ihrer Tochter und der Mutter von Heinz, Ruth, Jutta und Renate, Gerhards Cousinen.

Leider fand sie in dem alten Bauernhaus keinen Ansprechpartner, was ihre Aufregung nur noch steigerte. Die kleine

Landwirtschaft hatte die ganze Familie auf die Felder getrieben. Omi wusste auch nichts von dem Telefonat, das Jutta für Ruth entgegengenommen hatte. Jene hatte aber diesen Zettel für die älteste der drei Schwestern auf den Küchentisch gelegt. Diese würde ihn später schon finden und nach dem genauen Hintergrund fragen. Die mittlerweile zu detektivischer Höchstform aufgelaufene Omi fand also ein leeres Haus vor. Bis auf Onkel Krischan, der ihr freundlich einen Platz anbieten wollte: „Set deck uppet Sofa!"

Aber das wollte und konnte sie nicht. Sie fand aber einen Zettel auf dem Küchentisch. Omi stöhnte auf. Erst das Schrottauto auf Gerhards Parkplatz, dann war er zwei Nächte nicht nach Hause gekommen – und jetzt dieser Zettel: ‚zwei Personen ... im Keller! ... nur noch zwei Tage ..., wenn bis dahin kein Geld ... weg! Rückruf wegen Zahlung, Telefon usw., Heiligenhafen.'

Das war der Beweis: Die Entführer hatten die Kinder mitgenommen, samt Auto. Dafür hatten sie die Schrottkiste dagelassen. Und jetzt warteten sie auf ein telefonisches Angebot für das Lösegeld! Omi eilte zum Dorfkrug, rief bei der Polizei an und schilderte den Fall. Sie solle am Montag vorbei kommen und eine Vermisstenanzeige aufgeben. Ihre Verzweiflung wuchs. Die Jungens lagen blutig geschlagen und gefesselt in Heiligenhafen in einem Keller, die Entführer wollten Lösegeld – und keiner kümmerte sich? Da rief sie kurzentschlossen bei Ernst an. Er müsse sofort kommen. Die Entführer hätten Geld verlangt und die Jungens lägen blutig geschlagen und gefesselt im Keller!

„Ernst, du musst eine Sonderkommission bilden!"

Gerhards Vater setzte sich eiligst von Göttingen aus mit dem Auto in Marsch, um Licht in den Fall zu bringen. Zum Glück stand die Einbecker Polizei auch schon vor Margreths

Haus und sicherte Spuren. Noch mehr interessierten sich die Beamten aber für den schrottreifen Fiat 500, das Entführer-Auto, das im Oberdorf vor Omis Haus parkte, wo es die Verbrecher zurückgelassen hatten.

Kopfzerbrechen bereitete auch der mysteriöse Zettel, den die Kerle hinterlegt hatten. Ortstermin in Margreths Haus. Immer noch keiner da, nur Onkel Krischan.

„Set deck uppet Sofa“.

Aber keiner wollte das. Zu ernst war die Situation!

„Wo sind sie denn alle hin?“, schrie der Polizist dem schwerhörigen Krischan ins Ohr.

„Joa, joa, sin nachn Barge. Set deck uppet Sofa!“ (Eine der Ländereien hieß „auf dem Berge“, beim Klapperturm zwischen Juliusmühle und Einbeck).

Die Ermittlungskommission wollte sich gerade dorthin in Bewegung setzen, als einer der Entführten, nämlich Heinz, mit dem Fahrrad nach Hause kam. Kurz darauf erschienen auch die drei Schwestern. Ruth fragte ‚die Dicke’ nach dem Zettel, von dem diese ihr erzählt hatte. Der war aber schon in Polizeigewahrsam. Aus dem Gedächtnis rekonstruierte Jutta: „Anruf von Herrn Ostermann, Heiligenhafen. Hat im Keller noch eine Ferienwohnung für zwei Personen frei. Wenn nicht binnen zwei Tagen Rückruf wegen des Geldes, ist sie weg.“

Heinz hatte mittlerweile sein Insiderwissen genutzt und bei Pastors in Ellensen angerufen. Gerhard lebte.

„Und wie der lebte“, grinste Heinz. Omis Jüngelchen würde bald zurück sein und viel Ruhe benötigen.

Nur Helfrieds schöner Fiat 500, der wurde stillgelegt.

Wie so oft hatte ausgeklügelte Kriminaltechnik ein Menschenleben gerettet!

Blutmond

Riesengroß schien der Mond am Nachthimmel über Karls Heimatort Rüdershausen zu stehen. Er tauchte den kleinen Ort vor ihm in ein mystisches Spiel aus Licht und Schatten. Karl schritt zügig über den neuen Radweg, der die beiden Orte Rhumspringe und Rüdershausen verband. In der Ferne leuchtete das Firmenschild des Malers Stahl und wies ihm den Weg. Viel zu lange hatte er mit seinen Freunden beim Kartenspiel gesessen.

Der Neue in der Runde, Franz, kam ihm sonderbar vor. Süffisant lächelnd hatte er über den ganzen Abend gewonnen und den Gewinn großspurig eingestrichen. Immer wieder fielen Bemerkungen, die Karl zusammenzucken ließen. Er habe den einen oder anderen Job zu vergeben, aber nur an mutige Männer, die keine Angst vor der Polizei hätten. Nein, natürlich nichts Illegales. Franz bot sogar an, dass die Freunde sich ihren Spielverlust locker mit einem kleinen Job ausgleichen könnten. Die anderen lachten arglos über diese dubiosen Angebote. Karl, den der Verlust der heutigen Pokerrunde arg schmerzte, hatte kurz darüber nachgedacht, ob er genauer nachfragen sollte, dann aber doch geschwiegen. Er wollte in seiner Situation nicht noch mehr Ärger.

Seit Jahren ging alles schief. Seine Frau Hilde war seit einem Autounfall ein Pflegefall. Teilnahmslos lag sie in ihrem weiß bezogenen Bett. Wenn Karl sie im Pflegeheim besuchte, starrte sie wie durch ihn hindurch. Manchmal hatte sie Tränen in den Augen und Karl wünschte, dass sie ihn erkennen möge. Die Ärzte nannten es Wachkoma und machten ihm keine Hoffnung auf Besserung.

Der Unfallverursacher hatte sich einfach aus dem Staub

gemacht, ohne sich um die schwer verletzte Frau zu kümmern. Ein zufällig vorbeikommender Arzt leistete damals Erste Hilfe, sonst wäre Hilde noch an Ort und Stelle verblutet. Einziger Hinweis war, dass das Unfallfahrzeug von extrem grellgrüner Farbe gewesen sein musste. Laut Polizeiaussage war es keine Standardfarbe irgendeines Herstellers, sondern nachlackiert. Spuren davon konnten an Hildes Wagen sichergestellt werden.

Kinder hatten die beiden nicht und in seiner Trauer und Einsamkeit hatte Karl Trost im Alkohol gefunden. Seinen Job als Taxifahrer hatte er dadurch verloren und das Pflegeheim verschlang die letzten Ersparnisse.

Mit Gelegenheitsjobs hielt er sich über Wasser. Manchmal stahl er ein paar Lebensmittel – Mundraub, so entschuldigte er sich vor seinem aufkeimenden Gewissen. Die Bestohlenen sahen das leider nicht so locker. Einige Anzeigen gegen ihn liefen schon. Das sprichwörtliche Wasser stieg höher und höher. Es stand ihm bereits bis zum Hals.

Hatte er beim Pokern ganz ansehnliche Gewinne gemacht, konnte er davon eine ganze Woche leben. Heute aber hatte ihm dieser dubiose Franz das letzte Hemd ausgezogen und Karl schlich mit leeren Taschen nach Hause.

„Es muss was passieren. Irgendwie muss ich zu Geld kommen!“, murmelte er.

Im fahlen Mondlicht glitzerte der Tau auf den Wiesen vor Rüdershausen, die als Mahnte bekannt waren. Das lang gezogene Geheul eines Hundes ließ Karl erschrocken zusammenfahren. ‚Man könnte meinen, der berüchtigte Mahnehund sei unterwegs um die Bewohner seines Dorfes vor Bösem zu schützen.‘ Bei dem Gedanken musste er grinsen. Wen interessieren schon alte Sagen?

In den nächsten Wochen ging es mit Karl immer mehr bergab. Schließlich ließ er sich doch auf einen Handel mit Franz ein. Die Spielschulden, die er inzwischen bei ihm angehäuft hatte, ließen ihn zusehends schlechter schlafen. Franz hatte ihm großspurig einen Job besorgt.

„Nichts Schwieriges", hatte er gesagt. Er solle nur zur Rhumebrücke an der kleinen Verbindungsstraße nach Lütgenhausen kommen, ein Päckchen von einem Kurier annehmen und dieses einige Zeit aufbewahren. Dann würde er einen neuen Ort und Termin genannt bekommen, an dem er das besagte Päckchen an einen weiteren Kurier übergeben sollte. Auf Karls neugierige Frage, was denn in dem Päckchen sei, antwortete Franz von oben herab: „Es ist besser, wenn du das nicht weißt!"

„Aber es ist doch nichts Illegales, oder?", erkundigte sich Karl vorsichtig.

Franz lachte schallend: „Nein, natürlich nicht!" Spöttisch blickte er hinter Karl her. „Wie kann man nur so naiv sein!"

Vier Wochen später wartete Karl um kurz vor Mitternacht an der Rhumebrücke. Nebel stieg aus dem Flussbett herauf und ließ ihn frösteln. Silbernes Mondlicht glitzerte auf der gemächlich dahinfließenden Rhume und trug seine Gedanken fort. Wie oft hatte er mit Hilde auf der Brücke gestanden? Wie fasziniert sie vom Spiel der Wellen gewesen war und sich stets über das sanfte Gluckern und Rauschen gefreut hatte. Wenn er sich nun einfach in die Rhume stürzen würde, dann hätte sein freudloses Leben ein Ende, dachte Karl. Tief in seinem Inneren aber hörte er Hildes Stimme, die ihn ermahnte, nicht aufzugeben.

Aus Lütgenhausen näherten sich die Scheinwerfer eines Autos. Erwartungsvoll drehte sich Karl um. Im Augenwinkel meinte er einen großen Schatten zu sehen. Zottelig, mit spitzen Ohren – ein Wolf? Als Karl genauer hinsah, war er verschwunden.

„Jetzt fang nicht an zu spinnen“, schimpfte er sich.

Das Auto hielt abrupt neben ihm. Jemand ließ das Fenster einen Spaltbreit herunter. Im Innenraum konnte man nichts erkennen, außer einer grünen Baseballkappe, die der Fahrer tief ins Gesicht gezogen hatte. Eine schnarrende Stimme fragte: „Kartoffelkraut?“

Karl nickte, antwortete: „Kartoffelkäfer“, und nahm ein Päckchen entgegen.

Sofort fuhr das Fenster wieder hoch und der geheimnisvolle Fahrer gab Gas. Karl blickte auf das Päckchen in seinen Händen. Das war ja fast zu einfach gewesen. Er sah sich hektisch um und verstaute das braune Etwas unter seiner Jacke.

In der Ferne hörte er das schaurige Heulen eines Hundes.

Vier Tage später erhielt er einen Anruf: „Kartoffelkraut“, meldete sich die schnarrende Stimme, die Karl bereits kannte.

„Ja“, antwortete Karl.

„Morgen um Mitternacht an der Schutzhütte im Baumpark – verstanden?“

„Ja“, entgegnete Karl abermals.

Am nächsten Abend wartete Karl in der Schutzhütte. Im Dunkel schweifte sein Blick über den Weg, der sich zwischen den neu angepflanzten Bäumen und Büschen den Berg hinaufschlängelte. Weit oben erkannte er die Silhouette des Baumes, den er gleich zur Eröffnung des Parks mit seiner geliebten Hilde gespendet und gemeinsam eingepflanzt hatte. Karl seufzte: „Ja, da war alles noch in Ordnung!“ Er schaute auf die Uhr. Gleich würde er das Päckchen weitergeben und seinen Lohn bekommen.

Müde schloss er die Augen. Ein unheimliches Knurren ließ ihn plötzlich hochfahren. Gänsehaut zog über seinen Körper. Was war das?

„Hey", rief er laut.

Das Geräusch verstummte schlagartig. Karl starrte wie gebannt in die Dunkelheit.

Da! – Karl fuhr erschrocken zusammen. Ein schwarzer Hund sprang aus dem Gebüsch. In der Schnauze trug er blutige Beute, schlug einen Haken, als er Karl wahrnahm und trabte dann in die andere Richtung davon.

„Verdammt noch mal! Wer lässt denn seinen Köter des Nachts allein umherwildern?", schimpfte er.

Ein Fahrzeug näherte sich. Wie beim ersten Mal senkte sich die Fensterscheibe nur einen Spalt. Dieses Mal fragte Karl nach dem Passwort. Als es richtig genannt wurde, wechselte das Päckchen den Besitzer. Karl bekam einen braunen Umschlag, in dem er seinen Lohn vermutete. Erleichtert lief er nach Hause. Über die unheimliche Begegnung mit dem Hund grübelte er noch lange nach.

In dieser Nacht träumte er von einer Meute großer schwarzer Hunde, die ihn über die Wiesen der Mahnte jagten. Schweißüberströmt wachte er noch vor Sonnenaufgang auf und beschloss aufzustehen.

In den nächsten Wochen waren die Übergaben der Päckchen am Friedhofsparkplatz, den Tennisplätzen am Hellberg und an den Fischteichen im Hagen. Jedes Mal erhielt Karl einen kleinen Geldbetrag. Nicht viel, aber es reichte aus, dass er nicht mehr stehlen musste. Große Ansprüche hatte er ohnehin nicht. Solange er seinen Fusel und ein bisschen Brot hatte, kam er schon klar. Ganz selten gönnte er sich eine echte Eichsfelder Mettwurst dazu. So eine ordentliche Stracke oder Kälberblase waren sein größter Luxus.

Das hätte ewig so weitergehen können, wenn nicht eines dieser geheimnisvollen Päckchen runtergefallen wäre! Karl hob es auf und drückte die beschädigte Ecke wieder gerade. Dabei rieselte weißes Pulver aus der Tüte. Hatte er es nicht längst gewusst? Franz hatte ihn in illegale Geschäfte verstrickt!

Bislang war es ihm egal gewesen. Das Geld kam ihm gut gelegen, und alles andere interessierte ihn nicht. Aber die Sache lag jetzt anders. Nun fand Karl den Lohn, den er erhielt, für entschieden zu wenig!

Nach dem nächsten Pokerabend begleitete er Franz ein Stück.

„Ich weiß Bescheid!“, raunte er ihm zu.

„Was meinst du?“ Franz zog misstrauisch die Augenbrauen zusammen.

„Ich weiß, was in den Päckchen ist.“

„Na und? Dann sieh zu, dass du dich nicht verplapperst. Der Boss kann sehr ungemütlich werden!“

Als *Boss* bezeichnete Franz immer seinen Auftraggeber. Karl vermutete, dass er der nächstgrößere Dealer in der Gegend war.

„Hab nicht vor, mich mit deinem Boss anzulegen!“

„Das würde ich dir auch nicht raten. Der mag es nämlich gar nicht, wenn zu viele Leute Wind von seinen Geschäften bekommen!“

„Ich finde, es ist an der Zeit meinen Lohn etwas anzuheben. Wenn man bedenkt, was ich für ein Risiko eingehe – als Kurier ... “, Karl schaute Franz prüfend ins Gesicht.

„... da steht bestimmt eine ordentliche Strafe drauf.“

„Pfff ...“, machte Franz geringschätzig. „Wer sollte denn ausgerechnet dich verdächtigen? Nein, es bleibt genau so, wie es ist!“

Karl kniff die Augen zusammen. „Mir wird das zu heiß!

Ich kann keine Nacht mehr schlafen, aus Angst erwischt zu werden. Wenn du mir nicht mehr zahlst, steige ich aus!" Es klang mutiger als Karl sich fühlte, aber er meinte, dass er Druck ausüben müsse, um bei Franz etwas zu erreichen.

Der lachte: „So, schlafen kannst du nicht mehr! Du bist mir ja ein Held! Also gut, ich werde mit dem Boss reden. Und ich gebe dir hier etwas, dass dich wieder schlafen lässt." Franz zog aus seiner Manteltasche ein braunes Fläschchen und grinste. „Davon machst du dir zehn Tropfen in dein Feierabendbier. Ist alles rein pflanzlich, kannst du ohne Bedenken nehmen!"

Skeptisch schaute Karl auf das angebliche Wundermittel in seiner Hand. „Und du sprichst mit dem Boss, ja?"

„Na klar, Karl, das ist doch selbstverständlich – unter Freunden!" Gönnerhaft legte er seine Hand auf Karls Schulter. „Nun muss ich aber los! Schöne Träume!"

Nur ein paar glühende Augen beobachteten die Mahnte, und was sich dort für zwielichtige Gestalten herumtrieben. Karl bemerkte nicht, dass ihm auf leisen Pfoten jemand folgte ...

Zuhause betrachtete er argwöhnisch das Fläschchen.

„Ach was", murmelte er, „bevor ich wieder die ganze Nacht wach liege, probiere ich das jetzt aus".

Er holte sich eine Flasche Bier, öffnete sie und ließ zehn Tropfen der klaren Flüssigkeit in die Flasche gleiten. Dann nahm er einen großen Schluck und wartete auf die Wirkung. Als die Flasche leer war, fühlte er sich merkwürdig erleichtert. Lächelnd ging er zu Bett.

„Morgen werde ich Hilde einen schönen Strauß Blumen mitbringen. Beim Nachbarn Diedrich steht der ganze Garten voll mit Gladiolen, die liebt sie so!"

Alles schien unkompliziert und locker zu sein.

Karl schlief so tief wie schon seit Monaten nicht mehr. Die Träume waren bunt und schön. Auch Hilde kam darin vor. Sie war so hübsch wie in ihrer Jugend, ja fast noch strahlender. Aber die Nacht mit ihren bunten Träumen ging vorbei und der graue Morgen dämmerte. Vergessen waren die Gladiolen für Hilde und auch die Leichtigkeit, die alle Sorgen weggeschoben hatte.

Das Telefon klingelte. Ein neuer Auftrag! Er nahm ein Päckchen in Empfang, trank sein Feierabendbier mit den zehn Tropfen, schwebte durch eine traumreiche Nacht und lieferte das Päckchen wieder aus. Im braunen Umschlag war der gleiche Betrag wie immer. Sicher hatte Franz noch nicht mit dem Boss gesprochen. Egal, er hatte seine Tropfen und konnte schlafen. Das zählte momentan mehr.

So ging das über viele Wochen. Karl fragte bei Franz nach, ließ sich aber immer wieder vertrösten. Von dem Schlafmittel brauchte Karl immer mehr, die Wirkung kam später, die Träume waren nicht mehr so bunt und leicht. Und eines Tages war das Fläschchen leer!

Franz spendierte freigiebig ein neues.

Es dauerte nicht lange und auch das zweite Fläschchen ging zur Neige. In den Umschlägen fand Karl immer noch nicht mehr Geld. Er beschloss, Franz aufzusuchen und die leidige Sache zu klären. Dann könnte er auch gleich nach neuer Schlafmedizin fragen. Mittlerweile brauchte Karl die Tropfen schon am Tag, um Ruhe zu finden. Er nahm zehn Tropfen und machte sich auf den Weg.

Es war bereits Abend. Auf der Mahnte stand das Korn in voller Pracht. Kornblumen und Klatschmohn wiegten sich im Wind und leuchteten trotz der Dämmerung grell aus dem strohgelben Feld. Ein Rotmilan zog seine Kreise direkt über ihm. Er schien eine Flügelspannweite von mindestens drei Metern zu haben, die typischen Schwanzfedern leuchteten neonrot.

„Ist der schön!", lallte Karl benommen. Die Wirkung der Medizin schien intensiver zu sein. Oder hatte er sich verzählt und zu viel genommen? Er hob die Hand und wollte den Vogel, im Flug streicheln. Nur ein paar Zentimeter und er würde ihn berühren! So glaubte er!

Im Rausch erschien ihm Hilde. Ihr Bettzeug war heute besonders weiß und das Ticken und Blubbern der Maschinen durchdrang betäubend den Raum. Hilde lächelte ihn aufmunternd an. Er hörte ihre Stimme, obwohl sie die Lippen nicht bewegte. *Heute Karl – heute ist der Tag!*

„Ja Hilde, heute ist der Tag!" antwortete Karl, ohne die Bedeutung zu erfassen.

Die Straße, in der Franz wohnte, war sehr verwinkelt. Karl hatte Mühe, seine Füße voreinander zu setzen. Lieber wäre er geflogen, aber dafür schien ihm die Gasse zu eng. Mit aufgerissenen Augen und riesigen Pupillen stierte er geradeaus. Er atmete keuchend, sein Puls raste. Plötzlich stand Franz vor ihm. Er sprach so laut und dröhnend, dass es in Karls Ohren schmerzte. „Wo willst du hin?"

„Zu dir! Reinen Tisch machen, ich will mehr Kohle und neue Medizin!", nuschelte Karl.

Franz zerrte ihn durch sein Hoftor ins Haus. Karl war noch nie bei Franz gewesen und schaute sich verwundert um. Alles war so hell. Die Wände, die Möbel, der Fußboden, als hätte alles im Inneren ein gleißend helles Licht. Schwer sank Karl auf einem Sessel zusammen. Unfähig zu sprechen, gestikulierte er mit den Händen und wurde wütend, als Franz ihn nicht verstand.

„Mensch Karl, wie viel hast du genommen?" Franz dämmerte es, dass es an seiner angeblichen Schlafmedizin liegen musste.

In einem Anflug von Energie sprang Karl aus dem Sessel und lief zurück auf den Hof. Er wollte nur noch raus. Alles hier war unheimlich, beinahe gruselig. Er öffnete aber nicht die Hoftür, sondern stürmte in Franz' Scheune.

Und dort entdeckte er es: Das grellgrüne Auto, das ihm das Blut in den Adern gefrieren ließ! Er stürmte zur nächsten Tür. Jetzt stand er auf der Straße. Sein Geist war plötzlich klar und seine Gedanken ebenso. Franz war es gewesen! Niemals hätte er das gedacht!

Der Radweg lag wie eine gewundene Schlange vor ihm. Karl rannte. Die Polizei! Er musste von seinem Fund berichten. Von zuhause könnte er in Ruhe telefonieren.

Die Wolken zogen beiseite und gaben den Blick auf einen prallen Vollmond frei. Ein silbernes Fahrzeug näherte sich von hinten. Als es auf Karls Höhe war, hielt es an. Der Fahrer ließ das Fenster einen Spaltbreit herunter und eine bekannte Stimme schnarrte in harschem Befehlston: „Steig ein!"

„Nein!" bellte Karl zurück. „Ich will mit euch nichts mehr zu tun haben! Ich habe es gesehen, Franz ist schuld an allem!"

Neben dem Fahrer beugte sich eine Gestalt nach vorn: „Spinn nicht rum Karl! Steig ein!"

Karl spürte, wie die Wut in ihm hochkochte. Er sprang um das Auto herum und riss die Beifahrertür auf. „Komm raus du elender Feigling! Du Mörder! Du hast sie auf dem Gewissen. Dafür wirst du bezahlen!"

Franz hob beschwichtigend seine Hände: „Karl, beruhige dich! Ich kann dir alles erklären!"

„Ich brauche keine Erklärung! Ich habe es gesehen! In deiner Scheune steht das Auto! Damit wurde Hilde angefahren.

Du Schwein hast sie in den Graben gedrängt. Anstatt Hilfe zu rufen, hast du sie dort liegen lassen! Deinetwegen ist mein Leben ein einziges Chaos!" Er packte Franz mit der linken Hand am Kragen und schlug ihm mit der rechten brutal ins Gesicht. Einmal, zweimal, immer wieder. Sein Rausch verlieh ihm unvorstellbare Kräfte. Als der Fahrer um das Auto herum kam und Karl mit einem Ruck zurückriss, sank Franz besinnungslos zu Boden. Blutüberströmt röchelte er noch einmal, bevor sein Kopf leblos zur Seite fiel.

„Bist du von Sinnen!", brüllte die schnarrende Stimme des Fahrers. „Du hast den Boss ermordet! Jetzt wird der andere seinen Job übernehmen!"

Karl lachte schaurig. „Er war der Boss? Na und! Ich habe vor niemandem Angst!" Er hob erneut beide Fäuste und wollte auf den Fahrer losgehen. Der sprang in sein Auto, schlug die Tür zu und raste mit quietschenden Reifen davon.

Karl grinste ihm angewidert hinterher. „Dich kriege ich auch noch!"

Er blickte auf den am Boden liegenden Franz. Blut breitete sich auf dem Asphalt aus und bildete eine Pfütze. Wieder lachte Karl heiser: „Ja, Hilde, heute ist der Tag!"

Gut gelaunt setzte er seinen Weg fort. Kurz vor der Osterbrücke, die über den kleinen Ellerbach führte, bemerkte er, wie sich der Vollmond verdunkelte. Von der linken Seite ergoss sich ein blutroter Schatten über den grell leuchtenden Mond. Karl beobachtete, wie die Nacht in mystisches Licht getaucht wurde.

Den Blick starr auf den Himmel gerichtet, vernahm er plötzlich jemanden Atmen. Er schaute herunter und sah vor sich einen riesigen schwarzen Wolfshund mit dunkelrot glühenden Augen und weißen spitzen Zähnen. Er kam Karl näher und näher.

‚Das muss er sein – der Mahnehund!', dachte Karl und

es schnürte ihm angstvoll die Kehle zu. ‚Jetzt wird er mich holen!'

Der Hund fletschte seine Zähne und knurrte bedrohlich.

„Aber nein", lachte Karl plötzlich befreit. „Ich fliege dir einfach davon!" Dann breitete er seine Arme aus, nahm Anlauf und hob ab.

Von oben schwebend sah er Franz in seiner Blutlache, Hilde in ihrem weißen Bett, den Blutmond über der Mahnte und den Mahnehund. Plötzlich knallte es. Karl flog nun tatsächlich durch die Luft und blieb mit einem letzten Atemzug neben der Straße liegen.

Ein schwarzer Hund war der einzige Zeuge.

Kommissarin Karin Bergmann ermittelte in einem merkwürdigen Fall. Zwei Leichen waren auf dem Radweg zwischen Rüdershausen und Rhumspringe gefunden worden: Die erste, offensichtlich brutal zusammengeschlagen, war Franz Kaltenhäuser, ein vor wenigen Monaten zugezogener Rhumspringer. In seiner bayerischen Heimat hatte er vermutlich mit Drogen gehandelt. Beweisen konnte man es ihm allerdings nie.

Die zweite Leiche lag am Ende des Radweges, kurz vor der Osterbrücke: Angefahren von einem zufällig vorbeifahrenden Auto. Der Tote, Karl Herbst aus Rüdershausen, hatte so viel LSD im Blut, dass es für mindestens fünf Männer für einen ordentlichen Trip gereicht hätte. Kurioserweise starb auch Herbsts bettlägerige Frau in der Stunde, in der ihr Mann angefahren wurde.

Der unglückliche Fahrer saß Karin Bergmann gegenüber und berichtete mit schnarrender Stimme: „Stellen Sie sich vor, Frau Kommissarin. Erst sehe ich diesen Hund auf der Straße sitzen und als ich bremse und ausweichen will, springt mir dieser zugekiffte Kerl vors Auto! Ich konnte nichts dafür. Ehrlich! Das müssen Sie mir glauben!“

„Das würde ich ja gern, aber wie kommen Sie eigentlich darauf, dass der Tote Drogen genommen hat?“ Hauptkommissarin Bergmann lehnte sich abwartend zurück.

„Ähmmm ... ja ... nun ... das dachte ich mir so!“ Nervös knautschte der Zeuge seine grüne Baseballkappe zwischen den Händen. „Immerhin ist er ja ziemlich merkwürdig über die Straße getanzt!“

„So, das dachten Sie sich so. Hmm ... und was dachten Sie, wie das Blut an ihr Fahrzeug kommt?“ Karin Bergmann lauerte gespannt.

„Naja, ich hab ihn angefahren, da bleibt es sicher nicht aus, dass Blut an meinem Auto ist, oder?“

„Stimmt, wenn der Tote äußere Verletzungen hätte, könnte das so sein. Er ist aber an einem Genickbruch gestorben. Kein Blut am Körper, keines am Unfallfahrzeug!“

Der Befragte fasste sich an den Hals, als würde sich eine imaginäre Schlinge immer weiter zuziehen. „Ja ... ähmm ... ich ... also ... tja, dann muss das wohl von dem Wildunfall von letzter Woche kommen!“

„Reden Sie keinen Unsinn! Wildunfall! Halten Sie uns für so blöd?“ Die Kommissarin lachte laut auf. „Das Blut stammt von Herrn Kaltenhäuser, genau wie dessen Fingerabdrücke im Inneren Ihres Wagens!“

Karin Bergmann schaute den Zeugen durchdringend an. Sie weiß: oft ist es ganz anders, als es zuerst scheint. Mit dem sicheren Instinkt einer erfahrenen Kommissarin spürte sie, sie ist nur noch einen Schritt von der Wahrheit entfernt!

Heute ist der Tag!

Capo der Capi

Der Capo der Capi saß an seinem Schreibtisch im Hinterzimmer der Pizzeria Sizilia in Minden. Hierhin, in die ostwestfälische Provinz, hatte er sich vor einigen Jahren zurückgezogen. Damals hatten gewisse Ereignisse in Duisburg die Aufmerksamkeit der Polizei und der Medien zu sehr auf ihn und sein Imperium gelenkt. Er war untergetaucht und hatte dann allmählich und in aller Stille sein Reich neu strukturiert und lenkte es nun aus der ehemaligen preußischen Residenzstadt am Nord-Ost-Rand Nordrhein-Westfalens. Diese Entscheidung hatte sich im Nachhinein als absolut richtig erwiesen. Denn seit seiner Herz-operation, der er sich vor einigen Monaten hatte unterziehen müssen, war er nicht mehr ganz der Alte. Sein Aktionsradius, der vorher trotz seines hohen Alters ungebrochen gewesen war, hatte sich drastisch reduziert. Überhaupt hatte sich vieles verändert. Früher war man noch mit der Waffe in der Hand eigenhändig zur Tat geschritten. So hatte seine Karriere angefangen. Hier mal ein schneller Messerstich, dort mal eine saubere Kugel. Er war seinen Weg gegangen, war Capo der Capi geworden - und geblieben. Bis heute.

Sein Ruf war in Mafiakreisen schon seit Jahrzehnten legendär. Kein Capo war in der jahrhundertealten Geschichte der Organisation in so jungen Jahren zum Capo der Capi aufgestiegen. Keiner hatte sich so lange an der Macht halten können. Seine Intelligenz und Raffinesse wurde nur noch von seiner Skrupellosigkeit und Brutalität übertroffen. Er schonte niemanden. Seine Gegner nicht und seine Freunde erst recht nicht. Sein eiserner Erfolgswille und seine Machtgier machten auch vor seiner Familie nicht halt. Wer ihm in die Quere kam, wurde beseitigt. So war er Capo der Capi geworden und geblieben. Bis zum heutigen Tage.

Obwohl – eigentlich war er ja nur noch Capo. Capi gab es ja keine mehr. Er hatte sie alle beseitigt. Sobald er spürte, dass einer der Capi zu groß, zu mächtig wurde, hatte er die Initiative ergriffen und das Problem gelöst. Gleichgültig, ob es sich um einen Freund oder sogar um einen seiner Söhne gehandelt hatte. Bevor nur einer auf den Gedanken kommen konnte, an seiner Position zu kratzen, hatte dessen Zukunft nur noch aus Vergangenheit bestanden. So war es immer gewesen. So sollte es noch lange bleiben. Deshalb musste er unbedingt dafür sorgen, dass sein jüngster und einziger noch lebender Enkel auf den richtigen Weg gebracht wurde. Dies wäre sicherlich in Duisburg einfacher gewesen, als von hier, von Minden aus. Aber, um weiterhin die Kontrolle über sein Imperium zu behalten, musste er sicherstellen, dass sein Enkel in seinem Sinne arbeiten würde. Das hatte er sich für heute vorgenommen und seinen Enkel zu sich bestellt. Dieser musste in Kürze erscheinen.

Verwundert stellte er fest, dass sein Herz heftiger klopfte als sonst. Er nahm schnell noch eine seiner Tabletten. Kurz darauf betrat sein Enkel den Raum. Wie es sich gehörte, blieb er in achtungsvoller Entfernung vor dem Schreibtisch stehen. Mit einer Mischung aus Wohlgefallen und Misstrauen betrachtete der Capo der Capi den jungen Mann. Hatte er das Zeug zum Anführer einer großen Mafiaorganisation? Würde er irgendwann übermütig werden und ebenfalls an seinem Thron kratzen? Würde der Capo sich deshalb eines Tages auch seines letzten männlichen Verwandten entledigen müssen? Und wenn ja, wann würde es so weit sein? Bei diesem Gedanken bemerkte er, dass sein Herz noch heftiger klopfte. Er versuchte dies zu ignorieren, schaute seinem Enkel fest in die Augen und fragte: „Du weißt, warum ich dich gerufen habe?“

Sein Enkel erwiderte den Blick und antwortete: „Ja. Und ich bin bereit. Ich habe meine Entscheidung getroffen."

Der alte Capo konnte eine kurze Aufwallung von Stolz nicht ganz unterdrücken, als er fragte: „Und du bist sicher, dass du die richtige Entscheidung getroffen hast?"

„Ja", sagte der junge Mann. „Ich bin ganz sicher. So sicher, dass ich sie schon umgesetzt habe. Und ich sehe, ich habe alles richtig gemacht!"

Der alte Capo hatte Mühe, seinen Blick auf seinen Enkel zu fokussieren. Er nahm seine gesamte Konzentration zusammen und knurrte misstrauisch: „Wie meinst du das?"

Der junge Mann trat zwei Schritte an den Tisch heran, beugte sich etwas herab und stützte seine Hände auf die Tischplatte. Seine Augen blickten nun aus kürzester Entfernung in die Augen seines Großvaters. Dann sagte er mit leiser Stimme: „So wie ich es sagte: Ich habe mich entschieden, bin mir meiner Entscheidung sicher und habe sie deshalb auch schon umgesetzt. Ich werde heute noch das Land verlassen und mir anderswo eine neue Heimat suchen. Ich bin bereits gestern Abend unerkannt hier in dieser Provinzstadt angekommen. Und ich habe mir die Gelegenheit verschafft, deine Medikamente auszutauschen. Wenn du so wie immer die doppelte Dosis genommen hast, wirst du den heutigen Tag nicht überleben. Und was ich sehe, bestätigt mir, dass es genauso ist. Capi gibt es schon lange nicht mehr. Hätte ich dich gelassen, wäre ich wohl irgendwann den gleichen Weg wie mein Vater und mein Bruder gegangen. Diese habe ich nun gerächt. Auf Nimmerwiedersehen!" Nach diesen Worten drehte er sich um und verließ den Raum.

Während der Worte seines Enkels hatte das Herz des Capos immer heftiger geschlagen. Er spürte noch, wie es jetzt ein letztes Mal schlug.

Dann war es vorbei. Die Zeit des Capos war vorbei.

Hundewetter

Wer in dieser verrückten Familie ist bloß auf die Idee gekommen bei diesem Novemberwetter mit dem Hund am Hessenberg spazieren zu gehen? Der Einzige, der anscheinend Freude empfindet, ist der Hund. Die übrige Familie tappt nur missmutig hinter ihm her.

„Purzel“, ruft der Familienvorstand, „bei Fuß!“

Der Vierbeiner wendet nur kurz den Kopf und ignoriert das Kommando – wie fast immer.

Nun betteln die zwei Kinder: „Komm, bleib bei uns!“

Das bewirkt zumindest ein Innehalten im zügigen Trab, bis die beiden Erwachsenen und der Nachwuchs zu ihm aufgeschlossen haben.

Es ist Sonntagvormittag und alle denken schon an die herrlich duftende Lammkeule, die zu Hause auf sie wartet. Jetzt fängt es auch noch an zu nieseln. Die Gedanken an schmutzige Schuhe und Hosenbeine kommen bei der Mutter auf. Sie seufzt bei diesen Zukunftsvisionen und versucht die Kinder mit ihrem Vierbeiner zu etwas mehr Vorsicht zu bewegen.

„Na gut! Also alles kehrt Marsch! Es hat wirklich keinen Zweck mehr weiterzugehen.“

Der Oberkommandierende gibt den Rückzugsbefehl. Aber einen Befehl hören und ihm dann Folge zu leisten sind zweierlei. Der Kamerad auf Pfoten ist jedenfalls anderer Meinung. Die kleinen Pfützen, die sich schon gebildet haben, sind doch so interessant, und in dem Matsch am Wegrand kann Hund sich so schön rumwälzen.

„Pfui, komm mir nicht so nah!“ Der schrille Schrei der Mutter!

Wie ein geölter Blitz ist der erschrockene Hund über den

Graben und weg in den Wald.

„Um Himmels Willen, ruft den Hund zurück, hier ist Tollwutgebiet!“

Nun wird gelockt, gedroht, geschimpft – erfolglos. Sonja und ihr Bruder Philipp rennen auch in den Wald, hinter ihrem Liebling her.

Die Erwachsenen machen sich gegenseitig Vorwürfe: „Hättest du nicht so gequiekt!“

„Hättest du den Hund angeleint!“ Der schönste Krach ist im Gange.

Da fällt ein Schuss!

„Georg! Was war das? Mein Gott, die Kinder! Sonja! Philipp!“

„Grete, schrei’ nicht so, lass uns überlegen, woher der Knall kam.“

Sie bleiben stehen und lauschen. Der Nieselregen ist jetzt ein richtiger Landregen geworden. Wasser überall. Tränen laufen schon über das vor Aufregung rote Gesicht der Mutter. Alles ist still. Kein Hund, keine Kinder zu hören, nur das Rauschen der Bäume.

„Der Schuss kam aus der Richtung Krekkelufer, oder? Vater, nun tu doch was!“

„Erstens war das kein Schuss, sondern ein Knall, und dafür gibt es viele Erklärungen, und zweitens kam der Laut von rechts, dort von der Marienkapelle.“ Wie immer setzt sich der Mann mit seiner Meinung durch und beide stiefeln in Richtung Kapelle. Die Mutter ist jetzt unbesorgt um ihre Kleidung. Geradeaus geht es über Stock und Stein. Sie rufen nun auch wieder, aber es kommt keine Antwort.

Allmählich zögert der Vater und schlägt dann, ohne Kommentar, die andere Richtung zum Krekkelufer ein. Nun geht es bergab in die Marienschlucht. Das ist keine Erleichterung, denn der Boden ist glitschig und rutschig.

Plötzlich steht der Förster Fuhrmann vor ihnen. Das Gewehr über der Schulter und einen schweren Sack in der Hand. Die besorgten Eltern erzählen ihm von dem Missgeschick und auch von dem Schuss. Der klärt sich zur Erleichterung der Mutter auf. Der Förster hat einen vermutlich tollwütigen Fuchs geschossen und will ihn im Sack zur Untersuchung bringen.

Wo sind nun aber die Kinder und der Hund?

„Ja, der Hund!“ Ganz Amtsperson, holt der Förster einen Notizblock aus der Seitentasche seiner Jacke und notiert: „Freilaufender Hund im Wald. Name?“

„Purzel“, sagt der Vater, „Rauhaardackel-Mischling, das Fell recht dunkel.“

Aber der Förster will die Personalien des Hundehalters, um eine Anzeige zu machen.

Nun poltert der Vater los und verlangt, dass erst nach den Verschwundenen gesucht wird. Zu hören ist von den Ausreißern nichts. Der Förster lässt sich überreden mit zu suchen, aber er brummelt immer wieder etwas von gesalzener Strafe.

Das Jagdgewehr hat der Förster geschultert. Ab und zu knurrt er noch etwas wie: „Wildernde Hunde müssen erschossen werden.“

Endlich finden sie Spuren in der feuchten Erde. Relativ frische Tatzen und Kinderfüße. In ein Dornendickicht in Richtung zur Rhume führen sie. Die Mutter ruft immer noch die Namen. Ganz leise hören sie jetzt ein: „Hierher!“ Ganz wohl ist ihnen nicht bei dem Gedanken in dieses Dickicht zu kriechen, aber die Rufe der Kinder werden immer dringlicher. Der Hund ist nicht zu hören. Das macht den Vater sehr besorgt, denn Purzel bellt eigentlich sehr gern und laut. Sein Erbe als Jagdgenosse macht sich hin und wieder bemerkbar.

Weit drinnen in den Dornen ist ein kleiner freier Platz. Da hocken die beiden Kinder wie nasse Katzen im Gras. Sonja weint und hält sich den Fuß. Philipp kommt den Suchenden entgegen und redet so schnell, dass ihn keiner versteht. Dabei zeigt er auf die Brennnesseln hinter Sonja. Dort liegt ein Reh!

„War das der Hund?“, brüllt der Jäger. Aber im Weinen und Schreien geht die Antwort unter.

Die Mutter beugt sich zu Sonja und besieht sich den Fuß. Der Strumpf ist zerrissen. Um den Knöchel zieht sich eine Blutspur. „Wie ist denn das passiert?“, fragt sie.

„Habt ihr Purzel gefunden?“, schluchzt das Mädchen nur.

Mit Augen voller Tränen sieht sie nur zu dem Reh und den Männern, die offensichtlich in Streit geraten.

„Da, sehen sie nur, das hat ihr lammfrommer Hund getan!“, befindet der Förster gerade mit lauter Stimme.

Aber der Vater verteidigt Purzel immer noch. Dabei bückt er sich und besieht sich das Reh näher. „Sehen sie einmal hier. Ist das nicht eine Drahtschlinge? Ich glaube kaum, dass Hunde Schlingen legen können.“

Wegen der Tollwutgefahr zieht Herr Fuhrmann nun Handschuhe an und dreht das Reh herum. Tatsächlich, eine dünne Drahtschlinge hat sich um den Hals zugezogen. „So eine Mordsschweinerei! Wenn ich die Lumpen fange, gibt es Prügel!“

Dann gibt er kleinlaut zu, dass der Hund wohl doch unschuldig sei und er ohne den Ausreißer dieses Verbrechen nicht entdeckt hätte.

Die Mutter zeigt nun auf Sonjas Verletzung. Das Mädchen berichtet, dass es über einen Draht gestolpert sei und dass der Fuß scheußlich wehtäte.

Der Förster ist außer sich vor Wut. Er verspricht Himmel und Hölle als Belohnung für den Fang der Übeltäter. Hinter seinem Rücken flüstert Philipp dem Papa zu, dass er vermute, sein lieber intelligenter Hund jage bestimmt den Wilderer. Das ist dem Vater gar nicht recht. Er hat Angst um den Hund. Eilig drängt er auf Weitersuche.

Da Sonja nur humpeln kann, soll sie mit der Mutter langsam zum Waldrand gehen und dort im Unterstand warten.

Auch Philipp soll sich anschließen, aber er protestiert lautstark: „Purzel hört doch auf mich am besten. Ich muss mit!"

Der Vater lässt sich nicht umstimmen: „Verbrecherjagd ist nichts für Kinder!"

Da der Boden auch hier vom Regen schon aufgeweicht ist, werden die Hundespuren bald gefunden. Der Förster und der Vater kriechen weiter durch das Dickicht dem Hund hinterher.

Mutter und Sonja schlagen unter Jammern den Rückweg ein. Philipp folgt ihnen zögerlich und schmollend. Als sie endlich den Unterstand erreichen, sind sie total durchnässt. Die Frisur der Mutter ist ruiniert. Auch die Kinder sehen aus wie kleine Ferkel. Kalt und nass, wie sie sind, rükken sie dicht aneinander und warten. Ab und zu rollt auch eine Träne. Bei Sonja vor Schmerzen, bei der Mutter aus Hilflosigkeit und bei Philipp aus Wut über die Untätigkeit.

Plötzlich schreit Philipp auf: „Warum macht er so was?

Unser lieber Purzel ist nicht bösartig. Warum verfolgt er die Wilderer?"

Die Frage ist berechtigt. Der Hund ist zwar lebhaft und laut, seine Neugier ist manchmal nicht zu bremsen, aber im Grunde ist er doch feige.

Der Förster ist skeptisch gegenüber der Behauptung, dass dieser Hund lammfromm sei. Doch der Vater besteht darauf, obwohl dieses ungewöhnliche Verhalten auch ihm ein Rätsel ist. So folgen sie der Spur, die im nassen Laub gut zu sehen ist. Es geht runter in die Marienschlucht und dann in dieser entlang bis zur Rhume. Die Spur ist fast nicht mehr zu sehen. Ein weit entferntes Bellen gibt nun die Richtung an. Der Hund lebt also.

Am östlichen Waldrand laufen die Verfolger wieder bergauf – der Hundestimme nach. An der höchsten Stelle, bei der im Volksmund als ‚Klus' bekannten Marienkapelle, halten sie kurz inne zum Verschnaufen.

Und nun können sie Purzel zum ersten Mal sehen. Der Hund springt hinter drei männlichen Personen her, die den Weg auf der westlichen Seite des Waldes hinabrennen.

Am Ende des Weges an der Ecke mit dem Haselnussgebüsch ist ein rotes Auto zu erkennen. Wenn die flüchtenden Männer dies erreichen, kommen die Verfolger zu spät. Der Förster und der besorgte Hundehalter versuchen das fast Unmögliche. Sie rennen, was sie nur können. Aber dann hören sie schon den Motor anspringen.

Der Wagen fährt in die Richtung in der sich die Mutter und die Kinder aufhalten sollen. Als dem Vater das klar wird, schreit er nur: „Grete!" und versucht mit letzter Kraft noch einen Spurt.

Den Schrei hören die Frierenden im Unterstand nicht, aber das Motorengeräusch und ganz leise auch Purzels Bellen. Philipp ist nicht zu halten. Er läuft in den Regen hinaus – direkt vor das Auto! Der Fahrer versucht auszuweichen und gerät mit einem Rad in ein tiefes Morastloch. Der Wagen schleudert und steht dann still.

Mit weit heraushängender Zunge ist der Hund nun auch

da und umkreist das Auto. Sobald einer der Männer eine Autotür öffnen will, steht Purzel zähnefletschend davor.

Einmal kann er auch ein Hosenbein schnappen. Den Fetzen bringt er triumphierend zu Philipp. Mutter und die Kinder begreifen, dass die Wilderer das Auto anschieben wollen und feuern ihren Hund an, dies zu verhindern.

Der Förster und der besorgte Vater spurten so schnell sie können. Völlig außer Atem kommen sie beim Auto an. Einen Moment warten sie, bis sie wieder sprechen können, dann hält der Forstmann das Gewehr bereit und befiehlt den Wilderen auszusteigen.

Zwei steigen aus, aber der dritte weigert sich noch. Erst als Philipp den Hund festhält, gehorcht auch er.

„Herr Schröder!“, ruft wie aus einem Munde die ganze Familie. „Dieser Mann hat unseren Purzel als Welpen getreten und geschlagen.“

– Ein tolles Hundegedächtnis!

Der rote Wagen wird abgeschlossen und die Gruppe setzt sich in Marsch in Richtung Bilshausen. Vornweg die drei Wilderer. Hinter seinem früheren Quäler der Hund mit Philipp. Dann der Förster mit dem Gewehr und zum Schluss der Vater. Am rechten Arm die Mutter und an der linken Hand die humpelnde Sonja.

Zur großen Erleichterung aller hört der erbärmliche Regen nun endlich auf.

An der Mühle, die sie zuerst erreichen, telefoniert der Förster nach der Polizei und nach der Werkstatt Adler. Recht schnell sind die Beamten zur Stelle. Nach kurzem Wortwechsel werden die Wilderer eingeladen und mitgenommen. Der Förster streichelt zum Abschied dem Hund über den Kopf und verspricht ihm eine saftige Belohnung.

Ludwig Adler holt sich die Autoschlüssel und verspricht den Wagen am Montag auf seinem Hof sicherzustellen

Müde, dreckig und langsam, aber fröhlich geht die nun wieder komplette Familie dem warmen Zuhause zu, bis der Mutter einfällt, dass die Lammkeule seit vier Stunden im Backofen brutzelt.

Nun gibt es automatisch wieder Tempo, obwohl der Vater meint, es sei doch zu spät. Der Braten wäre schon verkohlt. So ganz hat er nicht recht. Purzel schmeckt die Keule noch sehr gut, als sie angekommen sind. Nacheinander geht es unter die Dusche – einschließlich Hund. Die Kleidung muss komplett gewechselt werden und Mutter kocht ein Ersatzessen. Sonjas Fuß wird bandagiert und der Vater telefoniert mit der Polizei. Er strahlt, als er hört, wie sehr ‚sein' Hund gelobt wird.

Währenddessen sitzt Philipp mit Purzel auf der Kellertreppe und putzt die Schuhe der Familie. Er pfeift und singt bei dieser so ungeliebten Arbeit immer wieder: „Aber schön war es doch, aber schön war es doch!"

Und Purzel schnurrt dazu wie eine Katze, den Fetzen aus der Wildererhose zwischen seinen Pfoten bewachend.

In letzter Minute

„Komm, Lucas, wir fahren nach Duderstadt auf den Weihnachtsmarkt. Heute ist Nikolaustag, vielleicht treffen wir den Nikolaus dort!“

Lucas, fünf Jahre, hüpft vor Freude vom Sofa, zieht sich sogleich seine Schuhe an und holt die warme Jacke. Es dunkelt bereits. Zwei Stunden haben sie Zeit, wenn sie es so lange überhaupt aushalten, denn es ist bitterkalt. Von Weitem sehen sie das Rathaus mit seinen Türmchen, angestrahlt wie auch die große Kirche weiter hinten. Es riecht nach gerösteten Mandeln und Bratwürstchen und sie hören Musik. Am Eingang und am Ausgang des Marktes sind Tannen aufgestellt – ein richtiger kleiner Wald. Rechts und links die Buden mit den Lichterketten, Leckereien und Weihnachtsschmuck. Neben dem Rathaus dreht sich ein Karussell.

„Das Karussell!“, ruft Lucas freudig, „ich will Karussell fahren!“

Ein Hubschrauber, eine Feuerwehr, Pferdchen und Schwäne und dann und wann ein weißer Elefant. Endlich hält es an: Kinder steigen um, steigen aus, steigen ein. Dann sitzt Lucas im Feuerwehrauto. Er winkt, die Eltern winken, Lucas bimmelt mit der Glocke. Das Karussell dreht sich, dreht sich schneller, Schwäne fliegen vorbei, Autos, Pferdchen und der weiße Elefant.

Die vielen Lichter, die glitzernden Buden und - das Karussell dreht sich mit glücklichen Kindern.

Die Eltern bekommen kalte Füße.

„Komm, wir trinken gegenüber einen Glühwein, vom Stehtisch aus können wir unseren Jungen sehen.“

Bald wärmen sie sich an den heißen Gläsern. Noch eine Runde für Lucas, er kann nicht genug bekommen.

Gegen Abend ist der Weihnachtsmarkt immer sehr belebt, die Arbeitszeit ist beendet und man gönnt sich etwas. Es duftet nach Kaffee und Glühwein. Außerdem findet die tägliche Verlosung statt. Ob wir heute gewonnen haben?

„Hallo, Nachbarn!"

Freudige Begrüßung beim Glühweinstand.

„Dann wollen wir uns mal aufwärmen! – Wo ist denn euer Sohn?"

„Auf dem Karussell."

Sie schauen hinüber. „Wo ist Lucas?"

Das Feuerwehrauto rast ohne ihn vorbei. Ist er umgestiegen? Im Hubschrauber und auf dem Pferdchen sitzt er auch nicht und nicht auf dem weißen Elefanten. Die Mutter stürzt davon, wühlt sich durch die Menschenmenge, schaut und fragt an jedem Stand, bei den Spielsachen, bei den gebrannten Mandeln, beim Holzschnitzer ... „Wo ist Lucas?"

Da sieht sie ihn kurz zwischen den vielen Köpfen hindurch mit einer Wolke von Zuckerwatte an der Hand eines Mannes. Ganz hinten bei den Tannen am Ende des Marktes. Rücksichtslos drängelt sie sich zwischen den Menschen hindurch und schreit: „Lucas! Lucas!"

Endlich hört Lucas sie, dreht sich um, reißt sich los und rennt auf die Mutter zu: „Sieh, Mama!" Er hält ihr die weiße Wolke entgegen und leckt daran.

Erleichtert schließt die Mutter ihren klebrigen Jungen in die Arme. Da ist der Vater heran: „Woher hast du das?"

„Vom Nikolaus!" Lucas dreht sich nach dem Mann um. „Jetzt isser weg", sagt er enttäuscht.

„Den kaufe ich mir!" Der Vater sucht zwischen den Tannen herum und hinter den Buden, in dem Park neben der

Kirche, aber die Dunkelheit hat den Verführer verschluckt.

„Da ist ja unser Ausreißer!“, ruft ihnen der Nachbar entgegen, als sie zurückkehren. „Macht mal hin, euer Glühwein wird kalt!“

„Uns ist die Lust auf Glühwein und Weihnachtsmarkt vergangen, hier treibt sich ein Verbrecher herum! Wir fahren nach Hause!“ Er sagt das so laut, dass alle Umstehenden aufmerksam werden.

„Lucas, du darfst doch nicht mit fremden Leuten mitgehen, das war ein böser Mensch!“, tadelt die Nachbarin.

„Aber der war ganz lieb, das war doch der Nikolaus!“

„Du musst das melden, sofort!“, sagt der Nachbar zu dem Vater.

„Darauf kannst du dich verlassen!“

Der Störenfried

Wie sehr er sie liebte!

Wie sehr er diese Stadt mit all ihren Facetten, ihrer geschichtsträchtigen Vergangenheit, ihren stattlichen Türmen und schiefen Fachwerkhäuschen liebte! Sie war ihm wie eine treue Freundin, die ihn von Kindesbeinen an begleitete. Nie wäre es Kurt Krämer in den Sinn gekommen, Duderstadt den Rücken zu kehren. Er fühlte sich in dem gemütlichen Einfamilienhaus auf dem Westerborn sehr wohl und kam immer noch gut allein zurecht. Kurt verkörperte das, was man einen *rüstigen Rentner* nannte. Im Gegensatz zu seiner Frau, die vor fünf Jahren den Kampf gegen ihre Krankheit verloren hatte, war er stets ein vitaler Mensch gewesen, der keine Angst vor körperlicher Arbeit hatte und sich viel und gern an der frischen Luft aufhielt. In der Natur fand er Ruhe und Erholung. Hier blühte er auf.

Der Duderstädter Wall war für ihn die perfekte Symbiose aus Stadt und Natur. Er lag direkt vor seiner Haustür und lud ihn regelmäßig zu Spaziergängen ein. Kurt mochte die Tatsache, dass der üppig begrünte Stadtwall ein Relikt aus dem 16. Jahrhundert war und seinerzeit als Schutz vor feindlichen Angriffen diente. Wie der behütende Arm einer Mutter legte sich das Bollwerk um die pittoreske Kernstadt und bot Spaziergängern einen erhöhten Ausblick auf die zahlreichen Sehenswürdigkeiten.

Jeden Tag begab sich Kurt morgens und abends auf den gut drei Kilometer langen Rundweg. Nicht selten traf er Bekannte, von denen er sich aber nur widerwillig zu einem Pläuschchen überreden ließ. Viel lieber war er allein auf seinem Wall unterwegs.

Dann schwelgte er in Erinnerungen und genoss das Rauschen des Windes, der durch die Blätter der wuchtigen Kastanien und Linden strich. Die Bäume standen links und rechts des heimeligen Kiesweges Spalier und schienen jeder für sich seine ganz eigene Geschichte zu erzählen. Viele der Stämme hatten eine außergewöhnliche Form und in manchem konnte man mit etwas Fantasie sogar Figuren erkennen. So wie in Kurts Lieblingsbaum, der unmittelbar vor dem Rondell auf der Ecke des Ebertrings stand. Jedes Mal, wenn er auf dem Wall von der Aral-Tankstelle in Richtung Obertorstraße schlenderte, meinte Kurt in der Rinde deutlich einen Mann zu erkennen, der einen schweren Sack vor sich her trug. Was wohl darin stecken könnte? Kurt hätte zu gern gewusst, welches Päckchen sein *Rindenmann* zu tragen hatte.

Während die Frühlingssonne langsam unterging, flanierte Kurt wieder einmal über *seinen* Wall. Trotz der einbrechenden Dämmerung blieb der alte Mann ab und zu stehen, um einen Blick auf die beeindruckenden Bauwerke der Stadt zu werfen. Da war St. Servatius, die evangelische dreischiffige Hallenkirche im gotischen Stil und die katholische Basilika St. Cyriakus, die gern auch als Duderstädter Dom bezeichnet wird. Ebenso konnte Kurt die Türme des historischen Rathauses, eines der ältesten Deutschlands, zwischen den Häuserdächern erblicken. Der Westerturm, das Wahrzeichen Duderstadts, der mit seinem gedrehten Dach eine architektonische Kuriosität darstellte, präsentierte sich ihm von seiner schönsten Seite. An den Anblick des neu erbauten Max-Näder-Hauses sowie der mondänen Kinderpaar-Skulptur, die in Form eines blauen Jungens und eines gelben Mädchens auf einem Baumstamm thronte, musste er sich noch gewöhnen. Da war ihm das eher unauffällige Mahnmal im Norden des Walls, das an die in der Reichspogromnacht zerstörten Synagoge erinnerte, schon lieber.

Gerade betrachtete Kurt die geschwungene Steinsäule, als er knirschende Schritte hinter sich vernahm. Genervt drehte er sich um und sah einem Jogger entgegen, der mit leichten Schritten auf ihn zufederte. Kurt trat widerwillig zur Seite und ließ den Sportler passieren.

„Immer dieses Rumgerenne …“, grummelte Kurt und schaute dem Läufer verärgert hinterher.

Seitdem der Jogging-Boom in den 80er Jahren auch Duderstadt erwischt hatte, war sein Wall zu einer beliebten Laufstrecke mutiert. Je älter Kurt wurde, umso mehr störte er sich daran. Allerdings musste er einräumen, dass die Jogger ihm noch die liebsten Störenfriede waren. Was ihn maßlos ärgerte, waren die Halbstarken, die in Grüppchen auf dem Wall herumlungerten. Schon oft hatte sich Kurt mit ihnen angelegt, weil sie ihren Unrat zurückließen, ihre glühenden Kippen in die Büsche schnippten oder gar die Frechheit besaßen, ihm einen unflätigen Spruch zuzuwerfen. Einige machten sich schon einen richtigen Spaß daraus, den alten Kurt zu foppen. Am schlimmsten trieb es der siebzehnjährige Tom Seidler. Für Kurt war er der Schnösel der Nation – sein persönlicher Albtraum! Völlig respektlos, durchtrieben und sich selbst stets der Nächste. Als Sohn des erfolgreichen Unternehmers Gunter Seidler meinte er, das Sagen in Duderstadt zu haben. Toms Eltern schienen bereits sämtliche Erziehungsversuche eingestellt zu haben. Der Junge war schlicht und einfach ihr *Kronsohn* und Kurt wusste, dass ihm seit seiner Geburt von allen Seiten der Arsch gepudert wurde.

Seit geraumer Zeit hing Tom mit einigen Jungs herum,

die führend in der Duderstädter Drogenszene waren. Im Schutze des dicht bewachsenen Walls gingen sie ihren ominösen Geschäften nach. Dass Tom Drogen konsumierte, war für Kurt undenkbar. Dafür war er zu sportlich und zu sehr auf sein Äußeres bedacht. Kurt vermutete, dass Tom in der Clique einfach nur mitspielen und mal wieder den großen Macker raushängen lassen wollte. Oder lag es vielleicht an dem auffallend hübschen Mädchen, das sich seit Neustem der Gruppe angeschlossen hatte? Kurt hatte sie vorher noch nie in Duderstadt gesehen und vermutete, dass sie zugezogen war. Wie tragisch, dass sich gerade die besonders schönen Mädchen häufig wie magisch von den bösen Buben angezogen fühlten ...

Kurz bevor Kurts abendliche Wallrunde ihren Abschluss fand, tönten laute Stimmen an sein Ohr. Dieses Mal hatten die Jugendlichen das Rondell auf Höhe des Sachsenrings, kurz vor dem ZOB, eingenommen. Kurts Vernunft sagte ihm, dass er der Meute aus dem Weg gehen sollte. Doch er war zu stolz und wollte sich seinen Wall nicht von einer Handvoll dummer Jungen madig machen lassen. Außerdem standen dieses Mal die Chancen gut, dass sie gar keine Notiz von ihm nehmen würden. Denn es herrschte gerade ein lautstarker Streit zwischen Tom und einem anderen Nichtsnutz, den Kurt als seinen Nachbarn Kevin Wudke ausmachte. Dessen Eltern waren stadtbekannte Trinker, litten ständig unter Geldnot und stritten fast täglich wie die Kesselflicker. Es war kein Geheimnis, dass Kevins Vater oft die Hand ausrutschte. Wohl deshalb floh der Junge regelmäßig aus seinem Elternhaus. Im Grunde konnte er einem nur leidtun. Er war ein gut aussehender Junge und früher hatte Kurt ihn sogar mal gemocht. Doch seitdem er mit den falschen Leuten rumhing, war er zu einem unverschämten Rotzlöffel geworden.

Nun war es offensichtlich, dass Kevin über irgendetwas ungehalten war. Kurt beobachtete mit einer gewissen Schadenfreude, wie er den viel größeren Tom zornesrot am Kragen packte und schrie: „Du sollst endlich die Finger von ihr lassen, du Scheißkerl! Packst du sie noch mal an, dann mache ich dich alle!"

„Du Penner willst mich alle machen? Das wollen wir doch mal sehen!", brüllte Tom zurück. Dabei holte er aus und verpasste Kevin einen kräftigen Schlag ins Gesicht!

Kevin stolperte rückwärts und hielt sich stöhnend die Nase. Blut rann über seine Finger.

Tom baute sich vor ihm auf und grinste verächtlich. „Meinst du, so ne heiße Schnalle lässt sich mit so einem Looser wie dich ein?! Das glaubst du doch selbst nicht!"

Bei Toms hartem Schlag war Kurt erschrocken zusammengezuckt. Dann machte er einen Schritt auf den verletzten Kevin zu und fragte: „Alles in Ordnung, Junge?"

Doch Kevin wischte sich nur verlegen das Blut aus dem Gesicht und murmelte: „Verpiss dich, Alter!"

Jetzt bemerkte auch Tom den alten Mann. Streitsüchtig sah er ihn an.

„Du schon wieder!", zischte er drohend. „Sieh zu, dass du weiterkommst! Sonst kriegst du auch noch eins in die Fresse!"

Wut kochte in Kurt hoch. Schnell steckte er seine Hände in die Jackentaschen und ballte sie dort zu Fäusten. Dann straffte er seine Schultern und ging hoch erhobenen Hauptes an der Gruppe vorbei. Doch Tom konnte es nicht lassen. Flink streckte er einen Fuß aus, worauf Kurt stolperte und der Länge nach hinfiel.

Lautes Gelächter ertönte!

Kurt rappelte sich wieder auf, drehte sich mit hasserfülltem Gesicht zu Tom um und knurrte: „Der Teufel soll dich holen! Irgendwann kriegst auch du das, was du verdienst!"

Dann humpelte er nach Hause.

Eine Woche später war Tom Seidler tot. Die Kommissare Paula Steinmeyer und Bernd Holze vom Zentralen Kriminaldienst Göttingen trafen kurz nach der Bergung des Toten an der Fundstelle ein.

„Eine Leiche im Duderstädter Obertorteich! Na, wenn das mal keine Schlagzeile ist!" Holze sah kopfschüttelnd zu seiner Kollegin herüber. Doch die war schon voll im Einsatzmodus und hatte nur noch Augen für den leblosen Körper, der zu ihren Füßen lag. Sofort fiel ihr die große Platzwunde an dessen Stirn auf. Einer der Duderstädter Polizeibeamten erklärte, dass mitten in der Nacht ein Notruf eingegangen war. Ein anonymer und recht verwirrter Anrufer faselte etwas davon, dass ein Fahrradfahrer auf dem Wall in Höhe des Obertorteichs verunglückt wäre. Die Beamten, die daraufhin die Umgebung absuchten, fanden zwar das verbeulte Fahrrad, aber kein Unfallopfer. Der Verdacht lag nahe, dass der Verunfallte in den Teich gestürzt sein konnte. Also wurde die Feuerwehr als Verstärkung gerufen. Beim Abfahren des Gewässers stieß man dann auf die Leiche. Der Notarzt konnte nur noch den Tod feststellen. Die Spuren am Unfallort deuteten darauf hin, dass das Opfer den oberen Wall befahren hatte, plötzlich vom Weg abgekommen und die Böschung hinunter gestürzt war. Hier muss es vorerst liegengeblieben und anschließend ins Wasser gefallen sein.

Paula Steinmeyer nickte langsam. Nach einer kurzen

Denkpause ordnete sie an: „Sorgen Sie bitte dafür, dass der Leichnam nach Abschluss der Spurensuche sofort in die Gerichtsmedizin gebracht wird!“ Dann ging sie schnellen Schrittes zu der Unfallstelle, die rund dreißig Meter entfernt am Ufer des Obertorteichs lag und kämpfte sich anschließend die steile Böschung zum oberen Wall hinauf. Dort angekommen begutachtete Paula die Stelle, an der Tom Seidler augenscheinlich vom Weg abgekommen war. In dem Kies zeichnete sich eine starke Bremsspur ab, die zur abschüssigen Böschung führte. Akribisch inspizierte sie jeden Baum und jeden Strauch, der in unmittelbarer Nähe des Unfallorts stand. Als ihr Kollege Holze zu ihr trat, war sie gerade dabei, an der gegenüberliegenden Böschung hinunterzukraxeln, die zum LNS-Gelände führte.

„Wie lange brauchst du noch?“, fragte er.

„Ich hab´s gleich!“ Paulas Stimme klang gedämpft, da sie auf allen vieren unter einen Busch gekrabbelt war. Dann folgte ein erschrockenes: „Um Himmels Willen!“

Sofort eilte Holze zu ihr. „Paula – alles okay?“

„Ja, ja“, antwortete sie. „Aber dieses Ding hat mich doch einen bisschen erschreckt ...“ Mit diesen Worten kam sie wieder unter dem Busch hervor und streckte Holze eine hässliche Clowns-Maske entgegen.

„Herrgott noch mal!“, brüllte er und wich beim Anblick der Halloween-Fratze zurück. Angewidert starrte Holze auf die schwarzen Augenhöhlen, die unförmige, rote Knollennase und das weit aufgerissene Raubtiergebiss des Horror-Clowns. „Ich hasse diese Dinger! Die müssten echt verboten werden!“, regte er sich auf.

Paula grinste. „Vielleicht war es ja dieses Ekel-Teil, das unser Opfer wortwörtlich aus der Bahn geworfen hat ...“

Kurt Krämer hatte schon auf sie gewartet. Seitdem ihm zu Ohren gekommen war, dass man den jungen Seidler tot aufgefunden hatte, rechnete er mit ihrem Besuch. Dass er als verdächtig galt, wunderte ihn nicht. Schließlich hatte er Tom mehrmals wegen Beleidigung, versuchter Körperverletzung und das Befahren des für Fahrradfahrer gesperrten oberen Walls angezeigt.

Als vor einer halben Stunde dann der Wagen mit den zwei Kommissaren vorfuhr, hielt der jedoch bei seinem Nachbarn Wudke. Ein Mann wie ein Schrank und eine dagegen recht zierlich wirkende Frau stiegen aus und gingen auf die Haustür der Wudkes zu. Kurt beobachtete, wie *der Schrank* die Klingel betätigte und kurz darauf Kevin die Tür öffnete. Nach einem kurzen Wortwechsel ließ der Junge die Kommissare herein. Dann wurde die Tür wieder geschlossen. Unruhig wartete Kurt darauf, dass das ungleiche Paar wieder aus dem Haus der Wudkes heraus kam.

Da! Die Tür öffnete sich.

Kurt sah, wie sich die Kommissare bei Kevin verabschiedeten und schließlich schnurstracks auf sein Grundstück zugingen. Rasch stand er auf, blieb im Flur stehen und wartete auf das Klingeln. Aber es tat sich nichts. Er hörte nur, wie sich die Kommissare draußen angeregt unterhielten. Was war da los? Gerade als Kurt nachsehen wollte, ertönte die Türglocke. Er atmete noch einmal tief durch und öffnete die Tür.

„Guten Tag, Herr Krämer! Kommissarin Steinmeyer vom Zentralen Kriminaldienst Göttingen. Das ist mein Kollege Kommissar Holze. Wir ermitteln in der Sache Tom Seidler. Sie wissen, dass der Junge tot aufgefunden wurde?“

Kurt nickte. „Solche Nachrichten verbreiten sich doch wie ein Lauffeuer.“ Dann trat er zur Seite und ließ die Herrschaften eintreten. Als sie am Küchentisch Platz genommen hatten, kamen die Kommissare ohne Umschweife auf Tom Seidler zu sprechen. Kurt machte kein Geheimnis daraus, dass er seit Langem einen Groll gegen den Jungen hegte.

Nach einiger Zeit fragte Paula Steinmeyer: „Wir wissen von Ihrem Nachbarn Kevin Wudke, dass Sie letzte Woche besonders schlimm mit Tom aneinandergeraten sind. Warum haben Sie diesen Vorfall nicht bei der Polizei gemeldet? Sonst waren Sie doch auch immer schnell mit einer Anzeige."

„Weil das nichts gebracht hätte", antwortete Kurt verärgert. „Die Polizei konnte nie etwas machen. Entweder redete sich dieser Schnösel aus der ganzen Sache raus oder sein reicher Herr Vater sprang mal wieder für ihn in die Presche."

„Kann es vielleicht sein, dass Sie deshalb die Sache endlich selbst in die Hand nehmen und Tom Seidler mal ordentlich eins auswischen wollten?" Paula Steinmeyer warf Kurt einen prüfenden Blick zu.

„Machen Sie sich nicht lächerlich!", brauste der alte Mann auf. „Ich habe dem Jungen wahrlich die Pestilenz an den Hals gewünscht, womit ich übrigens nicht allein war! Aber ermorden? Das geht nun wirklich zu weit!"

„Von Mord war ja auch keine Rede", erwiderte Paula Steinmeyer. „Aber einen ordentlichen Denkzettel hätte der ungezogene Tom durchaus verdient, oder? Nehmen wir mal an, Sie wollten ihm einfach mal so richtig Angst einjagen. Da Sie den Wall wie Ihre Westentasche kennen, können Sie sich das perfekte Versteck aussuchen. Eine Stelle, an der der Streckenverlauf gut übersichtlich ist und die mehrere Fluchtwege liefert. Sie wissen, dass Tom fast jeden Abend verbotenerweise über den Wall nach Hause radelt. Also lauern Sie ihm auf und springen im Dunkeln aus Ihrem Versteck. Doch dann läuft die Sache plötzlich aus dem Ruder: Der Junge erschreckt sich so sehr, dass er den Lenker verreißt und die Böschung hinunter kracht. Der coole Tom trägt natürlich keinen Helm. Er schlägt hart mit dem Kopf auf und bleibt mit einem Schädel-Hirn-Trauma am Ufer des Obertorteichs liegen. Sie bekommen Panik und eilen nach Hause. Doch das schlechte Gewissen nagt an Ihnen. Also machen Sie sich auf zum Telefonstand auf der Marktstraße und setzen von dort aus einen anonymen Notruf ab. Sie können allerdings nicht ahnen, dass Tom in der Zwischenzeit noch einmal zur Besinnung kommt. Völlig benommen versucht er aufzustehen. Dabei verliert er das Gleichgewicht und fällt in den Obertorteich. Aufgrund der Schwere seiner Kopfverletzung kann er sich nicht allein aus dem Wasser retten und ertrinkt."

Kurt Krämer schüttelte ungläubig den Kopf. „Was reden Sie da! Ich habe mit der Sache nichts zu tun. Außerdem – wie soll ich alter Kerl einem jungen Mann so einen Schrecken einjagen?"

„Vielleicht damit", antwortete die Kommissarin und legte eine Kunststoff-Verpackung auf den Tisch. Darauf war eine hässliche Clowns-Maske abgebildet. „Diese Verpackung haben wir eben hinter Ihrer Mülltonne gefunden und die passende Maske dazu lag versteckt am Tatort."

Überrascht riss Kurt die Augen auf. „Das kann nicht sein!", stieß er aus. „Das Ding habe ich vorher noch nie gesehen!"

Doch die Kommissarin ließ sich nicht erweichen und erwiderte ernst: „Herr Krämer – Sie sind vorläufig festgenommen!"

Kurze Zeit später wurde Kurt Krämer unter den neugierigen Blicken der Nachbarschaft in den Wagen der Kommissare gesetzt und zur Duderstädter Polizeidienststelle gefahren.

Am nächsten Tag fand sich dort auch Kevin Wudke ein. Während er auf Kommissarin Steinmeyer wartete, die ihm zu der gestrigen Verhaftung von Kurt Krämer nur noch einige Fragen stellen wollte, durchlebte er ein Wechselbad der Gefühle. Auch wenn er Tom regelrecht gehasst hatte, war sein Tod nach wie vor ein Schock für ihn. Unruhig schaute sich Kevin in dem Zimmer um, bis endlich die Tür aufging und Paula Steinmeyer ihm ein charmantes Lächeln schenkte. Kevin spürte, wie ihm die Röte ins Gesicht schoss.

„Hallo Kevin! Vielen Dank, dass du meiner Einladung gefolgt bist."

Kevin lächelte verlegen zurück. „Kein Problem!"

Die Kommissarin verwickelte ihn ganz ungezwungen in ein Gespräch und erzählte, wie sie Kurt Krämer auf die Schliche gekommen waren. Dabei entspannte sich Kevin zusehends.

„Du hast uns wirklich sehr geholfen! Ohne dich hätten wir Kurt Krämer nicht so schnell überführt. Schließlich hatte Tom mehrere Feinde, die ihm ans Leder wollten. Ihr wart euch ja auch nicht so grün. War wohl wegen deiner hübschen Freundin, was?", fragte Paula so ganz nebenbei.

„Ach, na ja", murmelte Kevin und rutschte nervös auf seinem Stuhl herum. „Wir hatten da nur eine kleine Meinungsverschiedenheit ..."

Paula beugte sich vor und schaute Kevin direkt in die Augen. „Da ist übrigens noch was, das mir einfach nicht in den Kopf will: Wie hat es der alte Krämer bloß geschafft, dem abgebrühten Tom so einen Schrecken einzujagen, dass der mit seinem Fahrrad die Böschung runtermacht?"

Kevin spürte, wie die Luft dünner wurde. Angestrengt suchte er nach den richtigen Worten, bis es schließlich aus ihm herausplatze: „Na, mit so ´ner gruseligen Clowns-Maske kriegt das doch sogar der olle Krämer hin!"

Paula Steinmeyer zog erstaunt die Augenbrauen nach oben. „Das ist ja interessant ... Die Sache mit der Maske wurde die ganze Zeit von uns streng geheim gehalten ...“

Zwei Tage später schlenderten Paula Steinmeyer und Kurt Krämer bei schönstem Frühlingswetter über den Duderstädter Wall. Die Kommissarin war froh, dass sie den Vorschlag des alten Mannes angenommen hatte, sich hier auf ‚seinem‘ Wall zu treffen.

„Es tut mir wirklich leid, dass wir Sie die vielen Stunden im Unklaren lassen mussten“, entschuldigte sie sich. „Aber Kevin sollte sich völlig sicher fühlen. Nur so konnte ich erreichen, dass er sich verplappert.“

„Ich kann es immer noch nicht fassen, dass der Bengel mir die Schuld in die Schuhe schieben wollte! Jubelt mir einfach die Verpackung von dieser Horrormaske unter ...“ Nachdenklich schüttelte Kurt den Kopf.

„Das tut ihm im Nachhinein auch leid“, warf Paula ein. „Kevin wusste einfach nicht mehr weiter. Er wollte sich nur an Tom rächen, weil der ihn ständig drangsalierte und nun auch noch im Begriff gewesen war, ihm die Freundin auszuspannen. Niemals hätte Kevin geahnt, dass seine Aktion so tragisch enden würde! Aber: Er hat in Kauf genommen, dass Tom stürzt und sich verletzt. Dass er den Unfall gemeldet hat, wird ihm auf jeden Fall mildernde Umstände bei der Verhandlung einbringen. Trotzdem ist Tom Seidler jetzt tot.“

Kurt nickte und hoffte insgeheim, dass Kevins Strafe nicht zu hart ausfallen würde. Dann schaute er auf und sah, dass sie inzwischen bei seinem Lieblingsbaum angekommen waren. Als er die junge Frau auf seinen Rindenmann aufmerksam machte, staunte sie: „Tatsächlich! Das ist eindeutig ein

Mann, der sich mit einem Sack abschleppt!“ Sofort zückte sie ihr Smartphone und machte ein paar Fotos.

In dieser Zeit konnte sich Kurt ein wenig entspannen. Paula Steinmeyer war clever und es war anstrengend, seine wahren Gefühle vor ihr zu verbergen. War es im Grunde doch so, dass Kevin dem alten Kurt einfach nur zuvor gekommen war …

Kurts Blick fiel wieder auf den schwer tragenden Rindenmann. Im Gegensatz zu ihm, fühlte er sich herrlich befreit. Seit dem Tod des Störenfrieds war eine schwere Last von ihm abgefallen. Endlich – ja endlich konnte Kurt seinen Wall wieder unbeschwert genießen!

Vierzig Jahre und kein bisschen weise

Morgen habe ich Geburtstag. Ich werde vierzig. Ist das nicht furchtbar? *Vier-zig*! Als meine Mutter vierzig wurde, fand ich sie uralt, ein Grufti. Und nun ich. Gefühlt bin ich höchstens dreißig. Neunzehnhundertsechsundsiebzig geboren. Man lasse sich das auf der Zunge zergehen! *Neun-zehnhundert!* Ich bin im letzten Jahrhundert geboren! Nicht zu fassen. Aber trotzdem; ich bin total aktuell. Ehrlich.

Mein Handy piept. Handy? Wer hatte das vor vierzig Jahren schon? Das Telefon hing noch an einer Schnur. Der Ton musste schließlich durch die Leitung. Und heute? Kann ich nicht mehr ohne mein I-Phone. Wie sollte es auch anders gehen, bei den vielen Terminen und Absprachen, die minütlich ankommen und rausgehen.

Termine! Ha! Als Mutter vierzig wurde, hat sie ihre Termine in einen Kalender geschrieben. Der hing in der Küche hinter dem Esstisch an der Wand. Ein Blatt für einen ganzen Monat. Und gestöhnt hat sie, wenn sie ein zusätzliches Date eintragen musste.

Ach ja, die gute alte Zeit ...

Jetzt werd ich vierzig. Mein Gemütszustand geht ‚down under'. Halbzeit? Überschreite ich gerade meinen Lebenszenit? Geht´s ab jetzt abwärts? Laut Statistik werden Frauen ...

Lieber nicht nachdenken.

Das Handy piept schon wieder! WhatsApp-Gruppen sind nervig. Gefühlt tausend Leute fragen an, ob ich heute schon Geburtstag habe, oder wann morgen die Fete steigt ...

Aber ohne WhatsApp bist du mega out. Du weißt nicht, wenn Pia sich mit Leon gezofft hat oder der Termin vom

Yoga geplatzt ist.

Moment! Mein Handy erinnert mich gerade daran, dass ich heute noch meine Bücher zur Bücherei bringen muss. Das auch noch!

Ja, richtig gehört! Bücher! Ich lese leidenschaftlich gern Krimis aus echten Büchern, mit Seiten zum Umblättern. Auch wenn´s uncool ist. Ich hasse E-Books! Total unchillig.

Bücher lesen ist retroschick und Entspannung pur! Jede Woche fress ich mich mindestens durch einen Krimi. Deshalb bin ich auch froh, dass es hier eine Bücherei gibt. Momentan stehe ich total auf Klaus-Peter Wolf. Seine Ostfriesenkrimis sind wie Urlaub am Meer mit knisternder Spannung. –

Ich schnapp mir die Büchertasche und mach mich auf den Weg. Draußen riecht´s gut. Als ob ein frisch geduschter Mann vorbeigegangen ist. Kann Natur so berauschend duften?

Auf dem Weg zum Auto mache ich mir einen Plan:

Zuerst Geld von der Bank holen, Gemüse vom Markt mitnehmen und dann zur Bücherei. Drei Fliegen mit einer Klappe schlagen. Das müsste in einer Stunde zu schaffen sein.

Doch als ich vor dem Auto stehe, klickt sich der Lieblingsspruch meiner Mutter in mein Gedächtnis: „Jeder Gang macht schlank!" Ich hasse diesen Satz, und trotzdem ist er in meiner Gehirnfestplatte doppelt und dreifach abgespeichert. Steh ich zum Beispiel vor der Entscheidung: Fahrstuhl oder Treppe, gibt's keine Alternative. Wie ist das nur möglich, dass man sich von derart festgefressenen Sprüchen so steuern lässt?

‚Wenn du dich hängen lässt, wirst du gleich senil', würde Mutter dem Spruch noch Nachdruck verleihen. – Mutter!

Missmutig ergeben stapfe ich zu Fuß los. –

Am Geldautomaten ziehe ich 500 Euro. Geburtstag feiern reißt ganz schön ins Geld. Ich packe die Scheine beim Gehen in mein Portemonnaie. Dabei rempele ich einen Mann, der hinter mir steht, an.

„Sorry", sage ich, ohne hochzugucken und laufe eilig zum Markt.

Eine Viertelstunde später haste ich die Stufen bis in den zweiten Stock des Rathauses zur Bücherei hoch. Luft schnappend stelle ich meine vollgestopften Stoffbeutel oben ab. Eine superschick gekleidete Frau steigt relaxt aus dem gläsernen ‚Steig-ein: Ich-fahr-dich'. Mit klappernden Absätzen und perfekt gestylter Frisur stolziert sie vor mir in die Bücherei.

‚Ich lebe länger als du, weil ich nämlich was tue, um fit zu bleiben!', denke ich trotzig. Mit den Fingern durchfahre ich hastig mein ungekämmtes Haar. ‚Kopf hoch!'

Selbstbewusst betrete ich tief durchatmend die gute Stube. Muffige Wärme schlägt mir entgegen. Mein Puls rast und ich würde mich am liebsten nackt ausziehen. Ein Wasserspender für alle, die die Treppe benutzen - das wär´s! Muss ich mal dem Bürgermeister sagen.

Ich stelle mich an den Tresen, packe den Beutel mit dem Gemüse zwischen meine Füße, lege die Bücher auf den Tisch und krame in meiner Handtasche. Wo ist der Ausweis? Ich wisch mir den Schweiß von der Stirn. Ruhig bleiben – durchatmen.

Ein äußerst gut aussehender Mann betritt die Bücherei. Unsere Blicke treffen sich. Er kommt mir bekannt vor. Wo hab ich den schon mal gesehen? Nicht übel. Der ist auch Fahrstuhl gefahren, stelle ich fest, denn eine Wolke von stark duftendem Herrenparfüm weht zu mir rüber.

‚Diesen Duft hab ich heut schon mal gerochen', schnüffele ich grübelnd.

Schweißmuffelig wende ich mich in Egal-Stimmung meiner Tasche zu. In meinem Portemonnaie finde ich schließlich den Ausweis, lege ihn auf den Bücherstapel und packe die Geldbörse wieder ein.

„Ich suche mir neues Lesefutter", sage ich zu Frau Bösing, die mir die ‚alten' Bücher abnimmt. Zielgenau steuere ich auf den Krimigang zu. Für meine Mutter soll ich den neuen Krimi von Uli Wickert mitbringen. Sie liebt Mr. Tagesthemenmann. Meine Tasche und die Beutel parke ich derweil auf einem Stuhl neben dem Regal.

„Weee", murmele ich und suche das W für Wolf und Wikkert auf den Buchrücken. Irgendwie fühle ich mich unbehaglich. Komisch. Was ist heut nur mit mir los? Vierzig zu werden ist doch nicht der Weltuntergang.

Mein Blick schweift zwischen den Buchreihen. Plötzlich starre ich direkt in die blauen Augen vom ‚Duftmann', der mich von der Rückseite des Regals scheinbar genau beobachtet hat. Ich hab´s gespürt.

„Was soll das?", frage ich erschrocken und entrüstet zugleich. „Schnüffeln sie mir nach?"

„Entschuldigen Sie! Ich wollte Sie nicht erschrecken. – Sie sind ein Krimifan?" Er kommt hinter dem Regal hervor auf mich zu und streckt mir galant seine Hand entgegen. Irritiert reiche ich ihm meine schwitzige und spüre augenblicklich, wie ich rot anlaufe. Schrecklich! Hormonschub. Verlegen blicke ich zu Boden. Wie alt bin ich eigentlich? Vierzehn?

„Ja. – Ja, ich lese gern Krimis", stottere ich und ziehe meine Hand schnell zurück. Was will der von mir? Billige Anmache. Wo hab ich den schon mal gesehen? Sein Duft umnebelt meine Sinne. Verdammt gutes Parfüm. Am liebsten würde ich an seinem Hals schnüffeln. Erotische Gedanken lassen mich noch mehr glühen.

„Haben Sie heute noch etwas vor?“, fragt er ohne Umschweife und hebelt meine Gefühlswelt nun total durcheinander.

„Äh! – Ja natürlich. Was denken Sie denn?“, platze ich verwirrt heraus.

Was macht der gerade mit mir? Der soll verduften! Ich bin eine verheiratete Frau und fühle mich momentan überhaupt nicht attraktiv. Warum macht der nicht die schicke Frau an? Kritisch beäuge ich ihn, geschmeichelt und unwohl zugleich. Wenn er nur nicht so einen Augenaufschlag hätte! Zum Dahinschmelzen. Wie Leonardo DiCaprio.

„´tschuldigung“, haspele ich nervös und nehme wahllos zwei Bücher aus dem Regal, schnappe meine Taschen und stürze an ihm vorbei zum Tresen. „Sie sind heute aber schnell“, bemerkt Frau Bösing.

„Komischer Typ da drüben“, zischele ich ihr zu. „Kennen sie den?“

Sie schüttelt den Kopf.

Eilig verlasse ich das Rathaus und schaue mich unterwegs wie eine Verfolgte immer wieder um. Was wollte der von mir? –

Noch ganz in Gedanken packe ich zuhause meine Sachen aus und räume das Gemüse in den Kühlschrank. Das Geld, das ich von der Bank geholt habe, will ich in die Kassette legen. Aber – wo ist mein Portemonnaie? Ich hab´s doch in die Tasche gesteckt. Ich schütte meine Handtasche aus. Das darf nicht wahr sein!

Es ist weg, einfach nicht mehr da! Nervös laufe ich im Zimmer herum.

„Scheiße! Was ist das heut bloß für´n Tag?“

Ich suche alles ab, lauf sogar vor die Haustür. Vielleicht ist es beim Schlüsselsuchen aus der Tasche gefallen. – Nichts.

Ich greife zum Telefon und rufe in der Bücherei an. Es dauert eine halbe Ewigkeit bis jemand abnimmt. „Nee“, sagt Frau Bösing. „Hier liegt kein Portemonnaie. Aber warten Sie mal. Ich schau noch mal nach.“ Nach einer Weile ist sie wieder dran. „Tut mir leid. Aber vielleicht sollten Sie zur Polizei gehen. Der Mann, der sie so irritiert hat, kam mir auch komisch vor. Der ist lautlos verschwunden. Und der hat keinen Ausweis bei uns. Da bin ich mir sicher. Unsere Kunden kenne ich. Ich will ja nichts sagen, aber ...“

Klar! Der hat das Geld aus meiner Tasche genommen! Der hat mich schon die ganze Zeit beobachtet. Bei der Bank war doch auch einer, den ich fast umgelaufen habe. Das war der! Ganz bestimmt! Der Duft! Verflixt! Den hab ich doch schon den ganzen Tag in der Nase! Mir läuft eine Gänsehaut über den Rücken. Ob der mich ausspioniert hat? Von so einem haben sie letzte Woche bei XY im Fernsehen berichtet. Der hat sich an die Frauen rangemacht und dann ... Geld weg, Frau tot.

Angespannt schaue ich aus dem Küchenfenster auf die Straße. Nichts Ungewöhnliches. Ich laufe nach hinten und gucke aus der Terrassentür in den Garten. Steht da jemand hinter der Pergola? Die Zweige am Holunder bewegen sich. Da! –

Angst kriecht in mir hoch. Ich spüre meinen Puls in der Schläfe pochen. Fenster und Türen schließen!

Bestimmt ist der schon über alle Berge mit meinem Geld, beruhige ich mich wenige Minuten später und quäle mich mit Vorwürfen. Warum hab ich nur die Tasche auf den Stuhl gelegt? Blauäugig wie ich bin. Wie bringe ich das meinem Mann bei? –

‚Ruf die Polizei an!‘, meldet sich mein Verstand.

Entschlossen greife ich zum Handy und lasse mich mit Karl Otto, dem Kontaktbeamten der Duderstädter Polizei, verbinden. Mit KarlO sind wir gut bekannt. Er wird mir helfen.

Meinen ganzen beschissenen Tag breite ich vor ihm aus, fange sogar an zu heulen, weil meine Nerven total blank liegen. Wie ein Seelenklempner versucht KarlO mich zu beruhigen und verspricht, seine Augen offen zu halten. Er bestellt mich um 15 Uhr auf die Wache.

Ich schaue auf die Uhr. Jetzt ist es eins. Soll ich hier solange Wurzeln schlagen? Was würde Klaus-Peter Wolf seine Ann Kathrin Klaasen aus den Ostfriesenkrimis tun lassen? Einfach dasitzen und warten? Niemals. Aus Ohnmacht und Schwäche wächst zunehmend mein alter Kampfgeist.

Fest entschlossen ziehe ich meine Sneaker an, verstaue Hausschlüssel und Handy in meiner Bauchtasche und schwinge mich aufs Fahrrad. Ich werde den Kerl finden! Den mach ich fertig! Die ganze Stadt werde ich absuchen. Selbstsicher trete ich in die Pedale. Gut, dass wir in einer Kleinstadt wohnen. Da kennt man viele Leute und alles ist überschaubar.

Aber wo fange ich an? – In den Geschäften. Dort wird er sich rumtreiben, wenn er ein Taschendieb ist. – Und wenn nicht? Wenn er es auf mich abgesehen hat? Ein Stalker? – Wie der mich angesehen hat! – Mist. Ich hätte mein Pfefferspray einstecken sollen. Wie eine Gejagte schaue ich mich nun wieder um, fahre sogar bei Rot über die Ampel und muss mir ein fürchterliches Gehupe anhören. Ist einfach nicht mein Tag. Wechseldusche von Gefühlen wie in der Pubertät.

Das Fahrrad parke ich an der Unterkirche, gehe suchend die Marktstraße hinauf. Jedes Geschäft durchlaufe ich, werde von Verkäuferinnen nach meinen Wünschen gefragt.

Soll ich sagen: ‚Ich suche einen gut riechenden Mann?' Ich beschränke mich auf: „Ich schau nur mal. Danke!", und ziehe dann weiter.

Nach einer halben Stunde sinkt mein Aktionismus auf Null. Ich beschließe, mir einen Eisbecher zu gönnen. Wenn ich draußen sitze, habe ich die Leute, die vorbeigehen, gut im Blick. Vielleicht kommt der ‚Duftmann' ja vorbei. Auf der Suche nach einem freien Sitzplatz an der Eisdiele bleibt mein Blick an einem Zweier-Tisch hängen. Das darf nicht wahr sein! Völlig erstarrt schaue ich *ihn* an. Bingo! Jetzt kannst du dich auf was gefasst machen!In diesem Augenblick fühle ich mich unheimlich stark. Mal sehen, wie er reagiert. Freundlich lächelnd winke ich ihm zu: „Hallo! Das ist ja ein Zufall! Ist bei Ihnen noch ein Plätzchen frei?"

Er steht verwirrt auf und bietet mir den Platz neben sich an. Hat der sich so im Griff? Warum türmt der nicht? Irritiert scheint er zu überlegen, setzt sich dann aber wieder hin und schaut mich herausfordernd an. „Bitte sehr." – Galant bis zum Umfallen.

Und nun – sitz ich einem Verbrecher gegenüber. Heiratsschwindler? – Oder ist der völlig harmlos? Hab ich mich da in einen Krimi verrannt, der gar nicht stattfindet?

Nein! Der ist total nervös. Und wie er mich anguckt! Gut, dass wir nicht allein sind. Wie kann ich ihn überführen? –

Laut schreien? ‚Geben Sie sofort mein Geld zurück!' –

Nee, das funktioniert nicht.

Ihn in ein Gespräch verwickeln? – Hm.

Ein Geistesblitz bringt die Erleuchtung: WhatsApp an KarlO! Ich schaue diesen Leonardo DiCaprio an und versuche ein einschmeichelndes Lächeln.

„Danke! Ich nehme einen Erdbeerbecher", lade ich mich selbst bei ihm ein.

Er stutzt einen Moment und grinst dann. „Haben wir uns heute schon das dritte Mal getroffen, dass ich Ihnen einen ausgeben soll? – Aber das mach ich natürlich gern!" Er winkt der Bedienung, bestellt. Sein Lächeln ist einfach unwiderstehlich.

„Entschuldigen Sie. Ich muss nur noch zu Haus Bescheid sagen, dass es etwas länger dauert", flunkere ich und nehme mein Handy. Einhändig schreibe ich einen Notruf an KarlO. Gut, dass ich fast blind eintippen kann. Ich drücke auf Senden, atme tief durch und wende mich dem ‚Duftmann' zu. „Sie sind fremd hier, stimmt´s?"

„Ja, in einer Kleinstadt fällt das wohl auf. Ich schaue mir die Stadt an. Hübsch, gefällt mir."

„Ah ja." Was soll ich jetzt sagen? Ich rutsche auf meinem Stuhl unruhig hin und her. Wie lange wird KarlO brauchen? – Mein Erdbeerbecher kommt. Für ihn stellt die Bedienung einen Espresso auf den Tisch.

„Ich würde gern gleich zahlen", sagt er. „Leider muss ich noch weiter." Oh! – Was mach ich jetzt? Ich muss ihn aufhalten. KarlO, wo bleibst du?

„Schade", bedauere ich. „Wo müssen Sie denn noch hin? Ich dachte, Sie wollten mich kennenlernen."

Er grinst schon wieder. „Sie sind ja sehr direkt. Machen Sie das immer so? Oder ist das typisch für Eichsfelder Frauen? Vorhin in der Bücherei schienen Sie sehr verwirrt zu sein."

„Ähm – ja – ähm – ich glaube, das ist heute nicht mein Tag. – Sie sehen übrigens Leonardo DiCaprio total ähnlich. Wussten Sie das?", versuche ich abzulenken und ihn mit Blicken zu fesseln. Eine ganze Weile lässt er sich darauf ein und wir tauschen Nettigkeiten aus. Doch dann steht er abrupt auf.

„Tut mir leid. Es war schön eine echte Duderstädterin kennenzulernen. Aber jetzt muss ich wirklich los."

„Sie dürfen noch nicht gehen!“

Er zieht die Stirn kraus. „Ich verstehe nicht. Wieso? Ich hab doch Ihren Erdbeerbecher bezahlt.“

Jetzt laufe ich wieder hochrot an. Peinlich. Was mach ich nur?

„Entschuldigen Sie bitte. Darf ich mal Ihren Ausweis sehen?“

KarlOs Stimme klingt wie die pure Erlösung. Jetzt wird Leonardo gleich in Handschellen abgeführt. Und ich hab ihn geschnappt!

„Sie wollen was?“ Der Duftmann steht irritiert auf.

„Ihren Ausweis bitte“, wiederholt KarlO und hält ihm die offene Hand hin.

„Wieso? Bin ich verdächtig?“ Verwirrt greift Leonardo in seine Jackentasche. Ich zucke erschrocken zusammen. Wenn er jetzt seine Knarre rauszieht und um sich ballert?

KarlO bleibt ruhig, beobachtet sein Gegenüber aber genau. Professionell.

Leonardo reicht ihm den Ausweis zusammen mit seiner Visitenkarte.

„Sie sind fremd hier. Besuchen Sie zum ersten Mal unsere Stadt?“

„Ja. Wie Sie sehen, bin ich Buchautor und schreibe gerade für den neuen Deutschland-Reiseführer vom Falk Verlag. Um mir ein objektives Bild zu machen, besuche ich die Städte und schau mich ein wenig dort um. Land und Leute kennenlernen. – Aber ganz ehrlich. Ich verstehe nicht, warum Sie mich überprüfen. Habe ich mich irgendwie auffällig verhalten?“

KarlO wirft mir einen vorwurfsvollen Blick zu. „Ich glaube nicht, Herr Hoffmann. Als Kontaktbeamter versuche ich nahe am Bürger zu sein. Ich danke Ihnen und wünsche noch einen angenehmen Aufenthalt!"

Beim Weggehen dreht sich KarlO noch einmal um. „Und schreiben Sie was Gutes über unsere Stadt! Hier wohnen nette, freundliche und vor allem weltoffene Menschen!" –

Er macht mir ein Zeichen, dass ich mitkommen soll.

Ich glaube im Erdboden zu versinken. Hab ich mir alles nur eingebildet? Ruckartig springe ich auf. „Danke für den Erdbeerbecher. Ich wünsche Ihnen auch noch einen angenehmen Aufenthalt. Und – es sind nicht alle hier so durchgeknallt wie ich. Aber morgen werde ich vierzig!", entschuldige ich mein Verhalten. Mit schnellen Schritten verlasse ich den Ort aller Peinlichkeiten. Nur weg! –

KarlO begleitet mich zu meinem Fahrrad und rät mir eindringlich, nicht Fremde zu beschuldigen, sondern in Ruhe zu überdenken, wo ich wann gewesen bin. Ich nicke brav, entschuldige mich und fahre schließlich mit wackligen Beinen nach Hause.

Dort lasse ich mich erschöpft aufs Sofa fallen.

Wo ist das verdammte Geld? Ich lehne mich zurück, atme laut aus. Etwas drückt mir am Rücken. Ich greife nach hinten und ertaste einen Stoffbeutel. Mein Bücherbeutel. Ach ja! Den hab ich in der Aufregung nicht weggeräumt. Aber da ist doch noch was drin! Ich greife hinein und mein Herz schlägt Purzelbaum. Mit hochrotem Kopf und unsagbarem Schamgefühl ziehe ich meine Geldbörse heraus. Ich hab sie in den Beutel gesteckt, nicht in die Handtasche. Oh nein! Was für ein Tag!

Mein Mann kommt zur Tür herein. „Hallo mein Schatz! Na, wie war dein letzter neununddreißiger Tag?" Er drückt mir fröhlich einen Willkommenskuss auf.

„Hoffentlich bin ich bald vierzig", antworte ich verzweifelt. „Es kann nur besser werden!

Im Bann der Tillyeiche

Lilian schob ihr Mountainbike neben den tiefen Furchen des aufgeweichten Weges durch den Wald. Schlammige Pfützen mit Regenwasser versuchten zu verhinderten, dass ein Fußgänger sich von dieser Seite trockenen Fußes der Tillyeiche nähern konnte. In den letzten Wochen hatte es unablässig geregnet. Heute war vermutlich einer der letzten warmen Tage des diesjährigen Altweibersommers. Lilian nutzte den freien Tag, um mit ihrem neuen Mountainbike durch die Lande zu fahren. Von Duderstadt kommend hatte sie sich durch die Feldwege hinauf zur Heinz-Sielmann-Stiftung gestrampelt, war die Straße ins Tal hinunter nach Fuhrbach gerauscht und über den neuen Radweg nach Brochthausen geradelt. Von dort nahm sie den Radweg nach Rhumspringe und machte an der Rhumequelle Rast.

Lilian war jedes Mal beeindruckt von der mystischen Schönheit dieses Ortes. Die Sonne warf nur spärliches Licht durch das noch dichte Blätterdach und zauberte Lichtkringel auf die sich sanft bewegende Wasseroberfläche. Die Sage der Nixe Ruma war auf einer Holztafel niedergeschrieben. Diese Geschichte der traurigen Nixe, die eigentlich alles verloren hatte, was ihr lieb und teuer war, berührte Lilian tief. ‚Nicht alle Geschichten haben ein *Happy End*', dachte sie mitfühlend.

Nachdem sich Lilian von Ruma und ihrer geheimnisvollen Quelle losreißen konnte, nahm sie den Radweg nach Rüdershausen, folgte dem Wirtschaftsweg am Friedhof vorbei, hinauf bis zur sogenannten *Platte*. Hier hatte sie einen grandiosen Blick auf den Harz mit seinen stets dunkelgrün bewaldeten Bergen. Sie überlegte, ob sie den schnellen Weg hinunter zur Josef-Quelle oder den etwas längeren

Weg über die Tillyeiche nehmen sollte. Die Sonne stand erst im Zenit und Lilian beschloss, ihre Radtour noch etwas auszudehnen. Über die Tillyeiche konnte man durch den Wald gut hinunter nach Rollshausen radeln. Von dort ging es über den Radweg zurück nach Duderstadt.

Die letzten Meter vor der Tillyeiche waren leider durch den Regen der letzten Wochen fast unpassierbar. Genervt schob Lilian ihr Rad weiter, bis sie die legendäre Eiche endlich erreichte. Im 30-jährigen Krieg soll der Sage nach, der Feldherr Tilly hier gelagert haben. Lilian wusste nicht sehr viel über diese Zeitepoche, nur, dass jeder gegen jeden gekämpft hatte und das Eichsfeld in den Kriegsjahren von 1618 bis 1648 mal diesem und mal jenem herrschaftlichen Haus angehört hatte. Katholische, protestantische, kurmainzische, weimarische, kaiserliche, lüneburgische oder schwedische Herren beuteten das Land nach gut dünken aus und hinterließen einer nach dem anderen ein immer mehr ausgeblutetes Eichsfeld.

Eigentlich war die Tillyeiche nur noch ein hohler Stamm, innerhalb dessen sich seit ein paar Jahren ein neues zartes Baumpflänzchen zum Wachsen entschieden hatte.

Lilian suchte sich ein einigermaßen trockenes Plätzchen mehrere Meter hinter der Tillyeiche, breitete ihre Picknickdecke aus und setzte sich, mit dem Rücken an eine alte Buche gelehnt, hin. Dann packte sie ihre Brotdose aus und biss hungrig in ihr Mettwurstbrot. Nun noch ein großer Schluck aus ihrer Wasserflasche und für einen Moment die Augen schließen. Gleich würde sie weiterfahren ...

Pferdegetrappel und laute Rufe in harschem Befehlston weckten sie aus ihrem Dämmerschlaf. Verwirrt richtete sich Lilian auf. ‚Wer macht denn so einen Lärm?' Sie war erstaunt, dass sie doch so weit von der Tillyeiche entfernt ihren Lagerplatz gewählt hatte. Den Platz vor der Eiche, auf der sich jetzt Menschen versammelten, konnte sie nur noch schwer beobachten. Auch schien ihr das Blattwerk dichter und grüner zu sein – fast wie im Sommer. Sie war sich sicher, dass sie beim Schieben durch den Wald schon eine deutliche Herbstfärbung bemerkt hatte.

Die Reiter sprangen von ihren Pferden. Einige schleppten einen schweren Gegenstand, scheinbar einen menschlichen Körper, durch das Laub und warfen ihn unter die Eiche. Die Männer waren in mittelalterliche Kostüme gekleidet, einige trugen rote Bänder um den Hals oder rote Schärpen.

Lilian hörte den Anführer in einem merkwürdigen Dialekt, den sie noch nie gehört hatte aber trotzdem so einigermaßen verstand, sprechen.

„He, Bauer, wirst du uns nun verraten, wo der alte Pfaffe seine Kirchenschätze vergraben hat?“

„Ich weiß es wirklich nicht, Herr“, wimmerte der als Bauer angesprochene.

„Nun, dann werde ich deinem Gedächtnis mal auf die Sprünge helfen!“

Lilian sah, wie er einem hünenhaften Mann einen Wink gab. Der trat mit einem Strick in der Hand auf den Bauern zu und legte eine Schlinge um dessen Hals.

Lilian stockte der Atmen. Was geschah hier? Leise nahm sie ihre Sachen und versteckte sich hinter der dicken Buche. Drehten die hier einen Film? Dann wollte sie nicht stören. War es ein Live-Rollenspiel? Darüber hatte sie schon mehrfach Berichte im Fernsehen gesehen. Mittelalter-Fans spielten Szenen des alltäglichen Lebens unserer Vorfahren nach. Auch da würde sie nicht stören wollen. Aber diese

Szene, der Bauer mit seinem Kopf in der Schlinge, erschien ihr doch recht ernst und makaber. Was, wenn hier ein merkwürdiges Ritual abgehalten werden sollte, womöglich mit einem Mord? Sollte sie besser jemanden zur Hilfe rufen? Sie zückte ihr Handy – kein Empfang! Das war ja klar, kaum brauchte man es, funktionierte es nicht!

Während der noch andauernden Befragung zog der Hüne die Schlinge um den Hals des Bauern immer fester und warf bald das andere Ende des Seils über einen dicken Ast, der in gut zwei Meter Höhe über dem Boden waagerecht in die Ferne wies. Dann zog er erneut an dem Seil und richtete den Bauern damit etwas auf.

Der keuchte und rang verzweifelt nach Luft. Beide Hände waren auf den Rücken gebunden, sodass er sich nicht wehren konnte.

Der Anführer setzte sein Verhör unbarmherzig fort. „Fällt dir nun ein, wo die Kirchenschätze liegen? Oder sollen wir noch etwas mehr an dem Seil ziehen?"

Der Bauer krächzte mit erstickender Stimme: „Ich ... ich ... weiß es ... nicht."

Der Hüne mit dem Seil warf dem Anführer einen fragenden Blick zu. Mit einem Nicken und einer deutlichen Handbewegung gab dieser den Befehl, das Seil straff zu ziehen. Mit einem Ruck führte der Hüne den Auftrag aus. Der Bauer baumelte nun an dem Seil, die Augen traten hervor, das Gesicht wurde puterrot. Er zuckte noch ein-, zweimal mit den Füßen und schwang dann leblos hin und her.

Lilian war geschockt! Wenn das ein Filmteam war, hatten die grandiose und realistische Arbeit geleistet. Aber sie glaubte schon lange nicht mehr an diese Möglichkeit. Sie spürte, das eben Gesehene war echt. Und der Bauer wirklich tot! Kaum wagte sie zu atmen. Was, wenn diese grausamen Menschen sie bemerkten? Dann wäre ihr Leben keinen Pfifferling wert, das wurde ihr schlagartig klar.

In dem Moment fiel Lilian ihr Fahrrad wieder ein, welches sie vorhin an den sterbenden Stamm der Tillyeiche gelehnt hatte. Hatten die Verbrecher das nicht gesehen? Würden sie nicht nach dessen Besitzer suchen? Lilian schlotterten die Knie. Wenn sie weglief, ginge das niemals geräuschlos. Und mit ihren Pferden würden die Kostümierten sie leicht einholen. Nein, sie musste hier hocken bleiben und hoffen, dass niemand sie bemerkte.

Inzwischen hatten die Männer das Seil mit dem baumelnden Leichnam an der Tillyeiche festgebunden.

„Lasst ihn dort als Warnung hängen. Niemand soll es wagen, sich uns zu widersetzen!“, hatte der Anführer laut befohlen. „Wir reiten hinunter ins Dorf und sehen, ob der alte Pfaffe nicht doch etwas von seinen Kirchenschätzen für uns übriggelassen hat.“ Zügig sprangen sie auf ihre Pferde und zogen von dannen.

Nur der Bauer blieb schaukelnd zurück.

Lilian wagte nicht, sich zu rühren. Wie schnell konnte es passieren, dass die Männer zurückkämen und sie entdeckten? Bewegungslos verharrte sie, bis sie sich sicherer fühlte. Vorsichtig lugte sie in alle Richtungen, trat Schritt für Schritt leise schleichend aus ihrem Versteck heraus. Wo war ihr Fahrrad?

Es war nicht mehr da! Hatten die Männer es mitgenommen? Wozu? Wenn sie es gesehen hätten, hätten die sicher nach ihr gesucht. Egal – sie musste schnellstens hier weg und Hilfe holen. Sie lief den Weg zurück, den sie gekommen war. Merkwürdig – er war gar nicht mehr so schlammig wie noch vor ein paar Stunden. Nach wenigen Metern trat sie aus dem Wald und blickte erstaunt über die

Felder auf der *Platte*. Keines von ihnen war bestellt. Alle lagen wüst und brach. Die ganze Landschaft sah fremd aus. Sie ging weiter, bis sie Rüdershausen erblicken konnte. Der mächtige Kirchturm war nicht mehr da! Stattdessen stand im Ort eine viel kleinere Kirche mit einem Turm, der fast völlig zerstört war. Brandspuren zogen sich durch das ganze Dorf, das auch viel kleiner wirkte. Die Neubaugebiete der letzten fünfzig Jahre waren verschwunden. Hier stimmte etwas ganz und gar nicht!

Lilian beschloss über die Josef-Quelle hinunter nach Obernfeld zu marschieren und von dort Hilfe zu holen. Den Weg durch den Wald hatte sie in viel besserer Erinnerung. Jetzt schien er mehr ein breiter Trampelpfad zu sein. Keine Spur von gekiester und befestigter Oberfläche. Sie bekam immer mehr Angst. Was waren das nur für Merkwürdigkeiten? War sie in eine andere Zeit geraten? ‚So ein Quatsch', schimpfte sie sich selber. ‚So etwas gibt es doch gar nicht!'

Aber die unerklärlichen Dinge waren nun einmal da. Beziehungsweise eben nicht da, wo und wie sie sein sollten. Sie begann schneller zu gehen. Nebel zog auf und Lilian beschleunigte ihre Schritte abermals. Der Nebel verdichtete sich und sie stolperte. Rasch sprang sie wieder auf und erhöhte ihr Tempo zum Rennen. Wenige Meter weiter fiel sie wieder der Länge nach hin. Je schneller sie lief, umso häufiger stürzte sie. Ganz so, wie in einem Albtraum. War es möglich, dass sie nur träumte? Lilian kniff sich in den Arm. „Autsch!" Nein sie war wach, da war sie sich ganz sicher!

Der Nebel war nun so dicht, dass sie den Weg nur eine Armlänge weit voraus sehen konnte. Hinter sich hörte Lilian Pferdegetrappel.

‚Oh, nein', dachte sie verzweifelt. ‚Wo soll ich nur hin?' Schnell sprang sie neben dem Weg hinter einen Baum, verhielt sich mucksmäuschenstill und schloss angstvoll zitternd die Augen. Das Getrappel kam näher ...

... und entfernte sich wieder. Erleichtert, aber unsicher öffnete Lilian ihre Augen. Sie staunte. Der Nebel hatte sich verzogen! Alles war klar und deutlich zu erkennen und sie saß wieder auf ihrer Picknickdecke ein paar Meter hinter der Tillyeiche, dort, wo sie sich nach der Radtour zum Ausruhen hingesetzt hatte. Der Wald war herbstlich bunt eingefärbt und ihr Mountainbike stand an der Stelle, an der sie es angelehnt hatte. Die Pferde, die gerade vorübergeritten waren, konnte sie durch den lichten Wald noch erkennen. Es saßen zwei junge Frauen darauf, die sich angeregt unterhielten. Sie waren modisch gekleidet und hatten sicher nichts mit den mittelalterlichen Männern von vorhin zu tun.

Lilian rieb sich die Augen. Hatte sie doch geschlafen? War es möglich, dass ihr ihre Fantasie solch einen Streich gespielt hatte? Sie musste hier schnellstens weg. Der Ort war unheimlich. Die eben noch am Strick baumelnde Leiche des Bauern ging ihr nicht aus dem Sinn und fast meinte sie, seinen Schatten noch zu erkennen.

Lilian nahm den kürzesten Weg nach Hause. Dort recherchierte sie erst im Internet und dann in dem Buch „Geschichte des Dorfes Rüdershausen“ von Karl Hellmold, das sie von ihrer aus Rüdershausen stammenden Großmutter geerbt hatte, nach der Geschichte der Tillyeiche.

Der legendäre Feldherr Tilly zog während des Dreißigjährigen Krieges durch die Lande und hatte den kaiserlichen Auftrag das Eichsfeld und Umgebung vor den Truppen des dänischen Königs Christian zu schützen. Das tat er auch erfolgreich mithilfe des Feldherrn Wallenstein. Ohne Tillys Wissen überfielen jedoch zwei seiner Regimenter am 24. April 1627 Rüdershausen, raubten die kleine alte Kirche aus, erschossen zwei Männer und stahlen Vieh und Getreide. Von einem aufgehängten Bauern stand jedoch nichts in der Chronik.

Ob der damalige Pfarrer Andreas Eberhardt Kirchenschätze vergraben hatte, wurde ebenfalls nicht erwähnt.

Lilian schloss das Buch mit einem Seufzer. Das Erlebnis an der Tillyeiche hatte sich so echt angefühlt und sie völlig aufgewühlt. Sie musste es endlich loslassen – wie einen bösen Traum.

Als sie das Buch wieder ins Regal schieben wollte, fiel ein vergilbter Zettel heraus. Sie hob ihn auf, faltete ihn auseinander und erkannte die Handschrift ihrer Großmutter. In krakeliger Sütterlinschrift war dort ein Stammbaum aufgezeichnet, der weit bis in Mittelalter zurückreichte. Sie kannte diesen Stammbaum, ihre Großmutter hatte ihn ihr oft gezeigt.

Sie wollte das alte Papier gerade wieder zusammenfalten, da fiel ihr etwas auf: Neben dem ältesten Eintrag, den Geburts-, Hochzeits- und Sterbedaten von Ururgroßvater Carl und seiner Frau Lisbeth stand in der Handschrift von Lilians Großmutter: *Erhängt im Hellberg von Tillys Mannen, 24. April 1627.*

Da stand es! Schwarz auf weiß! Es war ihr eigener Vorfahre, dessen Ermordung sie heute mit angesehen hatte. Und aus irgendeinem Grund hatte ihre Großmutter auch von dem Mord gewusst.

Lilian wurde nachdenklich. Hatten sie und ihre Großmutter hellseherische Begabungen? Oder hatten andere Wanderer an der Tillyeiche diesen Mord auch schon auf magische Weise miterlebt?

Schade, dass sie ihre Großmutter nicht mehr fragen konnte.

Dann kam ihr eine grandiose Idee: Sie konnte bei ihren Eltern auf dem Dachboden stöbern! Dort standen noch ein paar Sachen von Großmutter Regine. Vielleicht fand sie weitere Hinweise auf den Mord.

Drei Tage später fuhr sie mit einem Apfelkuchen im Gepäck zu ihren Eltern und bat ihre Mutter in den Sachen von Oma Regine stöbern zu dürfen. Während die Mutter den Kaffee aufsetzte, stieg Lilian auf den Dachboden. Dort standen etliche Kisten mit altem Zeug, das eigentlich niemand mehr brauchte, von dem sich ihre Mutter jedoch nicht trennen konnte. Lilian schmunzelte. Heute käme ihr das vielleicht zugute.

Sie öffnete einen Karton nach dem anderen, fand jedoch keinen Hinweis auf den 30-jährigen Krieg oder ihren Urahnen Carl. In einer Kiste, die ganz weit hinten stand, entdeckte sie schließlich sehr alt aussehende Bücher. Die wollte sie bei besserem Licht betrachten und nahm sie mit hinunter.

„Was suchst du eigentlich?", erkundigte sich Helene, ihre Mutter.

Lilian druckste herum. „Ach weißt du, ich habe neulich so einen merkwürdigen Traum gehabt ... vielleicht war es aber auch gar kein Traum. Jedenfalls bin mit meinem neuen Rad von Rüdershausen nach Rollshausen gefahren." Sie stockte. Konnte sie ihrer Mutter wirklich erzählen, was passiert war? Oder würde die ihre Tochter für völlig verrückt halten?

Hellhörig schaute Helene auf und blickte ihrer Tochter direkt in die Augen. „Sag mal, kann es sein, dass du an der Tillyeiche warst?"

„Wie kommst du darauf?", fragte Lilian erstaunt.

„Hast du dort deinen merkwürdigen Traum gehabt?" Helene ließ nicht locker.

„Hm ... ja."

„Dann ist mir einiges klar. Du hast vermutlich Großmutter Regines Begabung geerbt!" Helene schaute besorgt und keineswegs glücklich drein.

„Was für eine Begabung?" Lilian war nun sehr neugierig.

„Oma Regine hatte die Gabe, an Orten, an denen in der Vergangenheit Verbrechen begangen worden sind, die Taten auf eine hellseherische Art mitzuerleben. Angefangen hatte alles, als sie an der Tillyeiche den Mord an einem unserer Vorfahren *gesehen* hat. Sie hat lange recherchiert und herausgefunden, wer der Tote und seine Mörder waren. Dieses Wissen, und dass damals die Mörder nicht ihrer gerechten Strafe zugeführt worden sind, hat sie sehr belastet. So sehr, dass sie als junge Frau mit ihrer Familie ihr Heimatdorf Rüdershausen verließ und nach Duderstadt zog."

„Das wusste ich gar nicht. Ich dachte, sie wäre ihrem Mann zuliebe in die Stadt gezogen. Hat sie denn noch weitere Verbrechen gesehen?"

„Ja, das hat sie. Und sie hat sie alle in einem Heft aufgeschrieben. Oft hat sie versucht der Polizei ihre Erkenntnisse mitzuteilen, aber wenn es keine Beweise gab, waren denen die Hände gebunden und sie konnten niemanden dingfest machen. Viele der Verbrechen lagen ja auch Jahrhunderte zurück, so wie der Mord an der Tillyeiche."

„Sie hat mir gegenüber nie etwas davon erwähnt", überlegte Lilian.

„Nein, sie hat, als sie älter wurde, nicht mehr darüber gesprochen. Ich denke, sie wollte das alles nicht mehr sehen. Schließlich musste sie zwei Weltkriege miterleben. Und das ist für ein Menschenleben mehr als genug an Grausamkeiten. Erst als sie ganz alt war und langsam die Demenz kam, da hat sie manchmal gesagt: ‚Geht da nicht hin, da sind die Nebel der Zeit durchlässig.'"

„Und du glaubst wirklich, dass ich diese Begabung geerbt haben könnte?"

„Es wäre gut möglich, du bist ihr auch sonst sehr ähnlich."

Lilian fand das alles sehr spannend. Vielleicht könnte auch sie der Polizei bei einigen Verbrechen Hinweise geben und so zur Aufklärung beitragen. Das trüge dann zwar nicht zur Gerechtigkeit für ihren Ururgroßvater Carl bei, aber vielleicht für jemand anderes. Sie beschloss, sobald sie erneut ein Verbrechen auf diese mystische Weise beobachten würde, ginge sie sofort zum Polizeikommissariat in der Herzberger Landstraße, um ihre Dienste anzubieten.

Ob die ihr wohl glauben würden?

Die Akte Gibbelde

Im Februar hatte ich noch das Angebot, mich mit einem Beitrag an einer Krimianthologie zu beteiligen, mit der nicht unberechtigten Begründung abgewiesen, dass ich keine sinnvollen Krimis schreiben könne. Aber Anfang März hat mir hier in Gieboldehausen ein grausamer Mordfall den Stoff zu einer Kriminalgeschichte quasi vor den Schreibtisch gelegt. Ich will daher meine gewonnenen Erkenntnisse über dieses Verbrechen schriftlich aufführen, damit es in nah und fern der Nachwelt auch in schriftstellerischer Form erhalten bleibt.

So unterschiedlich Moskau und Gieboldehausen auch sein mögen, eins haben sie jedoch gemeinsam, nämlich einen Roten Platz. Ich weiß nicht, ob der gesamte Ortskern von Gieboldehausen auf der Fläche des Moskauer Roten Platzes genügend Platz fände. Jedenfalls steht auf dem kleinen Roten Platz von Gieboldehausen seit ein paar Jahren der sehenswerte Gänsehirtenbrunnen. Ob das weltweit bekannte Moskauer Pendant überhaupt einen Gänsehirtenbrunnen hat, entzieht sich meiner Kenntnis.

Wie im eisigen Moskau zu dieser Jahreszeit noch üblich, hatten auch uns Kälte und Schnee noch einmal den Winter zurückgebracht. Der Schnee rieselte bereits seit Stunden unaufhörlich aus den dicken, grauen Wolken herab, als der Zeitungsausträger zwischen drei Uhr dreiundfünfzig und drei Uhr fünfundfünfzig am Gänsehirtenbrunnen auf dem Roten Platz einen vollständig schneebedeckten Körper fand. Auf die Sekunde genau wollte er sich nicht festlegen.

Er wäre beinahe über den Toten gestolpert und stutzte über dessen noch vage erkennbaren Konturen, die sich so ganz anders als die der verschneiten Gänse des Hirten unter dem Schnee abzeichneten.

Erst als er die Leiche mit dem Fuß anstupste, kam die Spitze eines Schnürstiefels im Schein der Taschenlampe zum Vorschein. Eher wegen der geschätzten Schuhgröße als des erkennbaren Schuhdesigns vermutete der Zeitungsausträger ganz richtig, dass es sich um eine männliche Person handeln musste.

Später gab der Zeitungsausträger zu Protokoll, dass er ein wenig erschrocken gewesen sei. Aber gewundert, nein, gewundert hätte er sich nicht, denn heutzutage sei er über gar nichts mehr verwundert, auch nicht über eine Leiche, die auf ihrem Rücken auf dem Roten Platz von Gieboldehausen liegt.

Die per Handy alarmierte Polizei schickte ihre Streife mit ihrem Funkstreifenwagen. Die beiden Beamten untersuchten den starren, schneebedeckten Körper mit Augenscheinnahme in gebückter Haltung und einem weiteren Anstupser gegen die freigelegte Schuhspitze.

Die beiden jungen Polizeibeamten meldeten über Funk der Zentrale und rieten dem inzwischen frierenden Zeitungsausträger, die Haushalte in der Obertorstraße bis zur ‚Burg' mit der Tageszeitung zu versorgen. Anschließend sollte er sich auf der Polizeiwache melden, da die ohnehin auf dem Weg läge. Der Zeitungsausträger war damit einverstanden und die beiden Beamten sperrten den Fundort mit ihrem rotweißen Polizeiband ab. Daraufhin setzten sie sich in das Polizeiauto und warteten auf die Ankunft der Kripo.

Das Blaulicht des Polizeiwagens zuckte unter der geschlossenen, dunklen Wolkendecke grell in das gedämpfte, spärliche Licht, das von umliegenden Schaufenstern und

Reklameleuchten erzeugt wurde. Die künstlichen Beleuchtungen der sonst tieforange strahlenden Straßenlaternen brannten aus Energiespargründen noch nicht.

Als Erstes bog ein Fahrzeug mit dem Rechtsmediziner auf den Roten Platz ein. Er war im geräumigen Transporter der Männer von der Spurensicherung mitgefahren.

Inzwischen hatte es aufgehört zu schneien. Die Fußspuren der beiden Beamten, die des Zeitungsausträgers und die Reifenabdrücke der beiden Autos waren die bisher einzigen erkennbaren Spuren im Schnee.

Spurensicherung im Schnee zu betreiben, war für die Männer auch nicht alltäglich, aber sicherlich keine unlösbare Aufgabe. Sie begannen ihre Arbeit damit, mit dem Scheinwerfer ihres Fahrzeugs den Gänsehirtenbrunnen inklusive der männlichen Leiche taghell auszuleuchten. Der Rechtsmediziner ließ sich derweil von den beiden jungen Polizisten einen Becher Kaffee aus der Thermosflasche reichen. Ein paar Feuerwehrleute rückten mit einem Einsatzfahrzeug an und übernahmen nach kurzer Absprache mit den Beamten die Ausleuchtung des Leichenfundorts und der Warnung des Straßenverkehrs in allen Fahrtrichtungen. Kurz darauf wurde das gelebte Miteinander der Einsatzkräfte von einem zusätzlichen Polizeistreifenwagen ergänzt.

Die ersten vereinzelten Frühaufsteher waren zu Fuß und mit dem Auto unterwegs. Die Streifenpolizisten forderten sie in Höhe des Gänsehirtenbrunnens wortkarg, aber mit deutlicher und energischer Körpersprache auf, ihre ursprünglichen Ziele weiter anzusteuern.

Der Rechtsmediziner, ein älterer Routinier, hockte sich vor die verschneiten Umrisse der Leiche und wischte den Schnee im Bereich des von ihm vermuteten Kopfes beiseite. Was er zu sehen bekam, war auch für ihn eher selten und ließ ihn erstaunt innehalten: Der gesamte Kopf des Toten war enthäutet worden. Der fleischig rote, brutal entstellte, gesichtslose Schädel hätte einen ahnungslosen Betrachter sicherlich erschrocken erbleichen lassen. Nicht so den erfahrenen Rechtsmediziner, er hatte schon die grausamsten Verstümmelungen gesehen.

„Gorki Park", entfuhr es ihm in Erinnerung an den gleichnamigen Roman von Martin Cruz Smith.

Zu Zeiten des Kalten Krieges hatte M. C. Smith drei gleichermaßen verunstaltete Leichen beschrieben, die im weltbekannten Gorki Park, einem Moskauer Vergnügungszentrum, ermordet unter einer Schneedecke lagen. Die bestialische Absicht war naheliegend, der grausame Mörder wollte die Identifizierung der Ermordeten erschweren. Aber schon damals stellten die Fähigkeiten der Moskauer Ermittler mittels ihrer kriminalistischen Erkenntnisse und Methoden unter Beweis, dass auch die zweifelsfreie Feststellung der Identität gesichtsloser Opfer kein wirkliches Problem darstellt.

Und die Leiche vom Roten Platz in Gieboldehausen? Sollte auch hier die Aufklärung des Verbrechens durch die Häutung erschwert werden? Oder war der Mörder gar ein satanischer Triebtäter? Diese und ähnliche Fragen besprach der Rechtsmediziner nebenbei mit den Kollegen, wobei man sich einigte, dass der Fundort wieder einmal nicht der Tatort war.

Nachdem er sich wieder aufgerichtet hatte, erklärte er: „Für mich gibt´s hier nichts mehr zu untersuchen. Unseren gesichtslosen Freund werde ich in der warmen Stube unter die Lupe nehmen."

Dunkel lag die sternenlose Nacht über Gieboldehausen. Ein leichter, frostiger Wind kroch über den Roten Platz. Die beißende Kälte ließ den Atem in kleinen wolkigen Fahnen in der eiskalten Luft wehend schweben.

Wie bestellt, fuhr der Leichenwagen vor, der den Toten in die Gerichtsmedizin bringen sollte. Die Feuerwehr hatte inzwischen für noch mehr Helligkeit am Gänsehirtenbrunnen gesorgt. Die zweite Streifenwagenbesatzung fuhr zum Bauhof, um dort die Jungs vom Streudienst zu erwischen. Zumindest Besen, Schneeschieber und Streusalz wollte man aus Bauhofbeständen ordern.

Jetzt bog auch der Hauptkommissar mit seiner Assistentin, der Kommissarin, auf den Roten Platz ein. Die Kommissarin saß am Steuer und fuhr etwas zu forsch. Auf schneeglatter Fahrbahn kam ihr Bremsmanöver zu spät, der Wagen geriet ins Rutschen und knallte auf den geparkten Streifenwagen auf.

Es wurde niemand verletzt, aber der Fahrer des Streifenwagens war so erbost, dass er jeglichen Respekt vor der Amtsautorität der Kommissarin fahren ließ.

„Sagen Sie mal, wie platt sind Sie denn eigentlich in der Birne?", herrschte er die junge Frau an.

Sie war aufgrund ihres Missgeschicks sichtlich verunsichert, bemühte sich aber um Coolness, indem sie sich kommentarlos einen Kaugummi in den Mund schob.

Der Hauptkommissar antwortete statt ihrer: „Kriegen Sie sich mal wieder ein! Bevor Sie hier noch Fahrzeugpapiere und Führerschein kontrollieren und womöglich einen Alkoholtest anordnen, prüfen Sie, ob die beiden Fahrzeuge noch verkehrstüchtig sind."

Bemerkenswert war, dass der Hauptkommissar hinsichtlich seiner Körpergröße und des billigen, schlampigen Outfits, inklusive des zerknautschten Allwettermantels, eine frappante Ähnlichkeit mit einem amerikanischen Fernsehkollegen hatte. Er verzichtete aber von vornherein auf die Selbstdarstellung eines nervenden, vorgetäuschten Trottels, den Inspektor Columbo so meisterhaft zelebrierte.

„Und – Doktor?", wandte sich der Hauptkommissar fragend an den Rechtsmediziner, während er in das fehlende Gesicht des Toten starrte.

Der hob die Schultern an, schnorrte bei einem Kollegen der Streife eine Zigarette und, nachdem er tief inhaliert hatte, erklärte er: „Eins ist sicher: Die Leiche wurde vor nicht langer Zeit hier abgelegt. Läge sie schon länger hier, müsste sie bei dem Dauerfrost gefroren sein. Und das ist sie definitiv noch nicht. Alles Weitere ..."

Der Hauptkommissar unterbrach: „Was heißt, vor nicht langer Zeit? Etwas konkreter, bitte."

Als Antwort hob der Rechtsmediziner wieder seine Schultern an: „Ich schätze zwischen zwei und vier Uhr. Aber wie gesagt: alles Weitere ... und außerdem muss ich mal pinkeln." Er sah sich nach einer geeigneten Stelle um.

„Also Doktor! Nicht hier in unserem Arbeitsbereich!", empörte sich vorsorglich ein Kollege von der Spurensicherung und ein Streifenpolizist ergänzte großzügig: „Machen Sie sich da ins Dunkle, dann will ich ausnahmsweise mal ein Auge zudrücken."

„Danke, junger Mann", erwiderte der Doktor und folgte dem Rat.

Der Hauptkommissar stand immer noch bei der Leiche und dachte laut nach: „Kein Blut, keine Spuren, kein Gesicht, keine Papiere, kein Hosenknopf – rein gar nichts, nur einen John Doe im Overall und Schnürstiefeln."

„Der Mann soll offensichtlich unbekannt bleiben. Fingerabdrücke kann man von unserem gesichtslosen Freund auch nicht mehr machen; sieht aus wie weggeätzt", stellte ein

Spurensicherer fest.

„Ja“, nickte der Hauptkommissar und gab zu bedenken, „und dennoch sollte er schnell gefunden werden. Ist der Tote als anonyme Warnung gedacht?“

Die Kommissarin ließ ergänzend als bestätigenden Knalleffekt eine große Kaugummiblase platzen. Dann sammelte sie mit Zunge, Lippen und Zähnen die Kaugummimasse wieder ein, um sie erneut energisch durchzukneten.

„Sobald wir hier fertig sind, klären Sie weitere Umstände dieser Nacht“, wandte sich der Hauptkommissar an die Kommissarin und ergänzte: „Einsetzen des Schneefalls und der Dunkelheit, Außentemperatur, Alter der alten Schneedecke und so fort …“

„Hoffnung gibt’s noch“, zeigte sich einer der Männer von der Spurensicherung optimistisch.

„Und die sähe wie aus?“, fragte der Hauptkommissar knapp.

„Vielleicht bringen uns alte Schneeabdrücke unter der Neuschneedecke weiter. Auch die Leiche liegt auf Schnee. Wer weiß, was wir unter der weißen Pracht noch so alles finden? Erst wenn wir abschließend den schneefreien Platz untersucht haben …“

„Statt zu hoffen, glaube ich“, unterbrach der Hauptkommissar und erklärte seine Glaubensrichtung näher, „das waren Profikiller. Da werdet ihr nichts Brauchbares finden; aber suchen müsst ihr trotzdem.“

„Sehr motivierend“, knurrte der Spurensicherer.

„Ich will, dass ihr um die Leiche im Radius von einem Meter alles – inklusive Schnee - einsammelt. Die Fakultäten der Forensik sollen sich bei mir nicht über mangelnde Arbeit beklagen“, forderte der Hauptkommissar aufmunternd von den spurensichernden Kollegen.

Inzwischen war der Rechtsmediziner zurück. Er wandte sich an den Hauptkommissar: „ So eine sibirische Saukälte! - Ich fahr dann mit der Leiche mit.“

„Noch ein ganz klein wenig Geduld, Herr Doktor“, erbat sich der Hauptkommissar.

Die beiden frierenden Männer des Leichentransportfahrzeugs standen schweigend hinter der Polizeiabsperrung in der abwartend betenden Körperhaltung ihres Gewerbes. Der Streifenwagen kam mit Utensilien vom Bauhof zurück. Man sprach sich über das weitere Vorgehen ab.

„Augenblicklich würde mein unmittelbares Glück darin bestehen, wenn Sie mir ein Heißgetränk anbieten könnten“, gestand der Rechtsmediziner dem Hauptkommissar seinen momentan sehnlichsten Wunsch, nachdem er sich ausgiebig seine Atemluft in die gefalteten Hände geblasen hatte.

Der Streifenpolizist bedauerte: „Tut mir leid, Doktor. Nix mehr Kaffee, Flasche leer.“

Der Zeitungsausträger kam zurück und beschwerte sich, dass die Wache nicht besetzt sei. Die beiden jungen Polizisten erklärten entschuldigend: „Wir sind ja auch alle hier.“

Sie hätten wissen müssen, dass es vor Ort länger daure, gestanden sie reumütig ein und erläuterten dem verständnislos dreinblickenden Zeitungsausträger, dass die örtliche Polizeiwache derzeit von der städtischen Polizeizentrale vertreten würde.

„Wir setzen uns später mit Ihnen in Verbindung. Geh´n Se man nach Hause und lassen sich von Ihrer Frau ein schönes Frühstück machen“, empfahl der Hauptkommissar dem Zeitungsausträger.

„Frau?“, fragte der Zeitungsausträger. „Ich könnte höchstens meinen Mann wecken.“

Eine junge Feuerwehrfrau fand das komisch und lachte herzerfrischend.

Der abgetragene Schnee war in mehreren, sorgsam mit dreidimensionaler Lagebeschreibung etikettierten Plastiksäcken verstaut worden. Der ovale Umriss um den Ermordeten gab das Pflaster frei und hob ihn auf seinem Schneebett im abgetrennten weißen Umfeld hervor. Der Tote trug unter seinem blaugrauen Overall keine Unterwäsche und seine Füße steckten ohne Strümpfe in halbhohen Schnürstiefeln.

„Fotos habt ihr?", fragte der Hauptkommissar die Spurensicherer.

„Nee, die machen wir immer erst von einem total ruinierten Fundort", erwiderte einer von ihnen sarkastisch.

Der Hauptkommissar hob den Arm und rief den wartenden Leichentransporteuren zu: „Ich übergebe ihn in eure Obhut!"

„Es wird ihm schon nix zustoßen", beruhigte der Rechtsmediziner mit treuherzigem Gesichtsausdruck.

Dann baute er sich vor dem Hauptkommissar auf. „So, Herr Kriminalhauptcommissarius loci, zum Abschied noch ein Hinweis zu den potentiellen Täterkreisen: Schlachter, Chirurg, Jäger, Sadist, ... politischer Mord, Bandenkrieg, okkulte Opfersekte ... Derjenige, der unseren gesichtslosen Freund mit dem Skalpell bearbeitet hat, verrät handwerkliches Geschick und spezielle Erfahrung", gab der Rechtsmediziner zu bedenken, schüttelte dem Hauptkommissar die Hand und ergänzte: „Und alles Weitere ... na, Sie wissen schon."

„Ja, aus den Fernsehkrimis", grinste der Hauptkommissar, holte ein Papiertuch aus der Tasche und schnäuzte ausgiebig hinein.

Während sich der Rechtsmediziner zu den Leichentransporteuren in den Fahrgastraum quetschte, sagte einer der beiden jungen Streifenpolizisten kopfschüttelnd zum anderen: „Nicht zu glauben. Und alles ohne Sicherheitsgurt."

„Tja", antwortete ihm sein Kollege, „mit uns im Verbund wähnt sich der alte Mann auf der sicheren Seite."

Die geschlossene Wolkendecke ließ es nicht Tag werden und von steigenden Temperaturen war nichts zu spüren. Mittels Absperrungen mit entsprechenden Beschilderungen wurde inzwischen der vermehrt einsetzende Straßenverkehr großräumig umgeleitet. Die Feuerwehrleute machten den Eindruck, dass sie die Beleuchtung des Roten Platzes problemlos aufrechterhalten konnten und hatten bereits in einiger Entfernung vom Gänsehirtenbrunnen Wärmefeuer in zwei großen eisernen Gitterkörben angezündet.

Der Hauptkommissar stellte sich an eine dieser Feuerstellen und wärmte mit ausgestreckten Armen seine Hände über den Flammen. Die Kommissarin hatte sich bisher nicht viel von der Stelle bewegt und trat jetzt beim Anblick ihres Vorgesetzten von einem Bein auf das andere, wippte dann ein paar Mal auf den Zehenspitzen und vergrub dann ihre Hände mit hochgezogenen Schultern noch tiefer in den Jackentaschen.

Die Straßenbeleuchtungen flackerten auf und verbreiteten zusammen mit dem beleuchteten Gänsehirten und den Feuerkörben eine weihnachtliche Stimmung. Und in der Tat wurde der Ruf nach Glühwein laut.

„Damit können wir nicht dienen. Aber wir haben heißen Tee", schnaufte ein Feuerwehrmann und schleppte mit einem Kameraden eine Warmhaltetherme zu den Wärmefeuern, wo sie sie auf einem kleinen Klapptisch platzierten.

Der Hauptkommissar schritt mit einem vollen Pappbecher Tee die Außenränder des Roten Platzes ab, um den Gänsehirtenbrunnen aus verschiedenen Perspektiven in Augenschein zu nehmen. Die Spurensicherer fanden unter der Neuschneedecke Spuren im Schnee, die dem Täterkreis zugeordnet werden könnten.

„Hier wurden ganz offensichtlich Schuhabdrücke verwischt. Sie sind von da gekommen, haben ihn hier abgelegt und sind auf gleichem Weg zurück. Dort stand ein Fahrzeug, die Radprofilabdrücke sind unkenntlich gemacht, aber dort haben wir einen schönen Abdruck ...“, erklärte ein Spurensicherer.

Eine junge Frau hatte sich zum Absperrband vorgewagt und gab sich als Journalistin der lokalen Tageszeitung zu erkennen. Als sie im Plural reden hörte, meldete sie sich unverblümt zu Wort.

„Sie gehen von mehreren Tätern aus?“, wollte sie geklärt haben.

„Woher wissen Sie, dass ...“, versuchte der Hauptkommissar eine Gegenfrage.

Sie unterbrach ihn: „Ich weiß gar nichts. Aber mit irgendetwas muss man ja den Fragenkatalog eröffnen.“

Der Hauptkommissar grinste wieder: „Ja, mir geht’s auch immer so.“

„Und?“, fragte die Journalistin.

„Wir stehen erst ganz am Anfang. Sie sehen, die Spurensicherung ist noch bei der Arbeit. Dort lag eine übel zugerichtete männliche Leiche, die hier offensichtlich abgelegt wurde. Weiterhin darf ich Sie auf die Polizeisprecherin der Polizeidirektion verweisen, die sicher bis zum Nachmittag etwas zum Fall ausformuliert hat“, erklärte der Hauptkommissar.

„Danke", antwortete die Journalistin und setzte lächelnd nach: „Es wäre aber nett, wenn ich mich auch noch einmal an Sie direkt wenden dürfte."

„Okay", genehmigte der Hauptkommissar und wandte sich an die Kommissarin. „Geben Sie der Frau unsere Karte."

Während die Journalistin mit klammen Fingern versuchte, ihre Kamera einsatzbereit zu machen, traktierte die Kommissarin wieder emsig und fröstelnd ihren Kaugummi.

Der Hauptkommissar wandte sich an einen der jungen Streifenpolizisten: „Sobald die Anwohner vom Roten Platz ihr Frühstück beendet und die Geschäfte geöffnet haben, erkundigt euch nach irgendwelchen Auffälligkeiten."

„Vorher frühstücken wir aber selbst erst mal", schränkte der junge Polizist den Auftrag ein und schlürfte vom Tee.

Beinahe hätte er sich verschluckt, denn eine noble Limousine bog auf den Roten Platz ein. „Sie haben die amtliche Straßenabsperrung missachtet!", schnauzte der junge Mann aufgebracht die beiden elegant gekleideten Neuankömmlinge an.

Die durchtrainierten, feschen Herren beachteten ihn gar nicht und steuerten stattdessen einer direkt auf den Hauptkommissar und der andere auf die Journalistin zu. Während der eine sich beim Hauptkommissar auswies, verbot der andere durchaus freundlich der Journalistin Fotos von ihm und seinem Kollegen zu machen.

„Aha, BKA", sagte der Hauptkommissar ungerührt und fügte an, „schon während meiner Zeit als Polizeischüler konnte ich mir die Bedeutung der Abteilung ST nicht merken."

„Vielleicht können Sie es sich ja ab jetzt einprägen: ST gleich Staatsschutz", erklärte der Bundeskriminalbeamte.

„Sehen Sie, ich wusste es doch, dass meine mangelhafte Merkfähigkeit von der fehlenden Eselsbrücke herrührt. Beim Staatsschutz ist irgendwie das Kürzel ausgereizt und es hat nur noch zum nicht prägnanten ST gereicht“, erwiderte der Hauptkommissar.

Der BKA-Beamte blieb humorlos: „Versuchen Sie bloß nicht, Ihre mentalen Defizite zu verallgemeinern. – Der Fall gehört uns. Wir erwarten Ihren Bericht. Da die Leiche schon weg ist, folgen wir ihr in die Rechtsmedizin. – Schönen Tag noch.“

Der Hauptkommissar rief den Staatsschützern nach: „Wer hat Sie informiert?“

„Jetzt werden Sie nicht albern, Herr Kommissar!“, rief einer zurück und öffnete die Autotür.

„Hauptkommissar! Soviel Zeit muss sein!“, bestand der Hauptkommissar auf eine korrekte Anrede.

„Entschuldigung, Herr Hauptkommissar“, bedauerte der Bundesbeamte, stieg ins Auto und fuhr mit seinem Kollegen davon.

„Oh, wie muss ich mir denn das erklären?“, fragte die Journalistin.

„Googeln Sie mal“, empfahl der Hauptkommissar und informierte per Polizeifunk persönlich die Zentrale über den Auftritt der beiden BKA-Beamten.

„Ach ja“, kam die Antwort, „ist bekannt. Der Staatsanwalt will aber, dass ihr die Arbeit vor Ort sauber abschließt.“

„Vermute mal, dass der Polizeidirektor meinen Bericht noch vorm Mittagessen haben will, damit er spätestens zum Nachtisch den Fall hochoffiziell BKA und Staatsanwaltschaft übergeben kann“, blödelte der Hauptkommissar an die Zentrale zurück.

Lachen aus der Zentrale über Funk mit der Bestätigung:

„Genauso sieht´s aus."

„Na, fleißig Notizen mit Ihrer kleinen Wunderkiste gemacht?", erkundigte sich der Hauptkommissar bei der Journalistin.

„Na klar", bestätigte sie, hielt ihr Tablet in die Höhe und erläuterte, „das ist ein iPad."

Man versammelte sich zum Tee an den Wärmefeuern. Nach einer kurzen Pause arbeiteten die Spurensicherer weiter im Schnee. Die Straßensperren wurden wieder abgebaut. Die Jungs vom Bauhof kamen mit einem Räumfahrzeug vorgefahren und genehmigten sich auch einen Becher Tee. So richtig Tag wollte es immer noch nicht werden und kalt blieb es auch. Zahlreicher werdende Passanten wollten übereinstimmend wortkarg wissen: „Was´n los?"

Ein geräumiger Transporter mit Fahrzeugbeschriftung inklusive Firmenlogo NDR fuhr vor.

„Ihre Kollegen vom laufenden Bild und plärrendem Ton runden das aktuelle Programm so richtig gut ab", staunte der Hauptkommissar ungläubig und wandte sich dabei der Journalistin zu.

Es stellte sich heraus, dass das Reporterteam auf dem Weg von Hannover zum Lager Friedland, wo eine Reportage über die Flüchtlinge aus Nahost gedreht werden sollte, über einen Mordfall in Gibbelde informiert wurde. Da habe man mal eben schnell einen Abstecher nach Gibbelde gemacht.

Ortsunkundigen fällt es oft schwer, auf Anhieb den Ortsnamen Gieboldehausen korrekt wiederzugeben. Zwischen Giebelhausen und Gibbelde kann man die kuriosesten Bezeichnungen und nur sehr selten Gieboldehausen hören. Da der Fernsehreporter sich trotz Berichtigungen nicht von seiner fehlerhaften Ortsangabe Gibbelde abbringen ließ, korrigierte man ihn auch nicht mehr.

Die Journalistin bemitleidete den Kameramann wegen dessen blutunterlaufener, geschwollener Nase: „Welcher brutale Kerl hat Sie denn so zugerichtet?"

Der Kameramann wiegelte ab: „Ne, ne. Häusliche Gewalt! Meine Frau ist ja meist lieb und nett, aber wenn sie schon mal in Rage ist, schlägt sie gleich mit allem zu."

Auch das fand die junge Feuerwehrfrau komisch und lachte wieder herzerfrischend.

Da niemand vor laufender Kamera ein Interview geben wollte, stellte sich der Reporter auf den schneegeräumten Fleck vor dem Gänsehirtenbrunnen direkt hinter die Umrissmarkierung des Toten und redete erschüttert ins Mikrofon.

„Bei eisigem Frost hier in Gibbelde auf dem Roten Platz am Gänsehirtenbrunnen wurde heute kurz vor vier Uhr nach sehr starkem Schneefall in finsterer Nacht eine schrecklich zugerichtete, skalpierte Leiche gefunden. Die Ermittlungen stehen erst am Anfang, aber es ist abzusehen, dass sie sich schwierig gestalten werden. Wohl auch deshalb hat bereits das Bundeskriminalamt den Fall übernommen. Direkt vor meinen Füßen ..."

Der Kameramann richtete die Kamera auf die Umrissmarkierung und schon wenige Minuten später verabschiedete sich das Reporterteam mit der Ankündigung, dass sie nach getaner Arbeit in Friedland in Gibbelde wieder Station machen werden.

Die Spurensicherer verstauten das Arbeitsgerät in ihrem Fahrzeug. Die Jungs vom Bauhof erhielten die Erlaubnis, den Winterdienst auch auf den Fahrbahnen des Roten Platzes durchzuführen. Der Hauptkommissar bedankte sich bei ihnen und den Feuerwehrleuten für die professionelle Unterstützung.

„Teilt ihn euch für eure Kaffeekassen auf", sagte er und drückte einem Feuerwehrmann einen Geldschein in die Hand.

Der dankte artig und kündigte an: „Den Rest stellt die Verwaltung in Rechnung."

Auf die Befürchtung der Journalistin, ob man denn angesichts der Schlapphüte vom Staatsschutz erst auf die Verlautbarungen einer ‚Enthüllungsplattform' warten muss, um weitere Details zum Fall zu erhalten, antwortete der Hauptkommissar unschlüssig: „Kann sein, dass die offizielle Akte Gibbelde schon heute für immer geschlossen wird. Kann aber auch sein, dass der Abteilung ST offiziell das Bundesverdienstkreuz verliehen wird."

Dann stellte er sich selbst die Frage: „Warum habe ich eigentlich mit dem Rauchen aufgehört? Jetzt ´ne schöne Zigarre. Das wäre ein duftig, blumiger Abschluss einer arschkalten Angelegenheit."

Mit der begleitenden Bemerkung des jungen Streifenpolizisten, „versuchen Sie es mal unfallfrei", setzte sich die Kommissarin hinter das Steuer. Augenblicklich beschlugen die Scheiben von innen.

Starker Schneefall setzte wieder ein.

Der Mettwursttester

Kauend saß er am Küchentisch, vor ihm auf dem großen Holzbrett lagen angeschnittene Kälberblasen. Jede mit einem Namenszettel des Schlachters versehen, der sie einst mit Mett gefüllt, massiert und geprickst, gebunden, mit Salzwasser abgewaschen und auf dem Wurstboden hatte reifen lassen. Schmatzend schloss er die Augen. Wo war er, der ‚Kick', den der Eichsfelder Feldkieker für gewöhnlich unter seinem Gaumen entzündete? Dieses prickelnde Aroma, das nur diese Wurst aus dem Eichsfeld hervorbringen kann, weil sie ‚schlachtwarm' hergestellt wird. Enttäuscht grunzend schluckte er runter, spülte mit dem letzten Schluck Wasser. Dann griff er sich in den Mund und nahm sein neues Gebiss heraus. Ärgerlich ob des Plastikgaumens daran, legte er es an den Tellerrand.

„So teuer und kein Geschmack mehr", schimpfte er abschätzig. Er schnitt sich noch einmal eine Scheibe Wurst ab, schnupperte wohlwollend daran, sog den kräftigen Duft tief ein, schob das Stück in den nun faltenreich eingefallenen Mund und schloss erneut die Augen. „Na also", schnalzte er genüsslich. Nuckelnd genoss er die Geschmacksexplosion unter seinem Gaumen, das Prickeln von weißem Pfeffer und etwas Knoblauch. So liebte er sie, seine Eichsfelder Kälberblase, wobei ihm eine Stracke auch nicht schlecht schmeckte. Aber an das Aroma einer Kälberblase kommt sie nicht ran.

‚Im reifen Alter erst wird diese Wurst würzig und gut. Ganz anders ist es bei uns Menschen', dachte er melancholisch.

Seit einiger Zeit plagte ihn das Reißen in den Gelenken und nun auch noch der Ärger mit den dritten Zähnen.

„Den Spaß am Leben kann man verlieren“, schimpfte er krausmündig lispelnd. Gestern beim Duderstädter Wurstmarkt als Mettwursttester trug er sie zum ersten Mal, war stolz auf sein jüngeres Aussehen gewesen und hatte damit gründlich versagt. Diese Erkenntnis traf ihn bis ins Mark. Testend probierte er nun die anderen Würste ohne Zähne und nickte enttäuscht. Wie kam er aus diesem Dilemma heraus? Die hiesigen Schlachter waren aufgebracht gewesen, weil ein Göttinger den 1. Platz bekam. Für eine Eichsfelder Wurst! Unvorstellbar! Keine von den zu testenden Kälberblasen hatte er wegen der neuen Prothese richtig schmecken können, sie schließlich nur nach Aussehen und Duft beurteilt. Ein Trugschluss, wie sich nun herausstellte. Den anschließenden Aufruhr verstand er jetzt. Gestern hatte er ihn als Einmischung in seine Arbeit abgewürgt. Schließlich wusste er nicht, von wem die Wurst war, die er als Beste ausgezeichnet hatte. Der Eichsfelder Heimatverein, der ihn oftmals als Tester von Eichsfelder Spezialitäten engagierte, würde sich nun abwenden. Ein Skandal! Ärgerlich schlug er mit der Faust auf den Tisch. Die künstlichen Zähne sprangen von der Wucht des Aufschlags vom Teller und landeten unter dem Sofa. Fluchend bückte er sich. Da schellte es an der Haustür.

Schlurfenden Schrittes ging er kauend zur Tür.

Es war sein letzter Gang, den er zwar ohne Zähne, aber mit Feldkieker im Mund antrat ...

Eichsfelder Tageblatt:

Duderstadt. Gestern wurde in Duderstadt der im Eichsfeld bekannte Mettwursttester K. Schmidts erstochen in seiner Wohnung aufgefunden.

Am vergangenen Wochenende hatte Schmidts für Aufruhr gesorgt, als er die Kälberblase der Schlachterei Bretthauer aus Göttingen als „Besten Eichsfelder Feldkieker" beim Duderstädter Wurstmarkt ausgezeichnet hatte.
Der HVE äußerte sein tiefes Bedauern zum Tod ihres ehrenamtlichen Testers. Wer zur Aufklärung des Falles beitragen kann, wird gebeten, sich unverzüglich bei der Polizeidienststelle in Duderstadt zu melden.

Eine Woche später wurde die Leiche von Kurt Schmidts freigegeben und so konnte die Beerdigung noch vor dem 1. Advent auf dem Duderstädter St. Paulus Friedhof stattfinden.

An die 300 Trauergäste waren gekommen. Sie alle nahmen Anteil am Tod des Mettwursttesters. Nach KTU Aussagen war die Mordwaffe wahrscheinlich ein Messer mit scharfer Klinge. Mehrere Stiche in den Bauch und schließlich der Schnitt durch die Halsschlagader hatten dem Leben von Kurt Schmidts ein blutiges, aber schnelles Ende bereitet.

Hingebungsvoll betete die Trauergemeinde. Tränen der Rührung flossen in Strömen.

Etwas abseits stand Gotthilf Herbst und sang in tiefem Bass inbrünstig mit den Trauernden: „Was Gott tut, das ist wohlgetan!"

Die Schlachterinnung hatte einen Kranz mit dunkelroten Rosen gestiftet, der Heimatverein weiße und rote Chrysanthemen und die Stadt Duderstadt ein Blumengesteck in den Stadtfarben blau und gelb.

„Das war´s", meinte Polizeioberwachtmeister Carl-Otto

Paschke zu seinem Kollegen. Er hatte die Trauernden und besonders die etwas abseitsstehenden Zuschauer beobachtet, sich ihre Gesichter und ihr Verhalten eingeprägt. „Lass uns weitermachen, Fuzzi. Wir müssen das Schwein finden, ehe der Chef aus dem Urlaub wiederkommt."

„Klaro. Wir sind doch Fleischfresser. Arbeiten wir uns durch die Schlachtereien!"

„Du meinst, dass es ein Racheakt von einem hiesigen Schlachter war, wegen der Erstplatzierung für die Göttinger?"

„Logo! Dass die unsere Wurst angeblich besser können, ist doch ein Skandal für uns Eichsfelder. Außerdem gehen Schlachter mit Messern an die Arbeit."

„Ja eben. Das ist doch viel zu einfach! Ich glaube, dass mit der Missgunst zwischen Eichsfeldern und Göttingern ist Schnee von gestern."

„Na ja, vielleicht war einer stinksauer, weil seine Wurst nicht den 1. Platz gemacht hat."

„Hm. Ist möglich. – Dann kümmere du dich um die Schlachter. Finde heraus, wer besonders aufbrausend oder schon mal mit dem Gesetz in Konflikt geraten ist. Ich schau mich bei Familie und Freunden um."

Es wurde ein langer Arbeitstag, denn darin waren Cop und Fuzzi sich einig: Sie wollten ihrem Chef beweisen, dass sie es auch ohne ihn drauf hatten.

Am nächsten Morgen trafen sie sich, wie nach einer durchzechten Nacht, total verkatert, in ihrem gemeinsamen Büro. Sie holten die große Stellwand vom Chef und schoben sie vor die Tür zum Hauptkommissar-Büro, das bis nächste Woche nicht besetzt sein würde. Alles, was sie bis jetzt wussten, spickten sie an die Tafel, malten Pfeile und Ausrufungszeichen, diskutierten über den Beruf des Schlachters und das Täterprofil, bis es elf schlug.

„Ich brauch ´ne Pause“, meinte Cop erschöpft und rieb sich mit beiden Händen das Gesicht. „Ich muss mal raus, sonst krieg ich ´ne Krise. Wir machen in einer Stunde weiter.“

Dankbar für die Pause nahm Fuzzi seine Brotdose aus der Tasche, legte die Beine auf den Schreibtisch und packte lüstern die belegten Schnitten aus. Ein Duft von Mettwurst und saurer Gurke machte sich im Raum breit.

„Wie kannst du jetzt diese Wurst essen? Beim bloßen Anblick krieg ich ´ne Gänsehaut, spüre die scharfe Klinge am Hals. Mordwurst!“ Eilig zog er den Reißverschluss seiner Jacke zu, während Fuzzi grinsend anbiss und laut schmatzte: „Du spinnst! Meine Mettwurst ist von meinem Hausschlachter. Der ist kein Mörder.“

Abwinkend ging Cop hinaus. Fuzzi würde ihn sowieso nicht verstehen. Er musste noch mal zum Friedhof. Sich erinnern: Wer war bei der Beerdigung gewesen? Gab es noch andere Hinweise, die er übersehen hatte?

Sie hatten nichts. Die Mordwaffe war unauffindbar, nicht mal Fingerabdrücke an der Haustür, die Aufschluss gaben, nichts, einfach nichts. Niemand hatte etwas gesehen.

Als Cop auf dem Friedhof in den zweiten Weg einbog, sah er eine schwarzgekleidete Frau am Grab von Kurt Schmidts stehen.

„Hm, die Lebensgefährtin. Wie hieß sie doch gleich? Lore? Äh ... Lore Klingebiel“, raunzte er vor sich hin. Mit ihr hatte er bereits gesprochen, denn von der Nachbarin hatte er erfahren, dass Schmidts seit zwei Jahren mit Frau Klingebiel liiert sei. Nachdem Schmidts´ Frau vor fünf Jahren verstorben war, vegetierte er mehr schlecht als recht vor sich hin. Ihr Tod hatte ihm jeglichen Lebenssinn genommen. Als rüstiger Rentner war er bei den verwitweten Damen in der Stadt ein gefragter Mann. Besonders die Schwestern Lore Klingebiel und Betty Schweineberg hatten ihn umworben, wobei Betty als Verkäuferin in einer Schlachterei mit gutem Essen aufwartete, während Lore seine Stellung in kultureller Hinsicht förderte. Lore hatte gewonnen und ihn schließlich ins Leben zurückgeholt. Beide blühten auf, nahmen an vielen kulturellen Veranstaltungen teil. Wegen ihr hatte sich Kurt Schmidts seine schlechten Zähne ziehen lassen. Er wollte ihr gefallen und überschüttete sie mit Liebesbekundungen.

Cop näherte sich zögernd. Was hielt die Frau in ihren Händen? Mit wem sprach sie so eindringlich? Unbemerkt schlich er sich an.

„Kurtchen! Ich verstehe das nicht! Guck dir das mal an!" Frau Klingebiel hielt zwei Teile über das Grab, als ob ihr verstorbener Lebensgefährte sie sehen könnte. Der Stoffbeutel, in dem die beiden Dinge wohl gewesen waren, baumelte leer an ihrem Arm. „Was soll ich damit machen, Kurtchen? Es ist alles so furchtbar!"

Neugierig kam Cop näher. Erschrocken drehte sich Frau Klingebiel um. In ihren Händen erkannte Cop ein Menschengebiss und ein … Schweinegebiss? Hilflos hielt sie ihm die Zähne unter die Nase.

Irritiert und angeekelt machte er einen Schritt rückwärts.

„Was ist das?"

„Das hier", erklärte Lore Klingebiel, und blickte auf die Zahnprothese, „sind Kurtchens neue Zähne. Ich habe sie erst jetzt unter dem Sofa gefunden, beim Saubermachen.

Und das hier“, die Frau deutete auf den Tierschädel, „hing gestern bei uns am Staketenzaun. Was soll das nur bedeuten?“ Verzweifelt Hilfe suchend schaute sie Cop an. Dann nahm sie den Beutel vom Arm, ließ die Gebisse hineinfallen und übergab sie eilig dem Polizeioberwachtmeister, als wolle sie sich von einer Last befreien. „Hier! Ein paar Tausender haben Kurts Zähne gekostet und er hat sie kaum getragen“, ergänzte sie. „Hätte ich sie nur früher gefunden, dann müsste Kurtchen nicht ohne Zähne vor den Herrgott treten.“

Sie wandte sich weinend ab und ging. Cop sah ihr hinterher und wusste nicht, was er von all dem halten sollte. Ein Schweinegebiss am Gartenzaun.

„Hat das was mit dem Mord zu tun? – War es ein dummer Jungenstreich? – Vielleicht hat so ein Gebiss ja eine Bedeutung, wie das Schuhe werfen im arabischen Raum. – Und wieso hat der Verstorbene seine Prothese nicht im Mund gehabt? – Viel zu tun“, seufzte er und machte sich auf, um den Friedhof zu verlassen.

Aber wollte er sich nicht die Trauergesellschaft noch einmal in Erinnerung rufen? Deshalb war er gekommen. Mit dem Beutel in der Hand platzierte er sich dort, wo er bei der Beerdigung gestanden hatte. Er schloss die Augen um sich zu konzentrieren, kam aber nicht zur Ruhe. Erst als er das Lied „Was Gott tut, das ist wohlgetan“ vor sich hinsummte, erschien das Bild vor seinem inneren Auge. Gott sei Dank hatte er diese besondere Fähigkeit, von der er niemandem je etwas erzählt hatte und es auch niemals tun würde.

Es fiel ihm nichts Außergewöhnliches auf, außer vielleicht der wohlklingenden tiefen Bassstimme, die weiter hinten stehend inbrünstig mitgesungen hatte. Dieser Mann war ihm unbekannt. „Gehörte der auch zur Trauergesellschaft, war es ein Neugieriger, oder ...? Ich muss noch mal die Liste mit den Beileidsbekundungen vom Friedhof durchsehen." Nachdenklich ging Cop zurück an die Arbeit.

***

Zwei Tage nach der Beerdigung klingelte es bei Frau Klingebiel an der Tür. Sie öffnete. Vor ihr stand ein Mann, der sich als Gotthilf Herbst vorstellte. „Ich kaufe nichts", sagte sie und wollte die Tür zuschieben.

Schnell stellte Herbst den Fuß davor. „Entschuldigen Sie. Frau Klingebiel? Ich verkaufe nichts! Ich wollte Ihnen mein aufrichtiges Beileid zum Tod von Kurt aussprechen. Sie waren doch seine Lebensgefährtin?"

Hellhörig hielt sie inne. „Wer sind Sie?"

„Ich bin ein Jugendfreund von Kurt. Seit zwanzig Jahren lebe ich im Schwarzwald und komme immer zum Wurstmarkt her, mache hier in der Heimat Urlaub und nehme mir einen Wurstvorrat mit nach Hause. Es hat mich erschüttert, als ich in der Zeitung von dem Verbrechen gelesen habe. Furchtbar! Wer macht so was?"

Frau Klingebiel bat Gotthilf Herbst herein. Bei einer Tasse Kaffee und Eichsfelder Schmandkuchen schüttete sie ihm ihr Herz aus und erfuhr, dass auch Gotthilf Witwer war. Schnell wuchs in ihr die Erkenntnis, einen Tröster und ebenbürtigen Ersatz für Kurtchen gefunden zu haben. ‚Im Alter hat man nicht mehr viel Zeit. Da muss man die Gunst der Stunde nutzen', dachte sie sich und packte zu.

So verlängerte Gotthilf Herbst seinen Aufenthalt in Duderstadt. Zu Ostern brach er im Schwarzwald alle Zelte ab und wurde Lore ihr „Gottchen".

Nur einen Makel hatte Gottchen, den Lore aber schnell

ausmerzte. Alkohol machte ihn handgreiflich und böse. Zweimal musste sich Lore vor ihm in Sicherheit bringen. Wieder nüchtern bat er sie auf Knien um Verzeihung. Daraufhin sprach sie mit ihrem Hausarzt und der untersagte dem Patienten Herbst kurzerhand das Trinken, aus gesundheitlichen Gründen. Gottchen gehorchte. Als der HVE zum nächsten Wurstmarkt einen Tester suchte, warb Lore ihn und er bekam den Job.

***

Cop und Fuzzi hatten alles drangesetzt den Fall Kurt Schmidts zu lösen. Alle Ungereimtheiten lösten sich jedoch in Luft auf, sobald sie sie näher untersuchten. Sah so ein perfekter Mord aus? Selbst ihr Chef mit seiner Schnüffelnase war erfolglos geblieben. Sie traten auf der Stelle und fanden die ‚Nadel im Heuhaufen' nicht. Schließlich legte der Hauptkommissar den Fall ad acta, weil er zur Tatzeit im Urlaub gewesen war, sich kein eigenes Bild machen konnte und keine Möglichkeit sah, den Fall zu lösen.

„Es gibt Fälle, die müssen erst reifen wie eine Kälberblase. Wir finden den Mörder schon. Irgendwann wird er einen Fehler machen. Dann holen wir die Akte wieder raus", tröstete er seine Kollegen.

Als Cop nun über die Ernennung von Gotthilf Herbst zum Mettwursttester in der Zeitung las, glaubte er, endlich wieder eine Spur aufnehmen zu können.

„Die Wurst wird reif!", jubelte er und eine unbegründbare Zuversicht erfasste ihn. In Erinnerung an die Bassstimme von Gotthilf Herbst summte er: „Was Gott tut, das ist wohlgetan." Makaber war ihm das Lied damals schon vorgekommen, nach dem Mord. Deshalb hatte er es nicht vergessen.

Er schlug sich an die Stirn. Hatte Gotthilf Herbst deshalb so inbrünstig gesungen, weil er sich als verlängerter Arm Gottes sah? Gott-hilf, Gottes Helfer? Aber welchen Grund hatte er Kurt Schmidts umzubringen? Sie hatten ergebnislos in der Vergangenheit von Herbst geforscht. Er war mit einer Schwarzwälderin verheiratet gewesen und verwitwet. Kinder hatte er nicht. Außer einer starken Heimatverbundenheit war ihnen nichts aufgefallen. Er war wieder nach Duderstadt gezogen, wurde im Männergesangverein und im Heimatverein aktiv. Cop las in der Akte die Passagen von Gotthilf Herbst ein zweites Mal. Da! Warum hatte er das übersehen? Gotthilf Herbst war Schlachter von Beruf! Es war ihm nicht aufgefallen, weil Herbst in der Uhrenfabrik seines Schwiegervaters als Verkäufer gearbeitet hatte. Verflixt noch mal und zugenäht! War das endlich ein Anhaltspunkt?

„Wenn du es warst, dann krieg ich dich, Gotthilf Herbst!“, frohlockte Cop, doch sein Enthusiasmus ließ spürbar nach, als Fuzzi und der Chef nichts Verdächtiges in seinen Erkenntnissen sahen.

„An den Haaren herbeigeholt“, sagte der Hauptkommissar und wandte sich wieder seiner Arbeit zu.

Cop würde nicht locker lassen. Das schwor er sich. An die Fersen von diesem dubiosen Gotthilf würde er sich heften wie eine Klette. Irgendetwas stimmte nicht mit diesem Herren.

Selbst nach Feierabend beobachtete Cop seinen Hauptverdächtigen, ging sogar am Sonntag hinter ihm her zum Gottesdienst.

Am Samstagmorgen um 11 Uhr zur Eröffnung des Wurstmarktes stand er zusammen mit den geladenen Gästen im Kophus vom Duderstädter Rathaus. Auf den Tischen lagen die nummerierten Kälberblasen, jeweils mit einem Tranchierbesteck daneben, zum Probieren bereit. Der Bürgermeister begrüßte die geladenen Gäste. Zuerst gedachten sie des verstorbenen Kurt Schmidts. Anschließend stellte er Gotthilf Herbst als ‚den heimgekehrten Eichsfelder' vor, der ‚unserem Duderstadt' mit seinem Engagement so viel Wertschätzung schenke. Er übergab ihm das Wort und wünschte ihm mit einem Augenzwinkern einen außerordentlich guten Geschmacksinn beim diesjährigen Probeessen.

„Treffen Sie eine gute Wahl!"

Gotthilf bedankte sich ebenso überschwänglich beim Bürgermeister und seiner neuen Liebe Lore, die neben ihm stand, für seine glückliche Wiederaufnahme in der Heimat.

„Wie heißt es doch im Duderstadt-Lied? *Wir halten fest und treu zusammen, wie die Wurscht am Band. Hipp, hipp!"*, rief er ins Publikum und alle antworteten: *„Hurra!"*

„Hipp, hipp!"

„Hurra!"

Dann lud er die Gäste ein, mit ihm das Eichsfeld-Lied zu singen, weil es ja schließlich um eichsfeldische Wurst ginge. Schwungvoll stimmte er an:

„Bist du gewandert durch die Welt ..."

Mehr oder weniger textsicher sangen die Anwesenden mit. „Ein echtes Eichsfelder Urgestein", hörte man jemanden raunen.

Stolz blickte sich Lore um. Was hatte sie für ein Glück diesen dritten Frühling zu erleben! Liebevoll schaute sie zu ihrem Gottchen, der inbrünstig die letzte Strophe anstimmte:

„Eichsfelder mit Frohwanderschaft
und liederreicher Kehle,
heim, heim, steht all dein Herz und Mut,
dein Sinn und deine Seele,
heim, wo das Kreuz vom Hügel ragt
und dir von Gottes Liebe sagt!
Schlägt deine letzte Stunde,
es sei auf Eichsfelds Grunde.“

Plötzlich taumelte Gotthilf. Den letzten Satz des Liedes wiederholend fiel er seiner Lore in die Arme. Erschrocken und hilflos packte sie zu, konnte ihn aber nicht halten. Er fiel zu Boden. Ein Tranchiermesser steckte in seinem Rücken. Ungläubig blickte Lore auf ihren Geliebten, trat entsetzt einen Schritt zurück, schaute sich hilflos um. Dann aber schrie sie entgeistert: „Da!“ und zeigte in die Runde. Wer drängelte sich durch die wie versteinert innehaltende Gästeschar geduckt Richtung Ausgang?

„BETTY!!!“

Lores Schrei erreichte die Davonhastende und ließ sie abrupt erstarren. Cop reagierte blitzschnell. Er hatte geahnt, dass er heute etwas herausfinden würde, etwas, dass Gotthilf Herbst als Mörder von Kurt Schmidts entlarven würde. Aber was hier geschah, hatte er nicht erwartet. Noch ehe Betty zur Besinnung kam, hatte er sie überwältigt.

„Du hast ihn nicht verdient!“, kreischte sie ihrer Schwester zu. „Immer hast du alles gekriegt. Immer nur du, du, du, du! Ich hasse dich!“ Widerstandslos ließ sie sich abführen.

Eichsfelder Tageblatt:
Duderstadt. Eifersuchtsdrama im Duderstädter Kophus.
Nach Auskunft der Polizei wurde gestern bei der Eröffnung des Wurstmarktes der neu ernannte Mettwursttester Gotthilf Herbst mit einem Messer rücklings niedergestochen und lebensgefährlich verletzt. Als Täterin konnte Carl-Otto Paschke, der Kontaktbeamte der Duderstädter Polizei, B. Schweineberg, die Schwester der Lebensgefährtin des Niedergestochenen, überwältigen. Wie aus Polizeikreisen bekannt wurde, ist B. Schweineberg mit großer Wahrscheinlichkeit auch die Mörderin des im letzten Jahr erstochenen Mettwursttesters Kurt Schmidts.
In der Montagsausgabe werden wir ausführlich darüber berichten.

***

Im kommenden Jahr werden zum Duderstädter Wurstmarkt, statt eines Testers, fünf Personen aus Politik und Wirtschaft als Mettwursttester berufen.
(Beschluss der Ratssitzung)

Wenn Geiz nicht geil ist

„Mensch, Kalle. Du solltest dem Tankwart Angst einjagen und ihm nich gleich eenen uff de Birne haun!“ Egon ist stinksauer auf seinen Kumpel Kalle. Dem sind mal wieder alle Sicherungen durchgebrannt und er hat dem Tankwart an der Kasse in der Bulgarischen Straße einen übergebraten.

„Klägliche 200 Euro haste erbeutet“, wettert Egon. „Nu los. Nix wie weg hier.“

Kalle schwingt sich hinten auf Egons Moped und in null Komma nix sind sie um die Ecke gebogen, in die Neue Krugallee und dann links durchs Gebüsch in den Plänterwald, in Richtung des skandalträchtigen Vergnügungsparks in Berlin. Dort verstecken sie die Schwalbe und laufen runter zur Spree. Jogi wartet schon auf sie, in einem harmlosen kleinen Motorboot, genau richtig für Wochenendausflügler, aber auch für Ganoven?

„Na, ihr beiden, hatte ich recht? Fette Beute am Freitagabend! Alle tanken fürs Wochenende, `ne Menge Kohle in der Kasse und keine Kameras in der Tanke. Stimmt´s? War bestimmt ein leichtes Spiel?“

„Nix war leicht. Kalle ist mal wieder durchgeknallt, als er mitgekriegt hat, dass nur 200 Euro in der Kasse waren. Hat dem Tankwart voll eins übergebraten. Der lag dann flach.“

„Oh Scheiße. Los, dann rinn ins Boot. Lasst uns abhauen. Fahren jetze Richtung Müggelsee und machen´s uns jemütlich. „N richtich schönen Herrenabend mit `ner Kiste Bier.“

Seelenruhig fahren die drei Ganoven die Spree rauf in Richtung Köpenick zum Müggelsee. An der Station der Wasserschutzpolizei, am Ende des Plänterwaldes, grüßen sie gut gelaunt die Beamten, die gerade ihren ersten Streifendienst beendet haben und sich auf ihre Pause freuen. Die machen das Polizeiboot am Steg fest und nehmen die drei Männer in ihrem kleinen Boot kaum wahr.

Unterdessen ist Kommissar Kleinod an der Tankstelle angekommen, um den Tatort zu besichtigen und mit den Kollegen die Spuren zu sichern – eine schwierige Aufgabe bei dem Publikumsverkehr an einer Tankstelle. Der niedergeschlagene Tankwart hat eine Platzwunde an der Stirn und wirkt sehr benommen. Er liegt schon auf der Trage im Krankenwagen.

„Mein Schädel brummt so fürchterlich. Der Typ, der mich niedergeschlagen hat, war groß und hatte schlimme Pickel im Gesicht. Sein Basecap war so schmutzig, dass die Farbe kaum zu erkennen war. Irgendwas Dunkles, schwarz oder braun. Draußen wartete jemand auf `nem Roller. Könnte `ne Schwalbe gewesen sein. An mehr kann ich mich nicht erinnern."

„Danke!" Kommissar Kleinod ist ärgerlich. „Warum haben Sie hier keine Überwachungskameras? Es spricht sich rum, wenn Tankstellen schlecht gesichert sind."

„Der Chef will keine Kameras, will das Geld nicht ausgeben, ist extrem geizig. Unser Lohn ist auch so gering. Hat sich vor Kurzem nen neuen Mercedes bestellt. Jetze kommt er drei Mal am Tag vorbei und holt das Geld aus der Kasse. Dann sei die Beute nicht so groß, frotzelt er jedes Mal. Der Idiot!" Der Tankwart stöhnt vor Schmerzen. „Warum habe ich nur immer das Pech und die Überfälle finden in meinem Dienst statt? Mein Kollege hat Glück. Den trifft es nie. Bei mir ist das schon das dritte Mal."

„Wie heißt denn Ihr Kollege?"

„Jogi Schmidt, wohnt hier gleich um die Ecke, hinterm Rathaus."

Kommissar Kleinod stutzt. Komisch mit diesem Jogi Schmidt. Den wird er sich mal genauer ansehen und macht sich auf den Weg zu dessen Wohnung.

„Ja, bitte?" Eine kleine rundliche Frau öffnet Kommissar Kleinod die Tür. „Mein Mann ist mit seinen Kumpels unterwegs. Er ist kaum noch zuhause. Kommt heute bestimmt auch wieder spät heim." Betrübt will sie die Wohnungstür schließen und Kommissar Kleinod stehenlassen. Der kann ihr noch rasch seine Visitenkarte überreichen mit der Bitte, ihrem Mann auszurichten, dass er sich umgehend bei ihm melden soll. Den Satz kann er nicht mehr zu Ende sprechen. So schnell ist die Tür zu.

‚Nun denn', denkt Kommissar Kleinod, ‚hier ist heute nichts mehr zu erfahren, geschweige denn aufzuklären.'

Er beschließt bei seinen alten Kollegen der Wasserschutzpolizei vorbei zu schauen, in der Hoffnung, dass der eine oder andere Zeit für ein gemeinsames Feierabendbierchen hat.

„Der Fred Kleinod! Welch eine Freude! Komm rein, wir fahren gleich zu unserer nächsten Streife zum Müggelsee. Du leistest uns doch hoffentlich Gesellschaft?"

Kommissar Kleinods Laune bessert sich schlagartig.

„Gerne. Meine Ganoven, die den Tankwart an der Bulgarischen Straße niedergeschlagen haben, erwische ich heute eh nicht mehr. Die Fahndung ist raus, aber was will man mit einer Personenbeschreibung anfangen, die auf einem Pickelgesicht basiert?"

Kommissar Kleinod und die Kollegen der Wasserschutzpolizei machen sich auf den Weg in Richtung Köpenick und Müggelsee. Wie sehr vermisst Kleinod die Arbeit auf dem Wasser! Ihm ist aufgrund seiner sehr guten Leistungen eine verlockende höher dotierte Stelle angeboten worden, aber leider außerhalb des Wassers. Jetzt schlägt er sich mit Mördern, der Mafia, Zuhältern und dem organisierten Verbrechen herum. War das vor drei Jahren eine richtige Entscheidung gewesen?

Kommissar Kleinod ist so in seine Gedanken vertieft, dass er erst nicht merkt, wie seine Kollegen das Boot abbremsen. Sie sind am Müggelsee angekommen. Wie voll es hier ist! Immer mehr Berliner entdecken den Feierabend und das Wochenende in eigenem Boot auf dem Wasser. Auf dem Müggelsee wimmelt es regelrecht von allen Sorten an Wassergefährten: Segelboote, Ruderboote, Tretboote, richtige Jachten und einer Unmenge an einfachen kleinen Motorbooten.

Das Polizeiboot patrouilliert am Ufer entlang, überwacht den Schiffsverkehr und hält das eine oder andere Fahrzeug an, um Schiffspapiere zu überprüfen oder auch auf Gefahren und Fehlverhalten hinzuweisen.

Nach über einer Stunden Streife fahren auf dem Müggelsee wollen sich die Polizisten auf den Rückweg zu ihren Standort am Baumschulenweg machen, als sie am Ufer im Schilf Geschrei und Gegröle hören, gefolgt von einem Plumpsen ins Wasser.

„Los, das schauen wir uns an!“ Das Polizeiboot lenkt Richtung Geschrei ins Schilf und die Polizisten trauen ihren Augen nicht. Drei sturzbetrunkene Männer: der eine hängt über dem Bootsrand und übergibt sich gerade ins Wasser, der zweite schwimmt in einem Rettungsring neben dem Boot, ein Bier in der Hand und der dritte steht schwankend im Boot, ebenfalls ein Bier schwenkend. Er ruft den Beamten zu: „Meine Freunde der Wasserpolizei! Kommt, wir haben für euch auch noch ein Bierchen da. Lasst uns das

Wochenende feiern!“

Die Wasserschutzpolizisten wollen die drei Trunkenbolde wegen Trunkenheit am Steuer festnehmen. Das erweist sich aber als gar nicht so einfach: Sie müssen einen nassen Sack aus dem Wasser holen, den seekranken Kotzenden wollen sie möglichst nicht anfassen und das Gegröle des dritten ist kaum auszuhalten. Zu allem Überfluss hängt noch eine Angel aus dem Boot, sodass die Beamten auch noch den Verdacht auf Fischwilderei haben.

In Handschellen werden die drei Kriminellen an der Reling festgemacht und zur Vernehmung ins Revier gebracht. Kommissar Kleinod ist amüsiert. Na, diese Gesellen haben bestimmt einiges auf dem Kerbholz.

„So, Leute“, beginnt Kommissar Gruner seine Vernehmung, „erzählt doch mal, was ihr da auf dem Müggelsee so gefeiert habt.“

„Wir ham nix jefeiert“, ruft Egon. „Im Jegenteil, allet schief jeloofen.“ Egon sieht sehr grün im Gesicht aus und ein Beamter kann Egon gerade noch einen Eimer in die Hand drücken.

„Der blöde Chef, sag ich euch. Der Geizhals!“

„Halt´s Maul, Jogi“, ruft Kalle und haut dem Besagten gleich eins drüber.

„Ick werd´ dir helfen“, schreit Jogi zurück, geht auf Kalle los und verpasst ihm ebenfalls einen. Nur mit Mühe können die Beamten die Streithähne auseinander bringen.

Egon unterdessen ist vom Stuhl gerutscht und umarmt den Eimer. Er kann nichts mehr sagen, weil er am Einschlafen ist.

„Ick sach hier nix mehr.“ Kalle reibt sich das Kinn. Den linken Haken hätte er Jogi gar nicht zugetraut. „Ick will nach Hause. Mit die Fische is doch ejal. Hat eh keener anjebissen und det kann ja nicht viel Strafe jeben wegen die Fischwilderei."

Kommissar Gruner schaut sich Kalle genauer an. Der hat ja einige Pickel im Gesicht! „Sagen Se mal, Herr Becker. Sie waren nicht zufälligerweise heute an der Tankstelle in der Bulgarischen Straße?"„Nö, wieso?" Kalles linke Augenbraue flackert etwas. „Bin den janzen Nachmittach mit meene Kumpels unterwegs jewesen. Stimmt´s Egon?"

Egon ist schon nicht mehr in dieser Welt, liegt auf dem Boden, den Eimer noch immer umarmend und grunzt nur.

„Jogi, sach du ma wat." Kalles Augenbraue flackert weiter.

„Ja, ja. Stimmt schon, wat der Kalle sacht. Waren den janzen Nachmittach zusammen. Seit Mittach schon ..."

Kalle ist zufrieden. Das Flackern der Augenbraue hört auf und er fasst sich selbstsicher an den Kopf, als wollte er etwas zurechtrücken. Es ist aber nichts da und Kalle erschrickt.

Kommissar Kleinod hat das genau beobachtet.

„Wir haben ein dunkles Basecap gefunden. Das gehört doch sicherlich Ihnen oder?" Kommissar Kleinod blufft.

„Ja, genau ... Hab ich mir aus Amerika mitgebracht, als ich mal da war ...", sprudelt es aus Kalle nur so hervor. Dann wird er blass und erkennt, dass ihm der Kommissar eine Falle gestellt hat.

„Herr Karl Becker, ich verhafte Sie wegen schwerem Raubes in Verbindung mit schwerer Körperverletzung und ihre Kumpels werden wir ins Untersuchungsgefängnis nach Moabit gleich mitnehmen. Die sind genauso dran wie Sie."

„Du Idiot", ruft Jogi, der eigentlich Jürgen Schmidt heißt. „Kannst du nicht die Klappe halten. Jetzt bin ich meinen

Job an der Tanke los und der Geizhals von Chef wird sich eins ins Fäustchen lachen, weil er mich eh loswerden wollte. Jetzt kann er einen Jüngeren für viel weniger Geld einstellen."

Doch der Besitzer der Tankstelle findet nach dem Überfall so schnell keine neuen Mitarbeiter und muss nun selber an der Kasse stehen und die Kunden bedienen. Es hat sich herumgesprochen, dass der Job des Tankwarts an der Tankstelle in der Bulgarischen Straße einer der gefährlichsten und schlecht bezahltesten Arbeitsplätze Berlins ist. Sein überfallener Mitarbeiter muss wegen der schweren Gehirnerschütterung noch lange zu Hause bleiben und seinem Mitarbeiter Jogi Schmidt hat er selbstverständlich gekündigt. Der sitzt in Untersuchungshaft in Moabit ein!

Zwei Wochen nach dem Überfall kommen spät abends drei Jugendliche in die Tankstelle, fuchteln mit einer Pistole vor seiner Nase rum und wollen Geld.

„Ich habe nur 100 Euro in der Kasse, mehr ist nicht drin."

„Was? Zeig her!" Einer der Jugendlichen springt über die Theke, steht plötzlich neben ihm, sieht in die leere Kasse.

„Wo ist das Geld? Es ist Freitagabend und alle tanken noch, bevor sie ins Wochenende fahren." Der junge Mann wird wütend.

„Meine Frau ...", stammelt der Chef. „Bitte nicht!" Dann sieht er nur noch eine Faust in Richtung seiner Nase fliegen und sein letzter Gedanke ist: ‚Warum nur habe ich meine Frau gezwungen um 22.00 Uhr das Geld abzuholen?'

Dann wird ihm schwarz vor Augen.

Anno 1909

„Martha, das Essen für unsere Leute muss raus aufs Feld. Los, los, beeile dich!", rief Hedwig, die Bäuerin vom Schäferhof ihrer sechzehnjährigen Magd Martha zu.

Die stand aber bereits vor den vielen Töpfen und Schüsseln. Sie schüttelte mit dem Kopf. „Wie soll ich das alles heil bis zum Butterberg bringen? So viel – das schaffe ich nie!"

Der Bauer und seine Leute waren schon seit dem Morgengrauen auf dem Acker bei der Weizenmaht. Das ist schwere Arbeit. Hedwig meinte, wer hart arbeitet, der muss auch gut essen! Doch heute hatte sie es wohl ein bisschen übertrieben. In Marthas Kiepe passte das alles jedenfalls nicht hinein! Das wurde auch Hedwig schnell klar.

„Ist ja gut!", räumte sie ein, „Nimmst Luzie mit, die kann dir beim Tragen helfen!"

Erleichtert atmete Martha auf, als die Bäuerin ausnahmsweise nachgab. Das Mädchen war froh, dass Luzie sie begleiten würde, nicht nur wegen der vielen Töpfe. Denn neuerdings graute ihr davor, die Wege durch die Feldflur allein gehen zu müssen, weil sie das Gefühl nicht los wurde, dass jemand ihr folgte. Doch wenn sie sich umdrehte, konnte sie niemanden entdecken.

„Bist eine dumme Gans!", schalt sie sich dann jedes Mal, aber das nützte nicht viel. Das Gefühl blieb und ihre Furcht wuchs.

Die Bäuerin hatte nicht ohne Grund so schnell eine Begleitung für Martha bewilligt.

„Da kommt das Mädchen wenigstens nicht auf dumme Gedanken!", dachte sie.

Nach den Maßstäben der streng gläubigen Hedwig war die Magd nämlich viel zu leichtlebig.

Das hübsche Äußere, das sie auszeichnete, zog die Kerle an, wie der Honigtopf die Bienen. Martha genoss die Bewunderung der Burschen in vollen Zügen und schäkerte mit allem, was Hosen trug.

„Das geht auf die Dauer nicht gut!“, sagte sich die Bäuerin ständig. „Wenn die so weitermacht, steht bald Ärger ins Haus. Was soll ich den Eltern sagen, wenn ihr Ruf ruiniert ist oder noch schlimmer …“

Auch heute sah sie den beiden Mägden besorgt nach, als diese mit den Kiepen auf dem Rücken den Hof verließen und auf die Straße traten. Mit lautem Knall schlug die Tür hinter ihnen zu.

Fast gleichzeitig sank Luzie neben Martha zusammen.

„Luzie? Luziiee!“, schrie Martha, als sie die Freundin leblos in verschütteter Suppe und rollenden Semmeln liegen sah. Das kleine Loch auf Luzies Stirn bemerkte sie erst, als ein dünner Blutfaden am Gesicht der Freundin herab lief.

In der Scheune gegenüber saß der Schütze und starrte fasziniert zu dem Mädchen auf der anderen Seite der Straße. Im ersten Moment konnte er nicht fassen, dass wirklich er selbst es gewesen war, der sie getötet hatte! Als er es begriff, durchströmte ihn ein nie gekanntes Gefühl von Macht. Es weckte Triebe und Gelüste, auf die sein Körper sofort reagierte. Erregung – Wollust – Befriedigung – alles kam gleichzeitig.

Martha schrie – sie schrie sich fast die Seele aus dem Leib! Dass sie sich selbst direkt in der Schusslinie des Mörders befinden könnte – auf diese Idee kam sie überhaupt nicht.

„Was ist los? Was soll das Gezeter? Machst ja alles rebellisch!", schimpfte Hedwig und öffnete die Hoftür. Fast wäre sie dabei über Luzie gestolpert. Hedwig riss die Augen auf, als sie die junge Magd am Boden liegen sah. Anders als Martha hatte sie aber sofort erfasst, welche Ungeheuerlichkeit direkt vor ihrer Hoftür geschehen war. Schon im nächsten Moment kniete sie neben dem Mädchen und tastete nach deren Puls.

„Ich kann etwas fühlen – nur ganz schwach – aber ich fühle etwas! Luzie lebt noch!", stellte sie erstaunt fest.

Auf das Geschrei von Martha waren auch ein paar Nachbarn herbeigeeilt. Der zwanzigjährige Justus, der nur ein paar Häuser weiter wohnte, nahm Luzie auf seine Arme und trug sie ins Haus.

„Tante Hedwig, wo soll ich sie hinbringen?", fragte er.

„Am besten gleich in die gute Stube. Leg sie aufs Sofa."

Weinend folgte Martha der kleinen Prozession.

„Ich hole den Doktor und den Pfarrer und sage auch gleich dem Bauern auf dem Feld Bescheid!", bot Andreas, der jüngere Bruder von Justus, an. Gleichzeitig drehte er sich um und rannte los.

„Der Gendarm! Der Gendarm muss benachrichtigt werden!", rief Hedwig ihm hinterher. Sie wusste nicht, ob Andreas sie noch gehört hatte, aber das war ihr im Moment auch nicht so wichtig.

Andreas hörte sehr wohl, was die Bäuerin ihm zurief. Er bemühte sich, auch diesen Auftrag schnellstens zu erfüllen. Dazu holte er das Pferd aus dem Stall und ritt nach Zwinge. Aber dort traf er Polizist Buchner nicht an. Das war auch nicht möglich, denn der war nach Lüderode gegangen, aber das wusste Andreas nicht.

Es war wirklich ein Zufall, dass Buchner ausgerechnet heute in Lüderode zu tun hatte. Zu seinem Revier gehörten mehrere Ortschaften. Er war zwar ständig unterwegs, aber natürlich konnte er nicht überall gleichzeitig sein, noch dazu, wo er alle Wege zu Fuß erledigen musste.

Auf dem Schäferhof erschien nur kurze Zeit später der Arzt. Ihn hatte Andreas zuerst benachrichtigt. Er runzelte bedenklich die Stirn, als er seine Patientin betrachtete.

„Die Kugel scheint kein größeres Blutgefäß verletzt zu haben, dafür spricht auch der geringe Blutfluss, der aus der Wunde austritt“, sprach er. „Trotzdem – ich kann dem Mädchen nicht mehr helfen. Es grenzt sowieso an ein Wunder, dass sie noch lebt“, stellte er resignierend fest. Er trat zurück und überließ dem inzwischen eingetroffenen Pfarrer seinen Platz.

Martha und die Bäuerin standen um Luzies Lager. Betroffen beobachteten sie den Todeskampf des zierlichen Mädchens. Martha hielt die Hand ihrer Freundin.

‚Vielleicht spürt sie, dass sie nicht allein ist, fühlt – dass ich bei ihr bin‘, dachte Martha und drängte den eigenen Kummer zurück. Drei Stunden harrte sie so aus, dann verschied Luzie, ohne das Bewusstsein noch einmal wiedererlangt zu haben.

Martha stand nun auf und ließ die Bäuerin mit der Toten allein. Sie ging in die Gesindekammer, die sich die beiden Mädchen bis jetzt geteilt hatten. Als sie den Raum betrat und Luzies Sachen sah, brach sie schluchzend auf deren Bett zusammen.

Der Mörder von Luzie befand sich im Zwiespalt. Er hatte sich eigentlich verstecken und aus sicherer Entfernung den weiteren Verlauf der Dinge beobachten wollen, aber ihm wurde sehr schnell klar, dass alles so sein musste wie sonst auch, wenn er keinen Verdacht erregen wollte. Deshalb ging er wie immer seiner Arbeit nach, aber heute hielt er das tägliche Einerlei nicht lange aus! Früh, viel früher als gewöhnlich, verschwand er wieder.

Sein krankes Ego hätte sich zu gern mit der Tat gebrüstet. Weil aber sogar er wusste, dass das nicht möglich war, wollte er wenigstens in der Nähe des Tatorts sein.

Möglichst unauffällig ging er hinter den Gärten am Haus vorbei. Als er zu Marthas Kammerfenster emporsah, hatte er eine Idee ...

„Ja", dachte er, „das ist das Sahnehäubchen!"

Durch klirrendes Glas und lautes Gepolter wurde das Mädchen ein paar Minuten später brutal aus Verzweiflung und Trauer gerissen. Die Scheibe war zu Bruch gegangen. Mit einem Satz stand Martha am demolierten Fenster und sah hinaus – aber niemand war zu sehen.

Der Täter saß hinter einem Fliederbusch und wartete. Als Marthas verheultes Gesicht in der Fensteröffnung erschien, hätte er vor Freude am liebsten gejubelt. Er bedauerte nur, dass er nicht dabei sein konnte, wenn sie seine Nachricht las. Denn, dass sie die noch nicht kannte, war ihm klar.

Als sich Martha wieder Luzies Bett zuwandte, knirschten die Scherben, die sich im ganzen Raum verteilt hatten, unter ihren Schuhen. Jetzt erst entdeckte sie den faustgroßen Stein, der mitten in der Kammer lag. Er war in ein Stück Papier eingeschlagen. Empört hob sie das Geschoss auf und wickelte es aus.

„Martha, wo steckst du?“ Ungehalten betrat wenige Minuten später Hedwig die Kammer ihrer Dienstmagd. „Verkriechst dich …“ Der Rest des Satzes erstarb auf ihren Lippen, als sie das zertrümmerte Fenster sah.

„Was ist denn hier passiert?“ Empört blickte die Bäuerin ihre Magd an, als ob die für die ganze Misere verantwortlich wäre.

Martha konnte nichts erwidern. Sie saß zitternd und leichenblass auf dem Bett und stierte auf den zerknitterten Zettel, den sie in der Hand hielt. Das Mädchen stand unter Schock, aber das begriff Hedwig nicht.

„Was hast du denn da? Zeig mal her!“, fuhr sie die Magd an.

Wortlos reichte ihr Martha das Schreiben.

Die Kugel war für Dich gedacht, du Schlampe!
Aber ich krieg Dich schon noch!

hatte jemand in krakeligen, großen Buchstaben auf den Zettel gekritzelt.

Diese wenigen Worte setzten sogar Hedwig zu. Aber schon im nächsten Moment hatte sie ihre Gefühle wieder in der Gewalt. Nur die fahrige Geste, mit der sie ihre Schürze glatt strich, verriet dem, der sie genau kannte, wie aufgewühlt sie war.

„Das müssen wir dem Gendarmen zeigen!“, bestimmte sie. „Der wird sicherlich noch heute oder morgen vorbeischauen. Aber jetzt komm! Davon, dass du hier oben hockst und die Wände anstarrst, wird nichts besser! Außerdem gibt es jetzt besonders viel zu tun!“

Das Drama vom Schäferhof sprach sich in Windeseile im ganzen Ort herum.

Polizist Buchner, der beschlossen hatte auf seinem Rundgang auch gleich seine Schuhe zum Schuster in der Schindergasse zu bringen, war gerade eingetreten, als sich die Tür erneut öffnete und der Nachbar den Kopf hereinsteckte.

„Het ji alle hart?" (Habt ihr schon gehört?)

„Wat denn?" (Was denn?)

„Dat Luzie hat se dot deschoten– up`n Schoperhoff!", keuchte er vom schnellen Lauf noch ganz außer Atem. (Die Luzie haben sie erschossen – auf`m Schäferhof!)

Buchner hatte erstaunt aufgehorcht.

„Na dann! Bis später, meine Herren!", sagte er und begab sich unverzüglich zum Tatort. „Als wenn es so sein soll, dass ich gerade hier bin", brummelte er dabei in seinen Bart.

Die Bäuerin staunte nicht schlecht, als der Ordnungshüter so schnell zur Stelle war.

„Hier hat es eine Tote gegeben?", fragte der gleich nach seinem Eintreten streng. „Wo ist sie?"

Hedwig führte ihn zu der Leiche. Buchner entfernte das weiße Laken und betrachtete die Tote genau. Besonders die Schusswunde interessierte ihn sehr. Schließlich bedeckte er die Verstorbene wieder und ging in die große Wohnküche zurück.

„Nun möchte ich von euch genau hören, wie das passiert ist!", wandte er sich an Hedwig.

„Ich bin nicht dabei gewesen, sondern Martha!"

„Na Martha, dann erzähle mal!"

„Wir, wir ...", stotterte Martha, aber weiter kam sie nicht. Das ganze Entsetzen des Vormittags brach aus ihr heraus und machte sich in erneutem Schluchzen Luft.

„Mädchen, reiß dich zusammen! Deine Aussage ist wichtig!“, schimpfte Buchner..

Aber selbst, wenn Martha gewollt hätte, sie konnte nicht reden. Hilflos schlug sie die Hände vors Gesicht und ließ ihren Gefühlen freien Lauf. Dabei merkte sie gar nicht, dass der ominöse Zettel, den sie bis jetzt krampfhaft festgehalten hatte, zu Boden flatterte. Der Polizist sah es, bückte sich und hob ihn auf. Ihm fielen sofort die großen Buchstaben ins Auge. Interessiert gönnte er dem Geschreibsel einen zweiten Blick.

„Martha! Wo kommt das hier her? Nun rede endlich!“, donnerte er das Mädchen an.

„Das hat heute jemand in ihre Kammer geworfen“, antwortete die Bäuerin an ihrer Stelle. „Das ganze Fenster ist zu Bruch gegangen!“, beschwerte sie sich.

Buchner betrachtete das Gekrakel eine ganze Weile. Schließlich sah er Martha an und krauste die Stirn: „Sag, mal Mädchen, wen hast du denn so verärgert, dass er dir gleich ans Leben will?“, fragte er kopfschüttelnd.

„Ich weiß nicht!“, schluchzte sie. „Aber, aber wenn ich mit dem Mittagessen aufs Feld gegangen bin, dann dachte ich immer, dass jemand hinter mir ist. Aber da war keiner! Schließlich habe ich gemeint, dass ich mir alles nur einbilde!“

„Erst machst du die Mannsbilder mit deinem Getue verrückt und dann wunderst du dich, wenn sie dir nachschleichen! Ja, ja, ich hab‘s immer gesagt, dass deine Schäkerei noch mal ein schlimmes Ende nehmen wird. Aber so schlimm – das hätte selbst ich nicht gedacht!“, wetterte die Bäuerin.

Martha senkte den Kopf und wurde auf ihrem Stuhl immer kleiner und blasser. Aber das interessierte niemanden.

„Wie meinst du das, Hedwig?“, hakte der Polizist stattdessen nach.

„Ach nur so!“

„Komm, raus mit der Sprache!“

„Na, ja“, druckste Hedwig herum, die sich über ihr loses Mundwerk sofort ärgerte, „Martha ist ein hübsches Mädchen und hat viele Verehrer. Da ist bestimmt auch der eine oder andere darunter, der nicht von ihr bekommen hat, was er sich erwartete. Könnte doch sein, dass er ihr deshalb so übel mitspielt!“

„Das kann man wohl laut sagen!“, fiel der Bauer ein, der soeben zusammen mit seinem Sohn Wolfgang die Küche betreten und den letzten Satz seiner Frau noch gehört hatte.

„Was soll das heißen, Schäfer?“, parierte Buchner prompt.

„Gestern Abend war ich in der Schillingschen Gastwirtschaft“, erzählte Paul Schäfer. „Es war auch ein Knecht der Holzners da. Er saß mit seinesgleichen an einem Tisch und hat eine Waffe herumgezeigt, die er sich in Duderstadt gekauft haben wollte. ‚Damit erschieße ich Martha, die Hexe!‘, hat er immer wieder gesagt. Die anderen haben ihn ausgelacht. Keiner hat es für möglich gehalten, dass er sein Vorhaben wirklich in die Tat umsetzen würde. Hätten wir ihn nur ernst genommen – dann könnte Luzie vielleicht noch leben!“

Wolfgang hörte seinem Vater nur mit halbem Ohr zu. Sein Blick suchte sofort Martha. Er erschrak, als er das Mädchen sah. Das Gesicht war kreidebleich. Die rot geweinten Augen bildeten darin einen erschreckenden Kontrast. Der zusammengesunkene Körper bebte leicht. So hockte sie immer noch auf der Kante des Küchenstuhls.

‚Viel fehlt nicht und sie sackt zusammen‘, dachte er. Im

nächsten Moment saß er neben ihr und zog sie in seine Arme. ‚Jeder redet über sie und von ihr. So, als wenn sie gar nicht da wäre! Niemanden interessiert, wie sie sich fühlt!', dachte Wolfgang empört. ‚Sie soll für Luzies Tod verantwortlich gemacht werden! Das sieht doch ein Blinder! Der Gendarm – na ja – der macht seine Arbeit! Aber meine Eltern, dass die so gefühllos sein könnten, das hätte ich nie für möglich gehalten!'

Erbost beobachtete Wolfgangs Vater seinen Sohn. Aber der merkte das nicht. Es hätte ihn allerdings, auch wenn er es gewusst hätte, nicht interessiert.

Der Gendarm nahm die zärtliche Geste zur Kenntnis und machte sich so seine Gedanken, sagte aber nichts weiter, sondern wandte sich wieder Paul Schäfer zu. „Ja, du hättet es sofort zur Anzeige bringen müssen! Wie heißt der Knecht der Holzners, von dem du gesprochen hast?"

„Bruno Weck", antwortete der Bauer. „Er stammt nicht von hier, sondern kommt aus der Nähe von Göttingen."

„Göttingen, so, so", grummelte Buchner. „Gut, ich werde mich gleich um ihn kümmern! Aber vorher noch dies: Die Leiche muss nach Nordhausen, in die Gerichtsmedizin. Bauer, kannst du Pferd und Wagen für den Transport bereitstellen? Wenn wir nämlich warten, bis die Nordhäuser zu uns raus kommen – das dauert bei diesem Wetter einfach viel zu lange."

Paul Schäfer passte es überhaupt nicht, dass er gerade jetzt, mitten in der Erntezeit, Pferd und Wagen entbehren sollte. Aber er sah ein, dass ihm wohl nichts anderes übrig bleiben würde, als einzuwilligen.

„Bekomme ich wenigstens von der Polizei meine Unkosten erstattet?", fragte er.

Der Gendarm sagte nichts, sondern sah ihn nur strafend an.

Kaum hatte Buchner den Schäferhof verlassen, schickte der Bauer Martha nach draußen. Als sie allein waren, fuhr er seinen Sohn an: „Kannst du mir mal sagen, was das eben zu bedeuten hatte? Willst du demnächst die Martha zur Bäuerin machen oder was sollte deine Schmuserei?"

„Ich mag die Martha! Ich mag sie sogar sehr! Außerdem – sieh sie dir doch mal an! Sie ist völlig am Ende! Eigentlich kein Wunder, bei dem, was sie heute erleben musste! Sie stand in der Schusslinie, ihr hat diese Kugel gegolten! Und sie hat diese Morddrohung erhalten. Eine Morddrohung! Sie muss doch vor Angst außer sich sein! Aber statt ihr beizustehen, bemerkt ihr nicht einmal, in welchem Zustand sie sich befindet. Mutter stellt sich auch noch hin und sagt so dummes Zeug wie: ‚Dass nichts Gutes dabei herauskommt, bei der Schäkerei!' und stempelt sie damit zum Sündenbock!"

„Du! Überleg dir genau, was du sagst! So spricht ein Sohn nicht von seiner Mutter und meiner schon gar nicht! Merk dir das!", brauste der Bauer auf.

Wolfgang antwortete nicht. Er verließ den Raum und suchte nach Martha.

Polizist Buchner hatte sich umgehend zum Holznerhof nach Weißenborn begeben. Er verlangte den Knecht Bruno Weck zu sprechen. Aber der Knecht war nicht da. Weder die Bäuerin noch ihr siebzehnjähriger Sohn Willi wussten, wo er war.

„Was willst du von Bruno?", wollte Klara Holzner wissen.

„Er wird verdächtigt, die Magd Luzie vom Schäferhof ermordet zu haben!"

„Was? Wie kommt Ihr denn darauf?", fragte Willi entgeistert. „Ich kenne den Bruno, der würde so etwas niemals tun!"

„Kein Mörder trägt ein Schild vorm Kopf, das ihn brandmarkt – Würde mir meine Arbeit entschieden erleichtern!“, seufzte Buchner. „Aber jetzt will ich die Kammer des Knechts sehen!“

Widerstrebend führte ihn die Bäuerin in einen kleinen Raum. Willi folgte ihnen. Das Zimmer war spärlich eingerichtet: ein Bett, ein Tisch, ein Stuhl und ein Schrank. Mehr nicht. Buchner begann sofort alles zu durchsuchen. Dabei ging er nicht gerade zimperlich vor. Vielleicht wurde er deshalb so schnell fündig. Unter einigen Unterhosen lag, in einen Strumpf gewickelt, die Waffe.

„So viel dazu: ‚Der Bruno würde so etwas niemals tun!'“, wandte sich der Polizist an Willi und hielt dabei triumphierend das Corpus Delicti hoch. Dabei sah er sich deren Lauf genauer an.

„Das Kaliber könnte stimmen!“, nuschelte er. Als Nächstes roch er daran. Ein schwacher Pulvergeruch stieg ihm in die Nase. Eindeutig war dies die Tatwaffe. Buchner nickte und steckte das Beweisstück in seine Tasche.

„Wann hast du deinen Knecht zuletzt gesehen?“, fragte er Klara.

Die überlegte: „Ich glaube heute, bei Tagesanbruch! Da hab ich ihn nach Gerode geschickt, damit er auf dem Gut beim Dreschen hilft.“

„Gut, Klara, ich gehe hin. Rührt bis dahin nichts an! Verstanden? Sollte euer Knecht in der Zwischenzeit auftauchen, sperrt ihn in den Keller!“, damit stapfte Buchner grußlos zur Tür hinaus.

Etwas abseits stand im Garten des Schäferhofes eine von wildem Wein überwucherte Laube. Dorthin brachte Wolfgang nun Martha. Er hoffte, dass sie hier endlich etwas zur Ruhe kommen und zu sich selbst finden würde. Wolfgang setzte sich auf die Bank und zog das Mädchen neben sich. Keiner von beiden sprach ein Wort. Das war nicht nötig. Sie verstanden sich auch so. Martha war dankbar für das Schweigen des jungen Bauern. Sie mochte ihn sehr, aber sie wusste, wo ihr Platz in der Welt war. Deshalb hatte sie sich ihm gegenüber bis jetzt immer äußerst zurückhaltend gezeigt, obwohl das so gar nicht ihrer Art entsprach. Aber heute war alles anders. Sie war froh, dass sie nicht allein sein musste, sondern jemanden an ihrer Seite wusste, der sie verstand.

Die Bäuerin hatte die beiden zusammen weggehen sehen.

„Dachte ich`s mir doch, dass die sich auch an den Wolfgang heranmachen wird! Na, der will ich helfen!“ Aufgebracht wollte sie den beiden folgen. Doch der Bauer, dem die Vorwürfe seines Sohnes nicht aus dem Kopf gegangen waren, vertrat ihr den Weg.

„Hedwig, lass gut sein!“, sprach er beruhigend auf seine Frau ein.

„Lass gut sein, lass gut sein! Typisch Mann! Hat dir das junge Ding etwa auch den Kopf verdreht? Bin dir wohl nicht mehr gut genug?“

„Rede nicht so einen Blödsinn daher! Ich weiß doch, was ich an dir habe! Aber jetzt lass dem Jungen auch seinen Teil!“

„Aber ...“

„Kein aber – komm!“ Energisch zog er seine Frau mit ins Haus.

Niemand bemerkte, dass aus einem Versteck heraus noch ein zweites Augenpaar die beiden jungen Leute beobachtete.

In der ehemaligen Benediktinerabtei Gerode wurde Buchner bestätigt, dass der Knecht Bruno Weck dort gewesen sei, aber nicht sehr lange. Er sei ziemlich früh wieder gegangen. Mehr wusste man nicht zu sagen. Auch sonst hatte niemand den mutmaßlichen Mörder gesehen. Wo konnte sich Weck versteckt haben?

Bruno Weck saß, als der Polizist ihn auf dem Geröder Gut suchte, auf dem Heuboden des Holznerhofes. Niemand hatte bemerkt, wie er das Gehöft betreten hatte. Durch die Luke, die nie richtig schloss, sah er den Polizisten, der auf den Hof zuging.

‚Der kommt wegen mir!' dachte er. ‚Aber mich kriegt der nicht! Mich nicht!' Dann machte er, dass er davonkam. Er hetzte durch den Garten der Holzners, pausierte einen kurzen Moment am Weißen Born mit seinen vielen Quellen und rannte weiter den Bornberg hinauf. Oben auf dem Bornberg begann der Wald. Aber auch im Wald fühlte er sich nicht sicher, sondern lief immer weiter. Schließlich fand er die Schusterhöhle.

Buchner hatte sich beeilt, wieder zu den Holzners zurückzukommen.

„Weck war nicht mehr auf dem Gut in Gerode! Ist er zwischenzeitlich hier wieder aufgetaucht?"

Die Bäuerin und auch ihr Sohn schüttelten die Köpfe.

„Nee, hier war er nicht!"

„Hol euren Hund!", befahl Buchner daraufhin Willi.

„Und du, Klara, bring mir ein Kleidungsstück, dass der Beschuldigte vor Kurzem noch getragen hat!"

Ohne Widerrede taten beide, was von ihnen verlangt wurde. Klara Holzner kam nur wenig später mit einem schmutzigen Pullover von Bruno zurück. Willi hatte inzwischen den Schäferhund an die Leine gelegt. Der Hofhund war ein großes, kräftiges und schönes Tier. Aber er lag meist an der Kette und deshalb hasste er die Menschen, bis auf einen – den Knecht Bruno Weck. Als ihm jetzt das Kleidungsstück mit Brunos Duft gezeigt wurde, winselte er freudig und suchte ungestüm nach dessen Besitzer.

„Der Hund hat Witterung aufgenommen!“, stellte Buchner fest. „Los, gehen wir!“

Der Schäferhund war kein ausgebildeter Fährtenhund. Er wollte nur zu Bruno Weck, weil der meistens eine kleine Lekkerei für ihn in der Tasche hatte. Er zog und zerrte an der Leine. Willi konnte ihn kaum bändigen. So kam es, dass sich der Hund losriss, als sein Besitzer die Gartenpforte schloss. Mit großen Sätzen stürmte das Tier davon. Weder Rufen, noch Schimpfen brachte es zurück. Die Menschen liefen noch eine Weile hinter ihm her, dann verloren sie ihn aus den Augen und kehrten unverrichteter Dinge um. Bruno Weck tauchte in der Gegend nicht wieder auf – jedenfalls dachte man das ...

In den Wäldern rings um Lüderode und Weißenborn standen neuerdings an etlichen Stellen kleine Laubhütten. Sie waren in dichtes Unterholz hinein gebaut und so gut getarnt, dass sie mit ihrer Umgebung zu verschmelzen schienen. Wer nicht danach suchte, ging achtlos daran vorüber ohne sie zu entdecken. Diese Hüttchen hatten alle eins gemeinsam: Sie befanden sich sämtlich in der Nähe von oft frequentierten Straßen und Wegen. Nur ein einziger Mann wusste genau wo sie zu finden waren, der Mann, der sie gebaut hatte, Luzies Mörder! Er war im Rausch – im Blutrausch! Luzie war längst nicht mehr sein einziges Opfer. Schon etliche Mädchen hatte er abgepasst, in sein Versteck gelockt und getötet. Keines dieser Mädchen stammte aus der Gegend. Keines dieser Mädchen würde so schnell vermisst werden.

Nicht einmal sechs Wochen später bekam Martha den nächsten Brief. Diesmal hatte er im Postkasten gesteckt.

„Bald ist es soweit, bald bist du dran!",

stand darin.

Aschfahl ließ sich das Mädchen auf den großen Klotz sinken, auf dem sonst das Holz gespalten wurde. Sie konnte nicht einmal weinen und auf diese Weise ihrer inneren Pein ein Ventil verschaffen. Sie starrte nur immer weiter auf das Blatt Papier.

So fand sie Wolfgang. Er trat hinter sie und legte ihr beruhigend eine Hand auf die Schulter. Gleichzeitig sah er die großen Lettern, die auf dem Papier standen. Sie fielen mal nach rechts, mal nach links. Eine Schönschrift war das jedenfalls nicht! ‚Oder', dachte Wolfgang, ‚jemand hat versucht, seine Schrift zu verstellen!' Er nahm Martha das Schreiben aus der Hand und besah es sich genauer. Er wusste nicht, von wem der Brief kam. Aber irgendetwas kam ihm, trotz der Mühe des Schreibers anonym zu bleiben, bekannt vor. Wenn er nur wüsste was? Kurz darauf öffnete sich das Hoftor und Willi trat ein.

„Ihr zwei guckt ja, als ob morgen der jüngste Tag anbrechen würde!", sagte er, als er die bedeppert dreinschauenden Gesichter von Martha und Wolfgang sah.

„Wir haben auch allen Grund dazu!", meinte Wolfgang und zeigte ihm den Drohbrief.

Schlagartig wurde Willi ernst. „Was wollt ihr jetzt tun?"

„Der muss zum Gendarm! Ich werde gleich heute Nachmittag nach Zwinge reiten!"

„Wolfgang, bitte, ich habe solche Angst, wenn ich alleine bleiben muss!", jammerte Martha.

„Aber Mutter ist doch da! Wir müssen dem Gendarm Bescheid sagen. Ich verspreche dir auch, mich zu beeilen."

Traurig senkte Martha den Kopf. Sie verging fast vor Angst, wenn Wolfgang nicht in ihrer Nähe war.

„Wenn ihr wollt, bringe ich den Brief nach Zwinge!", erbot sich Willi. „Ich muss sowieso zur Teichmühle und von da aus ist es ja nicht mehr weit."

Dankbar nahmen Martha und Wolfgang sein Angebot an.

Kurz darauf verabschiedete sich Willi und eine Stunde später war er auf dem Weg zur Teichmühle. Als er dort alles erledigt hatte, ritt er weiter nach Zwinge zu Buchner. Er gab den Drohbrief ab und wollte wieder verschwinden. Aber Buchner bat ihn, noch einen Augenblick Platz zu nehmen.

„Ich habe das Protokoll über eure Befragung fertig. Eigentlich könntest du es gleich durchlesen und unterschreiben", sagte Buchner zu dem jungen Mann.

„Ja, kann ich machen." Willi setzte sich, las alles in Ruhe durch und unterschrieb. Danach machte er sich auf den Heimweg.

Geduldig wie eine Katze auf der Mäusejagd saß der Mann in einer seiner Laubhütten und beobachtete die Straße. Ab und an ging jemand vorrüber, aber niemand bemerkte ihn. Den heimlichen Beobachter interessierten die Leute nicht.

Doch plötzlich ging ein Ruck durch seinen Körper: Ein junges Mädchen, mit einem Bündel am Arm, kam die Landstraße entlang.

„Die Martha!", dachte er und fieberte ihr förmlich entgegen. Seine Flinte lehnte neben ihm, aber die benutzte er nicht mehr. Ein Knall – und alles war vorbei! Nein, nein – die Flinte war schon lange nicht mehr das Richtige für ihn. Er nahm jetzt das Messer. Das Messer konnte schnell und langsam töten – je nachdem wie er es handhabte. Es erlaubte Kreativität und höchsten Genuss.

Drei Tage nachdem Martha das Schreiben erhalten hatte, fand man an der Mauer des ehemaligen Benediktinerklosters Gerode den nackten und blutverschmierten Leichnam eines jungen Mädchens. Die zahlreichen Schnittverletzungen, Messerstiche und das Fehlen des kleinen Fingers deuteten auf einen langsamen qualvollen Tod hin. Die Verletzungen im Intimbereich zeigten, dass sich der Täter auf besonders brutale Weise an ihr vergangen hatte. Die Tote stammte weder aus Weißenborn noch aus Lüderode. Niemand kannte sie. Auffällig war nur die große Ähnlichkeit mit Martha.

Auch von dieser neuen Bluttat wusste bald das ganze Dorf. Die Neugierigen drängten zum Tatort und wollten mit eigenen Augen die grausam zugerichtete Leiche sehen. Aber der Gemeindediener war schon da, hatte alles abgesperrt und über die Leiche ein Tuch gedeckt. Nur kurze Zeit später traf auch Polizist Buchner ein. Den Arzt hatte er gleich mitgebracht. Aber der konnte nur noch den Totenschein ausstellen. Schließlich wurde die Leiche in einen der kühlen Kellerräume des Gutshauses getragen. Da sollte sie bleiben, bis sie eingesargt und nach Nordhausen in die Gerichtsmedizin befördert werden konnte.

Nach dem Abtransport der Toten sah sich Buchner den Tatort noch einmal genauer an. Dort, wo die Tote gelegen hatte, fand sich kaum Blut, obwohl die Leiche blutüberströmt war. Bei den Befragungen der Nachbarn ergab sich außerdem, dass niemand etwas Außergewöhnliches bemerkt hatte. Das alles wies darauf hin, dass die Tat nicht hier begangen wurde, sondern dass der Mörder die Tote hier nur abgelegt hatte. Wahrscheinlich wollte er, dass man sein Opfer fand. Vielleicht war er unter den Gaffern und weidete sich an dem Entsetzen der Menschen. Buchner stand vor einem Rätsel. Am schlimmsten fand er, dass bei dem kranken Geist des Täters ein neuer Mord nicht ausgeschlossen war. Er musste unbedingt noch einmal mit Martha sprechen.

Als er jedoch bei den Schäfers ankam, war Martha nicht da.

„Das Mädchen ist zusammen mit den anderen im Steintal beim Grummet machen. Sie weicht dem Wolfgang und seinem Freund Willi doch nicht von der Seite. Wie eine Klette ist sie!“, keifte Hedwig. „Fehlt nur, dass sie ihn auch noch ins Unglück bringt! Ist mir überhaupt nicht Recht, dass der Wolfgang immer in ihrer Nähe ist!“

„Wann kommt sie denn zurück?“, fragte Buchner, ohne weiter auf Hedwigs Gezeter einzugehen.

„Ich denke erst am Abend, wenn es dunkel wird. Die Männer wollen ja etwas schaffen!“

„Hm“, Buchner kratzte sich am Hinterkopf, „aber heute Nachmittag kommen Kollegen aus Worbis, die sie vernehmen wollen. Dann hat sie da zu sein. Lass deinen Jüngsten hinlaufen und sie holen!“

„Nee, nee Buchner! Da wird nichts draus! Wenn du was von dem Mädchen willst, dann wirst du dich schon selbst bemühen müssen!“

Buchner brummelte etwas wie: „Behinderung der Polizeiarbeit“, und ging. „Das auch noch! Es ist zwar nicht weit bis hin zum Steintal, aber mir läuft die Zeit davon!“, knurrte er.

Nur kurze Zeit später stand er auf dem Feld von Bauer Schäfer. Martha war eben dabei das trockene Grummet zusammenzuharken. Der Bauer gab es mit einer Heugabel hoch und Wolfgang packte es ordentlich, damit es für den Transport nach Hause gut gesichert war.

„Bauer, ich brauche heute Nachmittag die Martha in meinem Büro!“, kam Buchner gleich zur Sache.

„Mag ja sein, aber ich brauche sie hier! Morgen soll es regnen, das Grummet muss rein! Von uns hat heute beim besten Willen keiner Zeit, um in der Gegend herumzuschwadronieren, auch die Martha nicht!“

„Ist mir egal, wie du das regelst. Hauptsache die Martha ist an Ort und Stelle!“, sprach Buchner und marschierte davon. Er war noch nicht weit gekommen, als ihm etwas einfiel. „Frag doch den Willi Holzner, ob er Martha mit seinem Einspänner bringen kann, dann ist sie schnell wieder da!“, rief er zurück.

Willi erklärte sich sofort bereit zu helfen.

„Ich ziehe mich nur um und spanne ein. In einer halben Stunde bin ich da!“, versprach er.

Wolfgang passte es überhaupt nicht, dass er Martha jemand anderem anvertrauen sollte. Je länger sie weg war, umso unruhiger wurde er. Seinem Vater entging das nicht.

„Was ist nur mit dir los?“, herrschte er ihn an. „Pass doch auf!“

Wolfgang versuchte sich zusammenzunehmen, aber seine Unruhe wuchs mit jeder Minute. Bald hielt er es nicht mehr aus.

„Vater sei nicht böse, aber ich gehe. Ich komme vor Sorge um Martha fast um. Ich muss ihr nach!“

„Aber sie ist doch nicht allein! Willi ist doch bei ihr!“

„Ja, ich weiß, aber ich habe trotzdem Angst um sie!“

„Na dann – in Gottes Namen – geh!“

Wolfgang nickte und lief los.
Buchner saß währenddessen in seinem kleinen Büro und grübelte.

„Irgendetwas habe ich übersehen!", murmelte er vor sich hin. „Aber was?" Noch einmal holte er sich alle Akten, alle Beweisstücke und breitete sie auf seinem Schreibtisch aus. Immer wieder nahm er jedes einzelne zur Hand und studierte es genau.

Plötzlich erstarrte er. Da lag der erste Drohbrief, den Martha bekommen hatte. Nun lag das Befragungsprotokoll, das Willi Holzner unterschrieben hatte, direkt daneben!

„Das ist unmöglich!", stöhnte er ... „Das kann nicht sein!"

Er holte seine Brille aus der Tasche und sah sich beide Schriftstücke noch einmal genauer an. Dann öffnete er seine Schreibtischschublade und holte die Lupe heraus – ohne Zweifel – dieselbe Handschrift! Aber das würde ja bedeuten, dass der Drohbrief von Willi stammt! Buchner konnte es nicht fassen, obwohl der eindeutige Beweis vor ihm lag. „Warum? Warum, Willi?" Doch dann setzte er die einzelnen Teile des Falles zusammen:

Willi wusste, dass Bruno Weck eine Waffe gekauft hatte. Er wusste auch, wo er sie aufbewahrte. Er wusste außerdem, wann Martha mit dem Essen aufs Feld geschickt wurde. In aller Ruhe konnte er in der alten Scheune gegenüber auf sie warten. Er kannte sich bei den Schäfers aus und konnte dort ungestört seine Drohbriefe positionieren. Aber warum hat er noch ein Mädchen umgebracht? War er ein Triebtäter und das Mädchen einfach nur zur falschen Zeit am falschen Ort? Plötzlich fasste sich Buchner an den Kopf!

‚Und ich habe gesagt, der Willi soll Martha hierher begleiten!'

Er ließ alles liegen, wo es war und hastete zur Tür hinaus.

‚Hoffentlich kann ich das Schlimmste noch verhindern!‘, dachte er und eilte davon.

Als Wolfgang nach Hause kam, nahm er sich nicht einmal die Zeit sich umzuziehen. Eine innere Unruhe trieb ihn zu größter Eile an. Er sattelte sein Pferd – und dann war er auch schon unterwegs. Er nahm nicht die Straße mit ihren vielen Windungen, sondern ritt querfeldein.

Willi und Martha dagegen zuckelten mit dem Einspänner der Holzners langsam dahin. Trotzdem waren sie mittlerweile ein gutes Stück vom Dorf entfernt. Fast hatten sie die Abzweigung nach Jützenbach und die Stelle, an der die Jütze in den Schurkenteich fließt, erreicht, als Willi die Pferde plötzlich antraben ließ. Er blieb auch nicht auf der Straße, sondern bog in den Weg zum Galgental ein.

Martha mochte diesen Ort nicht, obwohl er recht idyllisch gelegen ist, mit dem Jahnsholz zur Rechten und dem Mönchsberg zur Linken. Sie wusste, dass dort in früheren Zeiten die Verbrecher am Galgen hingerichtet wurden. Immer, wenn sie in die Nähe dieses Tals kam, musste sie daran denken und ihr stellten sich die Nackenhaare auf. Außerdem, was wollte der Willi dort? Sie mussten doch nach Zwinge!

„Willi! Willi! Wo willst du denn hin?“, rief sie in hellem Entsetzen und wäre am liebsten vom Wagen gesprungen. Aber Willi fuhr jetzt so schnell, dass sie befürchten musste, unter die Räder des Gefährts zu kommen, wenn sie abspringen würde.

„Sei still, sonst setzt` s was!“, brüllte der.

Als sie von der Straße aus nicht mehr zu sehen waren,

stoppte er den Wagen.

„Los, runter!“, herrschte er Martha an.

Die wusste gar nicht, wie ihr geschah. Aber ihr blieb auch nicht viel Zeit zum Nachdenken. Rüde wurde sie von Willi hinter sich her ins Jahnsholz gezerrt. Plötzlich standen sie auf einer kleinen Lichtung.

„Was soll denn das?“

„Ich habe dir doch geschrieben, was das soll! Schon vergessen? Zwei nette Briefe habe ich dir geschrieben! Jetzt ist es soweit, mein Täubchen! Jetzt bist du dran!“, höhnte er und stieß sie auf die Erde. Er setzte sich rittlings auf sie und zog eine Schnur aus seiner Hosentasche, mit der er ihr die Hände fesselte. Martha begann zu schreien. Sofort bekam sie eine schallende Ohrfeige.

„Willi, warum?“

„Weil du mich lächerlich gemacht hast!“

„Aber das stimmt doch gar nicht!“

„Und wie das stimmt! Wie oft hast du auf der letzten Kirmes mit mir getanzt? Wenn ich kam, bist du immer weggelaufen! Und einmal, als ich dich dann doch fragen konnte, da hast du direkt ‚nein‘ gesagt. Mein Vater hat es mitbekommen. Er hat gegrinst und gesagt, dass ein Mädchen eben einen echten Kerl schon auf drei Meilen voraus erkennt. Aber ich, sein Sohn, wäre ja nicht mal einer einfachen Magd gewachsen! ‚Womit habe ich das nur verdient‘, hat er dann noch gesagt. Seitdem wurde ich von ihm noch mehr verachtet als sonst. Deshalb, verstehst du, deshalb hasse ich dich! Und deshalb habe ich Rache geschworen. Rache an allen Weibsbildern und vor allem an dir!“

Wolfgang, der mittlerweile auch das Jahnsholz erreicht hatte, hörte jemanden schreien. Er saß ab und schlich näher. Sein Herz blieb beinahe stehen, als er Martha mit gefesselten Händen auf dem Boden liegen und seinen besten Freund auf ihr sitzen sah.

„Willi! Lass sie in Ruhe!“, schrie er und wollte sich auf den falschen Freund stürzen. Aber der hatte sofort ein Messer bei der Hand und hielt es Martha an die Kehle.

„Noch einen Schritt weiter und ich steche sie ab wie eine alte Sau!“

Entsetzt blieb Wolfgang stehen. Was sollte er nur machen? Er versuchte auf seinen ehemaligen Freund einzureden, aber seine Worte trafen auf taube Ohren. Wolfgang redete trotzdem weiter. Er wollte Zeit gewinnen. Plötzlich sah er aus dem Augenwinkel eine Bewegung. Buchner tauchte zwischen den Bäumen auf. Lautlos pirschte er sich heran. Wolfgang begriff, dass er Willi ablenken musste.

„Sag mal Willi, hast du die Luzie auch getötet? Das kann doch nicht sein, so was machst du doch nicht, oder?“

„Ja, was hast du denn gedacht? Vielleicht, dass es der Bruno war? Ha! Der hat doch nur eine große Klappe – mehr nicht! Ich wollte es damals schon der Martha heimzahlen, habe aber die Luzie erwischt – na ja – wieder ein Weibsbild weniger! Um die ist es allesamt nicht schade!“

Buchner war währenddessen immer weiter herangekommen.

„Heißt das, dass du sogar das Mädchen umgebracht hast, das an der Klostermauer gelegen hat?“

„Das heißt es, mein Lieber, und nicht nur die! Das hättest du ...“

Weiter kam er nicht. Buchner stand hinter ihm und versetzte ihm mit dem Griff seiner Pistole einen Schlag. Bewusstlos brach Willi über seinem Opfer zusammen. Sofort legten sich die Handschellen um seine Gelenke.

Wolfgang zog Martha auf die Füße und hielt das zitternde Mädchen fest umschlungen.

„Ich bringe den hier erst mal hinter Schloss und Riegel!", sagte Buchner. „Reitet ihr zwei nach Hause."

Wolfgang nickte zwar über Marthas Kopf hinweg, er führte sie auch von diesem scheußlichen Ort fort, aber zu Hause, da kamen sie erst sehr viel später an ...

Epilog

Willi Holzner hat alle Morde, die er begangen hatte, gestanden. Er zeigte keinerlei Reue, sondern prahlte mit seinen Taten.

Sieben unbekannte Mädchen waren ihm insgesamt zum Opfer gefallen. Alle hatte er irgendwo beigebuddelt – bis auf die sechzehnjährige Lisa aus Breitenberg. Sie hatte er an der Klostermauer deponiert, um Angst und Schrecken zu verbreiten.

In Nordhausen wurde er zum Tode verurteilt und hingerichtet. Seine Familie verkaufte ihren Hof und zog in die Fremde – irgendwohin, wo sie niemand kannte.

Bruno Weck, der die ganze Zeit geglaubt hatte, dass man ihn wegen seiner Drohreden in der Gastwirtschaft und wegen der Pistole suchte, wurde kurz nach Willis Verhaftung in Westerode gestellt. Den Schäferhund hatte er bei sich.

Auf der Wache erfuhr er, warum man ihn gesucht hatte. Bruno Weck glaubte seinen Ohren nicht trauen zu können. Noch mehr staunte er, als ihm gesagt wurde, wer die Morde tatsächlich begangen hatte und sie ihm in die Schuhe schieben wollte. Auch er verließ den Ort und ging zurück in seine Heimat.

Martha hing auch, als keine Gefahr mehr für sie bestand, wie eine Klette an Wolfgang. Aber das war in Ordnung, denn die beiden wurden ein Paar und nur ein Jahr später läuteten für sie die Hochzeitsglocken. Martha zog auf dem Schäferhof als Bäuerin ein.

Gerechtigkeit

Es war Samstag, später Vormittag. Strahlender Sonnenschein und angenehm milde Frühlingstemperaturen luden die Menschen ein, sich diversen Wochenendaktivitäten hinzugeben. Nicht nur hier in Mönchengladbach, nein, das gesamte Rheinland war voll des frühlingshaften Lebens. Er aber saß in seinem Bürosessel, an seinem Schreibtisch im Morddezernat des Polizeipräsidiums. Er hatte es zu Hause nicht mehr ausgehalten. Zu sehr hatten ihm die Ereignisse der vergangenen Tage zugesetzt. Nach der letzten schlaflosen Nacht brauchte er einfach Ruhe. Er wäre für all die Menschen in seiner Umgebung, die sich auf ein entspanntes, fröhliches und ereignisreiches Wochenende freuten, nur die absolute Spaßbremse gewesen. Da war er hier an seinem Schreibtisch besser aufgehoben. Denn noch nie in seiner langen Zeit als Leiter der Mönchengladbacher Mordkommission hatte er sich nach der Aufklärung eines Mordfalls so unsicher gefühlt. Diese Unsicherheit hatte ihn verfolgt, seit durch ihn ein rätselhafter Mordfall aufgeklärt worden war. Schon als ihm klar wurde, was es mit dem Tod dieser alten Frau auf sich haben könnte, waren ihm Zweifel gekommen, die er aber – fast routinemäßig – verdrängt hatte. Er war gedanklich und emotional im Arbeitsmodus gewesen. Hatte dem Recht Geltung verschaffen wollen. Und dies dann auch getan. Aufgrund der besonderen Umstände dieses Falles wäre dies wohl kaum jemand anderem gelungen. Seitdem der Fall geklärt war, seitdem die überführte Täterin inhaftiert war, hatten die Zweifel, die er vorher erfolgreich unterdrückt hatte, wieder die Oberhand gewonnen. Sie bohrten sich mit den ständig gleichen

Fragen in seine Gedanken und Gefühle. Ja, er hatte dem Recht Geltung verschafft. Er hatte, wie man so sagt, einen guten Job gemacht. Aber was er seitdem nicht mehr aus dem Kopf bekam, auf was er absolut keine Antwort wusste, war: Hatte er auch der Gerechtigkeit genüge getan? Hatte er Gerechtigkeit walten lassen? Hätte er diese überhaupt walten lassen können? Konnte es in diesem Fall überhaupt so etwas wie Gerechtigkeit geben?

Bisher hatte er darauf keine Antworten gefunden. Und er sah derzeit auch kein Licht am Ende dieses Fragen- und Gedankentunnels. Sein Denken schweifte zurück zu den Ereignissen der vergangenen Tage.

Seine Kollegen waren zu einem rätselhaften Todesfall im Ortsteil Neuwerk gerufen worden. Eine Rentnerin war von ihrem abendlichen Spaziergang in das Haus, welches sie gemeinsam mit ihrer Schwester bewohnte, zurückgekehrt und hatte diese leblos in einer Blutlache auf dem Küchenboden liegend aufgefunden. In Panik und Schrecken war sie zu den Nachbarn gelaufen, die daraufhin die Polizei verständigt hatten. Schnell wurde klar, dass es sich nur um ein Gewaltverbrechen handeln konnte. Allerdings fehlte von der Tatwaffe jegliche Spur. Eine erste Befragung der Rentnerin, die verständlicherweise unter Schock stand, ergab keinen Hinweis auf den Tathergang und den oder die Täter. Bekannt war nur folgende Sachlage: Nach dem gemeinsamen Abendessen hatte sie wie gewohnt kurz den Tisch abgeräumt und gespült. Dann war sie zu ihrem täglichen Abendspaziergang aufgebrochen. Dieser führte sie durch den Ortsteil, dann über die Niersbrücke, ein Stück am Flughafen vorbei und schließlich durch die angrenzenden Felder wieder in den Ort und zurück zum Haus. Meistens war sie dabei zwischen 45 und 50 Minuten unterwegs. Ihre Schwester blieb derweil stets zu Hause und sah im Fernsehen die Nachrichten und die Wettervorhersage. Dieser Ablauf hatte sich seit Jahren eingespielt. Auch eine erste Befragung der Nachbarn ergab nichts, was die Situation auch nur andeutungsweise aufhellen konnte. Ein Mordfall, bei dem es kein Motiv, keine Tatwaffe und keine Spur eines Täters gab.

Als er am nächsten Morgen die Akte des Falls auf seinen Schreibtisch bekam, war er zunächst ebenso ratlos gewesen wie seine Kollegen. Eine lange, frustrierende und möglicherweise erfolglose Ermittlungsarbeit schien vor ihnen zu liegen. Doch plötzlich erinnerte er sich an einen Fall, den er vor langen Jahren, zu Beginn seiner Laufbahn, am Rande miterlebt hatte.

Er war damals, als junger Kriminalassistent, im Rahmen seines Ausbildungsprogramms einige Monate bei der Kieler Kriminalpolizei gewesen. In dieser Zeit hatte es dort einen spektakulären Fall gegeben, den er zwar nur am Rande mitbekommen hatte, der ihm aber dauerhaft im Gedächtnis geblieben war:

Eine junge Frau war entführt worden. Wochenlang gab es keine Spur von ihr. Als sie endlich aufgefunden wurde, stellte sich heraus, dass ihre Entführer sie quasi als Sklavin gehalten und immer wieder, oft mehrfach und gemeinschaftlich missbraucht hatten. Zwar waren ihre Peiniger gefasst und entsprechend verurteilt worden, die junge Frau aber war völlig traumatisiert und fast nicht mehr lebensfähig gewesen. Vor dem endgültigen Abschluss des Falls hatte er nach Mönchengladbach zurückgemusst. Auch wenn er die Geschehnisse nicht mehr direkt vor Augen hatte, verfolgte er sie zunächst über die Medien weiter und hatte sie nie ganz vergessen. Und jetzt trug die Rentnerin, die ihre Schwester tot aufgefunden hatte, den gleichen Namen wie die junge Frau damals in Kiel.

Sollte es sich um die gleiche Person handeln? Stand der Mord an ihrer Schwester hier in Mönchengladbach mit den damaligen Ereignissen in irgendeinem Zusammenhang? Zunächst hatte er sich einen Narren gescholten. Doch der Gedanke hatte ihn nicht losgelassen und so hatte er schließlich die Akten des damaligen Falles über das Landeskriminalamt angefordert. Im Zeitalter der digitalen Kommunikation hatte es nur wenige Stunden gedauert, bis er sie per E-Mail auf seinem Computer hatte. Da er sich einfach nicht daran gewöhnen konnte, am Bildschirm zu lesen, hatte er die Unterlagen ausgedruckt und dann durchgesehen. Es stellte sich heraus, dass die junge Frau damals lange Monate in verschiedenen Therapien gewesen war, auch einen Weg zurück ins Leben gefunden hatte, aber nie mehr ganz ‚auf die Beine gekommen' war. Und dass sie vor einigen Jahren zu ihrer Schwester nach Mönchengladbach gezogen war ...

Es handelte sich tatsächlich um dieselbe Person! Aber standen die damaligen Ereignisse mit dem aktuellen Fall in einem Zusammenhang? Abermals hatte er sich ob dieser Frage zur Vernunft gerufen. Doch die Frage ließ ihm keine Ruhe. Trotz, oder vielleicht gerade wegen der Zweifel und zusätzlichen Fragen, die ihn dazu bedrängten. Er war zum Wohnhaus der Rentnerin nach Neuwerk gefahren und hatte ein langes, einfühlsames, aber auch eindringliches

Gespräch mit ihr geführt. Dabei stellte sich heraus, dass sie nach langen Jahren in Norddeutschland irgendwann arbeitslos geworden war und ihr schließlich der Fall in das sogenannte Hartz-IV-System drohte. Sie hatte sich dann hilfesuchend an ihre ältere Schwester gewandt, die sie daraufhin bei sich aufgenommen hatte. Die Hoffnung, nun endlich zur Ruhe kommen zu können, hatte sich aber nur teilweise erfüllt. Ihre Schwester hatte sie nämlich nicht als gleichberechtigte Mitbewohnerin aufgenommen. Vielmehr hatte sie ihr die Rolle des Hausmädchens zugewiesen, welches für alle und jede Tätigkeiten im Haus verantwortlich war, so dass sie selbst praktisch nichts mehr zu tun brauchte. Zusätzlich warf die Schwester ihr ständig vor, an ihrer damaligen und damit auch heutigen Lage selbst schuld zu sein und nichts aus ihrem Leben gemacht zu haben. Dies hatte die Rentnerin ihrer Erzählung zufolge manchmal wütend und zornig gemacht. Die Tatsache, in relativer Sicherheit und einigermaßen versorgt zu sein, hatte ihr aber stets geholfen, die Situation klaglos zu ertragen.

Irgendwann hatte der Kommissar die Frage gestellt, ob das an ihr begangene Verbrechen in Kiel eventuell mit dem Mord an ihrer Schwester in Zusammenhang stehen könnte? Er fragte sich immer noch, ob er wirklich nur zufällig in dieses Wespennest gestochen hatte oder die Wahrheit bereits unbewusst geahnt hatte. Denn es stellte sich heraus, dass die von der Rentnerin beschriebene Situation am Tatabend in einem extremen Maß eskaliert war. Möglicherweise waren dabei die nie völlig überwundenen und lange verdrängten Traumata der Rentnerin zu einer mentalen Explosion gekommen. Sie wusste selbst nicht, was nach den hasserfüllten Vorwürfen ihrer Schwester geschehen war. Sie erinnerte sich in dem Gespräch nur dunkel daran, einen schweren Gegenstand während ihres Abendspaziergangs in die Niers geworfen zu haben. Aber nach Lage der Dinge musste davon ausgegangen werden, dass die Rentnerin ihre Schwester im Affekt erschlagen hatte.

Langsam kehrten die Gedanken des Kommissars in die Gegenwart zurück. Und damit stand er wieder vor den gleichen unlösbaren Fragen: Wer war Täter? Wer war Opfer? Konnte er, konnte überhaupt jemand dies in diesem Fall irgendwann eindeutig definieren? Er hatte seine Pflicht getan. Hatte dem Recht Geltung verschafft. Aber – konnte es in einem solchen Fall Gerechtigkeit geben?

Die Hoffnung stirbt zuletzt

Ob es halten wird, das Seil?

Er hatte es sich auf dem Frühlingsmarkt in Leinefelde anfertigen lassen. Per Zufall hatte er den Seiler gesehen, der seinen Stand neben der Bratwurstbude aufgebaut hatte. Beim Verzehr einer Thüringer hatte er ihn beobachtet, wie er einem Kind ein Springseil drehte. Ein rot-blaues.

Grün! Er würde grün nehmen. Die Farbe der Hoffnung.

Hoffnung? Was erhoffte er noch, nach all dem? Dass sie endlich aufhören würden! Diese elenden Träume, die ihn in jeder Nacht fast zum Wahnsinn trieben, und die Gedanken auf Rache. Selbst am Tage plagten sie ihn und ließen keinen klaren Gedanken mehr zu. –

Nickend hatte er vor sich hingemurmelt: „Grün! Grün muss es sein, das Seil."

„Wie lang?", hatte der Seiler gefragt, der sein Gemurmel als Auftrag verstand.

Irritiert hatte er aufgeschaut. „Fünf Meter", schoss es aus ihm heraus.

Hatte *er selbst* gesprochen? Eine fremde Macht, die in ihm wirkte? War es Vorsehung, Schicksal? Sollte er es wirklich tun, um wieder Ruhe zu finden? Ihm wurde schwindelig bei dem Gedanken an das, was er schon getan hatte. Aber langsam reifte in ihm ein Plan.

„Wofür wollen Sie denn das Seil haben? Das muss ich wissen, wegen der Stärke", hörte er die Stimme des Seilers wie aus einem Lautsprecher dröhnen.

Die Stirn krausziehend starrte er den Mann verwirrt an. – Nein! Das durfte er nicht sagen. Niemals! Das war sein

Problem und er war Manns genug, es allein zu beenden. Worte und Bilder spukten erneut durch seinen Kopf.

„Für einen Esel", antwortete er nach einer Weile. Er steckte sich den letzten Zipfel der Wurst in den Mund, wischte die fettigen Finger an seiner Hose ab und zog seine Geldbörse aus der Gesäßtasche. Ein Fünfziger steckte noch im Scheinfach. Ein Geschenk seiner Oma zum 18. Geburtstag. Das müsste reichen. Er beobachtete, wie der Seiler grüne Fäden spannte. Feine Fäden, wie die Haare einer Wassernixe, die lang und geschmeidig ihren Oberkörper einhüllen. ‚Nein', dachte er, ‚wie die goldblonden Haare von Frau Doktor Kruse.'

Und schon war es wieder da. Das Bild, das ihn verfolgte. Er saß auf seinem Platz in der letzten Reihe der 12. Klasse des Gymnasiums. Sie war schön, viel zu schön, jung und ehrgeizig. Er hatte sich gleich zu ihr hingezogen gefühlt, konnte seine Augen nicht abwenden, sobald sie die Klasse betrat. Ihre blonden Haare glänzten seiden und fielen in weichen Wellen über ihre Schultern. Zart und zerbrechlich sah sie aus. Er träumte von ihr, selbst am Tage, wie sie ihn zärtlich streichelte und wie er sie heiß und innig küsste und ...

Aber so wie im Traum war sie nicht. Nein!

Zynisch, kalt, erniedrigend. So war sie!

Enttäuschung und Bitterkeit zerfraßen sein Herz. Er konnte es spüren, jeden Tag. Sie hatte seine Liebe mit Füßen getreten, sich über ihn lustig gemacht, immer wieder. Und seine Freunde hatten gegrinst, schadenfroh gegrinst ...

Blinde Wut und Hass stiegen in ihm auf. Dieses Gefühl von Ohnmacht, Verletztheit, aber trotz allem auch Begehren und Liebe, die einfach nicht zu töten waren. Oder vielleicht doch?

Sie hatte es verdient. Niemanden durfte sie mehr in ihren Bann ziehen. Das musste er verhindern. Diese Frau war sein Schicksal. Er hatte die Sache in die Hand genommen, ohne über die Folgen nachzudenken. *Er* musste es jetzt zu Ende bringen. Gut, dass er nach Leinefelde gegangen war, um Abstand zu gewinnen.

Ganz klar sah er jetzt alles vor sich.

Auf dem Weg zurück hinauf zum Scharfenstein fühlte er sich endlich wieder leicht und frei. Es fügte sich eins zum anderen. Was er getan hatte, war nicht zu Ende gedacht gewesen. Nur blinde Wut, Hass, Kränkung bis ins Mark hatten ihn getrieben. Bald würde es vorbei sein. Er würde endlich wieder Ruhe finden.

Das grüne Seil hing locker über seiner Schulter. In der Gesäßtasche steckte eine Flasche Bier. Niemand nahm Anstoß an ihm. Die Menschen waren mit anderen Dingen beschäftigt, seit die Grenze gefallen war. Außerdem war am 1. Oktober des letzten Jahres die Gaststätte auf der Burg geschlossen worden. Der Scharfenstein verwaist. Nur er ging hier noch rauf. Wo sollte er auch hin, gescheitert wie er war? Go West? Niemals. Durchs Abi war er gerasselt. Und sie war schuld. Forstwirtschaft wollte er studieren, wie sein Vater. Sein Kindheitstraum. Aus und vorbei. –

„Alle gehen fort", murmelte er verbittert, als er durch das Torhaus die Burganlage betrat.

Das Brett, das er unter den Türhebel am Eingang zum Ochsenstall geklemmt hatte, stieß er mit dem Fuß beiseite. Knarrend öffnete sich die Holztür um wenige Zentimeter. Mit dem Ellbogen schob er sie weiter auf und schlüpfte geduckt hinein. Feuchtkalte Luft schlug ihm entgegen. Wachsam erforschte er die Dunkelheit und Stille mit allen Sinnen, bevor er weiterging. Am Ende des Stalles, hinter einem Holzverschlag, lag sie wimmernd im Stroh. Dort, wo früher der Zuchtbulle an der eisernen Kette hing, hatte er sie an den Händen gefesselt angebunden. Es war so einfach gewesen sie hier hoch zu locken auf den Scharfenstein.

Er hatte ihr einen Brief geschrieben und sich als Kreisschulrat Ronge ausgegeben. Eine Einladung an Frau Dr. Kruse, zwecks Besichtigung einer Buche bei Burg Scharfenstein. Treffpunkt: Dienstag, um 17 Uhr am Torhaus. Er wolle nämlich die Wiederbelebung der früheren Lehrertreffen unter einer neuen Schulmeisterbuche anregen, da die alte, verfallene Buche, die seit 1820 den Lehrern der Biologie zum Fachsimpeln und Entspannen gedient hatte, entfernt worden war. Unter der besagten ‚neuen Buche' wolle er mit ihr ein erstes Lehrertreffen besprechen, da ihr als Doktorin der Biologie eine besondere Rolle zukäme und er ihre Pädagogik und ihren Sachverstand sehr schätze.

Unterschrieben hatte er im Auftrag des Schulrates mit einem Kürzel und eine Skizze dazugelegt, damit sie den Weg hinauf zur Burg fand.

So geehrt und umworben war Frau Dr. Kruse darauf reingefallen und tatsächlich gestern Nachmittag zum Scharfenstein gekommen. Wie er vermutete, hatte sie das schöne Wetter genutzt und war zu Fuß von Beuren heraufgewandert. Er hatte sie beobachtet, die ganze Zeit, bis sie oben ankam.

Kurz und schmerzlos mit einem alten Kartoffelsack hatte er sie rücklings überwältigt, wie ein Paket geschnürt und in den nahen Stall getragen. Das kleine, zappelnde, kreischende Persönchen!

Er grinste. Ha! Stark *und* schlau sein zahlt sich aus!

Schreiunfähig durch einen in den Mund gestopften Lappen schrien ihre Augen nun nach Rettung und Hilfe.

„Ich bring Ihnen was zu trinken, Frau Doktor. Sie sollen es doch gut bei mir haben", schmeichelte er trügerisch, legte das grüne Seil auf den Holzschemel und stellte die Flasche Bier daneben. Erschrocken starrte sie darauf. Er grinste und strich ihr zärtlich über die Stirn. Hastig zog sie den Kopf beiseite und versuchte seiner Berührung zu entkommen.

„Du solltest ein wenig netter zu mir sein. Unsere Beziehung hat sich wesentlich verändert. Findest du nicht auch?“ Er schaute sie an und seine Hand berührte vorsichtig ihr seidiges Haar. „Wenn du mir versprichst, dich ruhig zu verhalten, nehme ich dir den Knebel aus dem Mund. Hier hört uns eh keiner.“

Sie nickte ergeben. Als er den Stofffetzen aus dem Mund zog, bekam sie einen Hustenanfall. Er hielt ihr die geöffnete Bierflasche an die Lippen. Sie trank, obwohl ihr Alkohol zuwider war. Elend und erniedrigt fühlte sie sich, aber das lauwarme Bier würde sie etwas beruhigen. So hoffte sie jedenfalls.

„Was hast du mit mir vor?“, fragte sie ihn mit ängstlich forschendem Blick. Dabei zog sie unwillkürlich ihre Schultern hoch.

‚Wie eine Eule, die auf ihrem Beobachtungsposten sitzt, um sich gleich auf ihr Opfer zu stürzen‘, durchfuhr es ihn. Oft genug hatte er diesen Vogel hier oben beobachtet. Dieses schlaue Tier, das mit fixierendem Blick sein Opfer zu durchdringen scheint, den geeigneten Moment abwartet, dann zuschlägt und tötet. Genau wie sie. Nur, dass sie mit Worten töten konnte.

Sie hatte ihren Doktor in Verhaltensforschung gemacht. Das war auch im Unterricht ihr Lieblingsthema. Zu oft hatte sie sein Verhalten exemplarisch vor allen offen gelegt, sein Imponiergehabe mit abwechselnder Unterwürfigkeit ob ihrer weiblichen Reize als pubertär, unreif und menschlich schwach gedeutet, ihn lächerlich gemacht. Und er hatte da gesessen wie gelähmt, konnte sich nicht wehren, weil er in ihr nur diese begehrenswerte Frau sah.

Aber nun hatte er die Rollen vertauscht. Mit der mündlichen Prüfung im Abitur hatte sie das Fass zum Überlaufen gebracht. Mit dem Moment des Scheiterns war seine Liebe zu ihr in Hass und Rachegelüste umgeschlagen.

Heute war sie die Unterlegene. Der Gedanke erfüllte ihn mit Genugtuung. Tief Luft einsaugend weitete sich sein Brustkorb. Manneskraft durchströmte seinen Körper. Jetzt war er an der Reihe zu handeln.

Er, ein Mann, kein Weichei, das zu Kreuze kriecht und um Liebe winselt. *Er* war der Anführer. *'Die Frau sei dem Manne untertan.'* Sein Vater hatte ihm das eingebläut, immer wieder, wenn er ihn zur Jagd begleitete: *„Ein ganzer Mann musst du sein. Du bestimmst die Richtung. Das ganze Emanzipationsgefasel ist unser Untergang! Schau dir die Tierwelt an! Die machen dir vor, wie es richtig ist! So ist es gewollt, von dem da oben."* Mit einem Fingerzeig zum Himmel hatte der Vater seine Vorstellung vom Leben zementiert.

Sein Vater würde stolz auf ihn sein. Er fehlte ihm so sehr. Im letzten Winter war er bei der Jagd umgekommen. Ein Querschläger. Er war dabei gewesen.

Jetzt war er erwachsen. Er würde seinen Vater nicht enttäuschen. Er griff nach dem Seil und knüpfte geschickt an dessen Anfang einen Lassoknoten, zog das Ende hindurch und begutachtete die Schlinge mit geschürzten Lippen.

„Was hast du vor?" Die kreischende Stimme von Frau Dr. Kruse riss ihn aus seinen Gedanken.

„Eine Eselin an die Kandare nehmen", erwiderte er grinsend und warf ihr die Schlinge über den Kopf. Abwehrend hob sie die zusammengebundenen Hände. Das Seil landete auf ihrem Rücken.

„Störrisch?", fragte er sarkastisch. „Hat eh keinen Zweck.

Ich hab dich. Viel zu lange hattest du das Sagen, wolltest mich zerstören. Jetzt bestimme *ich* dein Ende. Fast hättest du gesiegt. Aber nur fast. Ein richtiger Mann lässt sich nicht unterkriegen. Das hättest du wissen müssen, als du mich erniedrigt und lächerlich gemacht hast." Er lachte auf. „Wir hätten ein so schönes Leben haben können. Du und ich. Du hast es vermasselt, du ganz allein."

„Aber das können wir doch ändern! Lass uns reden!", flehte sie einschmeichelnd. „Es tut mir leid! Ich habe dich doch immer gemocht. Du solltest es nicht merken. Versteh doch! Als Frau hat man es nicht leicht in dem Beruf." Sie redete um ihr Leben, bettelte, flehte, legte sich ihm zu Füßen.

„Die Reue kommt zu spät. Lass es uns zu Ende bringen!" Er legte ihr die Schlinge um den Hals, so zärtlich als wäre es eine goldene Kette. Steif vor Entsetzen konnte sie sich nicht mehr wehren. Das Schicksal nahm seinen Lauf.

***

‚Der Tipp mit dem Scharfenstein war gut', denkt Thomas Ronge und stellt seinen Wagen auf dem Parkplatz unterhalb der Burg ab. Er ist in den Semesterferien zuhause bei seinen Eltern und hatte vorgestern einen interessanten Telefonanruf angenommen. Eine Frau Dr. Kruse hatte sich gemeldet und wollte sich bei seinem Vater, dem Schulrat, für die Einladung zur Schulmeisterbuche am Scharfenstein bedanken. Er würde es seinem Vater gern ausrichten, da der momentan nicht zuhause sei, hatte er ihr gesagt. Als er am Abend seinem Vater von dem Telefonat erzählte, lachte der: „Na, da wollte wohl jemand die hübsche Frau Kruse überraschen. Ich hab ihr jedenfalls keinen Brief geschrieben, obwohl das ein guter Gedanke ist, sie als Patin für die Wiederbelebung der Schulmeisterbuche zu engagieren. Ich werde sie nächste Woche fragen. Da bin ich eh im Gymnasium in Leinefelde."

In Gedanken geht Thomas Ronge nun den ansteigenden Weg zur Burg hinauf. ‚Ich hätte Heiner anrufen sollen', denkt er. Der Sohn vom alten Förster ist zwar drei Jahre jünger, aber die beiden Naturburschen stromerten in ihrer Kindheit gern zusammen um den Scharfenstein, während ihre Väter in der Gaststätte der Burg bei Bier und Eichsfelder Kälberblase über den Tier- oder Baumbestand fachsimpelten. Jedes Eckchen im Gemäuer kannten die Jungen. Als 1984 durch Funkenflug die Burg in Brand geriet, standen Heiner und er vor dem alten Gemäuer und beobachteten, wie die Flammen gen Himmel züngelten und schwarze Rauchwolken das Leinetal vernebelten. Danach war die Burg eine Baustelle, auf der sie herrlich herumstromern konnten und allerlei ‚Schätze' fanden.

‚Völlig verlassen', denkt Thomas, als er die Burganlage betritt. Über dem Portal sitzt eine Krähe, die erschrocken auffliegt und schreiend Kreise über dem Innenhof zieht, als wolle sie ihren Besitz hier verteidigen.

In der Mitte des Hofes bleibt er stehen, schaut sich langsam drehend um. Die Krähe hat ihren Platz wieder eingenommen und beobachtet ihn aus sicherer Entfernung. Gespenstische Stille umgibt ihn.

Alte Geschichten fallen ihm ein. Abenteuer, schöne Kindheitserinnerungen, die er mit Heiner hier oben erlebt hat. ‚Tolle Zeit war das', denkt er nickend.

Ein greller Schrei und ein herzzerreißendes lang gezogenes „Neiiiin!" weckt ihn aus seinen Tagträumen. Hellwach schaut er sich um. Was war das?

Die Krähe sitzt schweigend auf ihrem Platz. Eine Gänsehaut läuft Thomas über den Rücken. Er dreht sich im Kreis, sucht ein Lebenszeichen. Nichts. Und doch. Er hat den Schrei gehört, ganz klar. – Durchdringend. Kein Hilferuf. Das blanke Entsetzen. Viel mehr als nur Angst. Ein Todesschrei?

Wachsam geht er in die Richtung – Richtung Ochsenstall. Sein Instinkt sagt ihm, dass er nicht rufen darf, ob jemand seine Hilfe braucht, was naheliegend wäre. Er ist sich sicher, dass er auf der Hut sein muss, dass hier gerade etwas Furchtbares passiert ist.

Die Tür ist angelehnt und er muss sich beim Eintreten bücken. Früher waren die Menschen eben keine zwei Meter groß, so wie er. Er blinzelt. Seine Augen gewöhnen sich viel zu langsam an das diffuse Licht. Bretter und Balken liegen spinnwebenumhangen herum. Lauschend schleicht er vorwärts. Bloß kein Geräusch machen. Er hält inne. Da! War da ein Schleifen zu hören?

‚Ich hab nichts, womit ich mich verteidigen kann.' Pure Angst kriecht wie ein Ungeheuer in ihm hoch. Mit rasendem Herzen lauschend suchen seine Augen nach etwas, was ihm ein wenig Sicherheit geben könnte. Vor ihm an einem Balken lehnt ein Krähenfuß zwischen Brettern, wie der wertvollste Stab in einem Mikadospiel.

‚Der ist gut', denkt er erleichtert. ‚Hier hat wohl jemand angefangen, die Nägel aus den Balken zu ziehen, um sie anderweitig zu gebrauchen.' In Zeitlupe nähert sich seine Hand dem Brecheisen. Vorsichtig greift er danach.

‚Nur Ruhe bewahren. Nichts darf umfallen. Niemand darf hören, dass ich hier bin'. Er umfasst das Eisen mit feucht zitternder Hand, schließt für einen Moment die Augen und atmet leise aus. Seine Schultern senken sich, als hätte er es schon geschafft. Mit der anderen Hand greift er nach dem Brett, das quer über dem Eisen liegt. Schweißperlen tropfen von seiner Stirn, bleiben an der Nasenspitze hängen, ehe sie auf das Brett fallen und einen dunklen Punkt hinterlassen. Vorsichtig geht er in die Hocke und legt das Brett beiseite. Er lauscht. Wieder hört er dieses Schleifen, so als ob jemand etwas Schweres über den Boden zieht. Und dann ein Stöhnen, angestrengtes Stöhnen. –

‚Ich spinne', schimpft er sich selbst. ‚Da arbeitet jemand und ich mach mir vor Angst in die Hose'. Trotzdem fasst er den Krähenfuß fester und geht nun mutiger in Richtung Holzverschlag. Er erinnert sich, dass in dem Raum dahinter früher der Zuchtbulle angekettet war. Oft genug haben Heiner und er ihn aus sicherer Entfernung bestaunt.

Nur noch wenige Meter und er kann hinter den Verschlag schauen. Es rumpelt. –

‚Könnte ein Schemel umgefallen sein', vermutet er.

„Scheiße! Gottverdammte Scheiße!" Wer flucht da? Diese Stimme ....

Thomas schleicht zur Bretterwand, lugt vorsichtig um die Ecke. Mit offenem Mund stiert er in den halbdunklen Raum, sondiert das Geschehen.

„Heiner! – Was machst du da?", brüllt er los, als ihm die Tragik des Momentes wie ein heißbrennender Blitz schmerzhaft durch sämtliche Glieder fährt. Zusammenzuckend dreht Heiner sich um, in der Hand das grüne Seil, an dessen Ende Frau Dr. Kruses Kopf in der Schlinge baumelt.

Heiner lässt das Seil fallen, macht einen Schritt über den leblosen Körper am Boden, als hätte er seine Arbeit getan. Er geht auf seinen Freund zu. „Thomas! – Du?", zischt er verständnislos und im gleichen Moment spannt sich sein Körper. Er wird sich verteidigen.

‚Er oder ich'.

Was anderes kommt nicht infrage. Er muss hier raus, fliehen! Noch einen Menschen will er nicht auf dem Gewissen haben. Thomas war immer sein bester Freund. Er hat ihn nie verraten, sich nie lustig über ihn gemacht.

Warum muss ausgerechnet er jetzt hier sein?

„Verdammte Scheiße!", brüllt Heiner noch einmal und schmeißt sich Thomas entgegen, um ihn zu Fall zu bringen. Blitzschnell hebt Thomas das Brecheisen vor seine Brust. Wie Ringer kämpfen sie um die Oberhand, beide das Eisen fest umfassend. Sie wissen: ‚Wer es bekommt, wird siegen!' Der Anblick des Freundes, vor dem er sich niemals verantworten will, setzt ungeahnte Kräfte in Heiner frei. Er holt mit seiner Linken aus und verpasst Thomas einen Kinnhaken, sodass der zu Boden geht und die Besinnung verliert.

Heiner blickt noch einmal auf seinen Freund und den leblosen Körper seiner verschmähten Liebe, spurtet dann wie ein Gejagter hinaus. Er überquert den Hof zur Nordseite, hält inne, ordnet seine Gedanken. Das Geräusch von fallenden Brettern sagt ihm, dass Thomas aus der Besinnungslosigkeit erwacht ist und ihn verfolgt. Wie gelähmt steht Heiner hilflos da, stiert die Stalltür an. Als Thomas in der Öffnung erscheint, erstarrt auch er in seiner Bewegung.

Im Bruchteil einer Sekunde fällt Heiner sein eigenes Urteil. Mit hastigen Sprüngen hechtet er zur Mauer, klettert hinauf, schaut in den Abgrund. Er hebt die Hand zum Abschied. „Ich wünsch dir alles Gute Thomas! Ich hab´s versaut," ruft er seinem Freund zu. Dann stürzt er sich in die Tiefe. Ein dumpfer Aufschlag. Todesstille.

„Oh Gott!"

Die Hände vors Gesicht haltend, wünscht Thomas, dass alles nur ein böser Traum sein möge. Er reibt seine Stirn, versucht klar zu denken, läuft schließlich zur Mauer, schaut hinunter. Hier kommt jede Hilfe zu spät. In sich zusammengesunken steht er da. Schweißperlen bilden sich auf seiner Haut, Unverständnis und Hilflosigkeit machen sich breit.

‚Die Hoffnung stirbt zuletzt', durchfährt es ihn. Flehend und betend läuft er zurück in den Stall, wendet sich dem leblosen Körper der Frau zu, hält seine Finger an ihre Schläfe, nimmt herzklopfend einen schwachen Puls wahr und beginnt sofort mit Wiederbelebungsmaßnahmen.

Melanie Buhl
37434 Rüdershausen
www.melanie-buhl.de
info@melanie-buhl.de

Melanie Buhl ist Jahrgang 1968 und lebt mit ihrer Familie in Rüdershausen, einem kleinen Ort im niedersächsischen Eichsfeld, Landkreis Göttingen. Schon als Kind und Jugendliche war ihr größtes Hobby das Lesen. Wie magisch angezogen wurde sie von allem, was in irgendeiner Weise mystisch oder spirituell war. Irgendwann hat sie angefangen ihre eigenen Geschichten und Fantasien aufzuschreiben und zum Teil zu veröffentlichen.

Veröffentlichungen:
2010 „Melodie der Ewigkeit“ (auch als E-Book)
2012 „Avalons letzter Apfel“ (auch als E-Book)
2017 der dritte Roman hat den Arbeitstitel „Quellgeflüster“
Mehrere Kurzgeschichten und Gedichte in diversen Anthologien der „Creativo“, der österreichischen Autorengruppe „Respekt für Dich“, des Geest Verlages, sowie im „Literaturautomaten“.

Richard Erren
32429 Minden
richard.erren@freenet.de

Richard Erren ist geboren und aufgewachsen in Mönchengladbach. Dipl.-Ing. Elektrotechnik. 40 Jahre Berufserfahrung in verschieden Branchen und Unternehmen sowie als selbstständiger Unternehmensberater. Zertifizierter Coach QRC®. Seit 2015 Privatier. Schreiben von Gedichten und Kurzgeschichten seit 2006. Zusätzlich Schreiben und Komponieren eigener Chansons (Gitarre & Gesang).

Veröffentlichungen:
2012 „Volltreffer und andere Belanglosigkeiten", Buch mit Chanson-CD (auch als E-Book)
2015 „Ingenieure sind auch Menschen",
Buch mit Chanson-CD (auch als E-Book)
Zusätzliche Veröffentlichungen in diversen Anthologien

Maria Göthling
37354 Weißenborn-Lüderode
maria.goethling@gmx.de

Die Autorin wurde im August des Jahres 1954 in Worbis geboren. Aufgewachsen ist sie in dem Eichsfelddorf Weißenborn-Lüderode. Dort lebt sie mit ihrer Familie auch heute noch.

Veröffentlichungen:
Eichsfelder Heimatheft: „Heidi und das Christkind“, „Peterle“, „Glück gehabt“, „Der Lindenbaum und die Prinzessin“ „Der Lindenbaum“
Fabuloso Verlag: „Die Kinder der Pusteblume gehen auf die Reise“ (Kinderbuch)
Anthologie Nr. 5 der Creativo „Hilfeschrei eines Autos“
Fabuloso Verlag: „Wo ist der Regen?“ (Kinderbuch)
Beteiligung an mehreren Anthologien des Karina Verlags Wien.

Werner Heinemann
37434 Gieboldehausen
www.werner-heinemann.de
info@werner-heinemann.de

Geboren in Parensen,
zurzeit 62 Jahre alt,
Soldat im Ruhestand,
Schreiben aus Leidenschaft
und ein Wunsch:
noch ein bisschen im Frieden leben.
Werner Heinemann, Gieboldehausen, 17. Oktober 2015

Veröffentlichungen:
2012 „Frühe Jahre – Schulzeitgeschichten“
2013 „Herzdame“
2016 „Als Klöten Karl noch lebte - Ein Leben in Deutschland“

Walter Kiefl
81543 München und 84405 Dorfen
walter-kiefl@creativo-online.de

Studium der Soziologie, Psychologie, Völkerkunde und Erwachsenenpädagogik; langjährige Tätigkeit als wissenschaftlicher Mitarbeiter an Universitäten und Forschungseinrichtungen; Arbeits- und Interessen-schwerpunkte u.a. Kriminologie, Viktimologie, Soziologie der Sexualität, Verfasser von Sachbüchern, Zeitschriftenbeträgen und Erzählungen; lebt und arbeitet in München und Dorfen.

Veröffentlichungen u.a.:
2013 „Personenschiffffahrt in Oberbayern"
2015 „Die Flötenspielerin. Aufstieg und Fall der Agathokleia von Samos" (Historischer Roman)
2015 „D`Loamsieder. Geschichte einer ungewöhnlichen Band"
2016 „Gesundheitsreisen und Gesundheitstourismus"
(mit H. Jürgen Kagelmann)

Gerhard Ludwig
37574 Einbeck
gerhard-ludwig@creativo-online.de

Gerhard Ludwig wurde 1950 in Einbeck geboren. Um Zahnmedizin studieren zu können, wurde er Soldat, genoss Spezialausbildung.

Nach traumatischen persönlichen Erlebnissen beschloss er als Oberleutnant seine totale Abkehr von der Bundeswehr, ein anschließendes Studium der evangelischen Theologie brach er ab. Später als Versicherungskaufmann für Medizintechnik machte er eine neue Karriere. Er ist Vater von drei Kindern. Kurz nach dem berufsbedingten Umzug in die Nähe von München kam das Aus wegen „MS" mit den üblichen Konsequenzen.

Veröffentlichungen:
2005 „Bodennebel" (Thriller)
2007 „Reise nach Sadovoje" (Thriller)
2008 „Weg der Götter" (Psycho-Thriller)
2009 „Hotzenplotz und Turbolieschen" (Erzählungen und Ratgeber)

Johanna G. Lenz
37115 Duderstadt
www.jogelenz.de
gerlinde-lenz@creativo-online.de

Jahrgang 1933, Lehrerin i. R. und Malerin
Mitglied im Kunstverein KUNST BIST DU…derstadt
Seit 2001 Mitglied bei der Autorengruppe CREATIVO
Seit 30 Jahren Mitglied im Literaturkreis Göttingen / Geismar
Von 1952 bis 1954 Ausbildung zur Kunsterzieherin bei Professor Hans Pistorius, PH Göttingen
Von 1970 bis 1999 Fortbildungskurse bei der KVHS Duderstadt
1989 bis 1994 Studium im Malen und Zeichnen an der Freien Akademie Obernjesa
Von 1995 bis 2001 Studium an der GHK Kassel, Kunstwissenschaften
Seit 2003 regelmäßig Kunst- und Studienreisen mit Ausbildung in der Specksteinbearbeitung durch Professor Klaus Kowalski
Eigene Ausstellungen u.a. in Halberstadt, Dassel, Bilshausen, Kassel/Baunatal, Duderstadt (6)
Seit 1981 Teilnahme an 30 Gruppenausstellungen
Seit 2008 wechselnde Präsentationen im Schaukasten Worbiser Straße 1 in 37151 Duderstadt
Kursleitung in Aquarellmalerei und Specksteinbearbeitung in der CREATIVO Galerie Bilshausen
Seit 1985 Buchillustrationen, Kurzprosa und Gedichte
Teilnahme an Schreibseminaren u.a. im Literaturbüro Südniedersachsen bis 1997, seit 2007 jährlich in der ev. Akademie Loccum

Veröffentlichungen:
Im Verlag Heike Wenig, Dorsten erschienen:
1997 „Als Roringen noch ein Dorf war“
2000 „Der Referendar“
2001 „Abenteuer Südamerika von Elfriede Brehm“ (Hrsg. Lenz)
Im Fabuloso Verlag Bilshausen erschienen:
2003 „Nur mit meinem Sohn“ (Reisen in Persien)
2007 „Lesezeichen“ (Verse und Zeichnungen)
2008 „Als Roringen noch ein Dorf war“
2010 „Meeresleuchten“ (kleiner Roman)
2014 „Spitzentanz“ (Erzählungen)
Lyrik und Kurzprosa in zahlreichen Anthologien, einige Auszeichnungen.

Barbara Merten
37115 Duderstadt
www.naturblende.de
barbaramerten@gmx.net

Barbara Merten wuchs in einer heilen Welt (bis auf den Grenzzaun) im beschaulichen Duderstadt auf. In ihrer Kindheit malte sie sich schon Geschichten aus, nicht immer zur Freude der Eltern. Seit ihre eigenen vier Kinder erwachsen sind, arbeitet sie als Erzieherin an einer Grundschule und schreibt in ihrer Freizeit Kinderbücher. Sie tingelt durch Schulen und Kitas und tritt mit dem Erzähltheater, in Zusammenarbeit mit der Leseförderung Südniedersachsen e.V., in Familienzentren etc. im Landkreis Göttingen auf. Mit ihren Kurzkrimis hat sie sich einen Traum erfüllt: Geschichten für Erwachsene zu schreiben in der Ober- und Untereichsfeld wieder zusammengehören.

Veröffentlichungen u.a.:
2011 „Als Nussi Horn ihr Gedächtnis verlor“
2012 „Kastan-Joe - Warum bin ich?“
2013 „Was macht Herr Mond am Montag?“
2015 „Alles Fischer, Bd. 1“
2016 „Die Farbenschlange“

Michaela Schreier
37115 Duderstadt
www.schreibbuero-frank-schreier.de
michaela.schreier@web.de

Michaela Schreier ist Baujahr 1973 und lebt seit fast zwanzig Jahren mit Mann, Sohn und Hund in dem schönen Fachwerkstädtchen Duderstadt. Schon als Schulkind entdeckte sie ihre Leidenschaft für das Schreiben und Dichten. Doch es dauerte seine Zeit, bis sie ihrer Passion endlich folgte. Vorher schloss sie eine Lehre als Bürokauffrau ab und arbeitete viele Jahre in diesem Beruf. Erst nach der Geburt ihres Sohnes nahm sie das Schreiben, sozusagen aus der Not heraus, wieder auf – mit Erfolg. Seit 2011 darf sie sich in den Reigen der Kinderbuchautoren einschließen. Das Bücherschreiben ist bislang nur ein sehr geliebtes Hobby von ihr. Hauptberuflich arbeitet sie als freie Texterin im Schreibbüro ihres Mannes (www.schreibbuero-frank-schreier.de). Und so ganz nebenbei ;-) ist sie noch als ehrenamtliche Lesepatin und pädagogische Mitarbeiterin in den regionalen Grundschulen unterwegs.

Veröffentlichungen:
2011 „Das Jesusding“
2013 „Krokolines Geschichten-Ei“
2015 „Nimm dich vor den Muurspöök in Acht!“ (Gruselgeschichten)
2016 Das vierte Kinderbuch „Piris Piratengeschichten“
Zusätzliche Veröffentlichungen in diversen Anthologien

Gudrun Strüber
Fabuloso Verlag
37434 Bilshausen
www.fabuloso.de
gudrun-strueber@creativo-online.de
Gründerin der Creativo

Die vielseitig interessierte Autorin gab ihren Gedanken und Gefühlen – schon lange bevor sie mit dem Schreiben begann – durch Farben und Formen Gestalt. Erst 1980 fing sie an zu schreiben und in ihren Gedichten auch mit Worten zu malen. Außer ihren aufgeführten Büchern wurden einige grenzwissenschaftliche Aufsätze zu den Themen Mythen und Märchen in der Zeitschrift „Synesis“ veröffentlicht. Sie sind im Internet unter www.efodon.de zu lesen.

Veröffentlichungen:
1995 „Märchenhafte Gedanken über die Zeitzeugenberichte in den Märchen vom Matriachat zum Patriachat.“
2002 „Blaue Jungs! - Grüne Jungs?“ Eine Dokumentation.
2002 „Jungfrauen für die Götter“; Grenzwissenschaftlicher Aufsatz.
2004 „Traum von Nähe“, Lyrik und eigene Bilder
2005 „Spurensuche“, Lyrik einer Frankreichreise

Marianne Voß
12435 Berlin
ma.voss@gmx.de

Die in Nordhessen in Korbach geborene Autorin lebt mit ihrem Partner und den zwei gemeinsamen Töchtern in Berlin-Treptow. Sie ist Diplom-Sozialarbeiterin und arbeitet als Soziotherapeutin.
Neben der Musik (sie spielt Saxophon) liest sie gerne und malt. Rad fahren und Tauchen gehören ebenfalls zu ihren Interessen.

Veröffentlichungen:
2013 „Drei Sonnen und ein magischer Hut", ein „Science Fiction" für Kinder, den sie auch selber illustrierte. Es folgten mehrere Veröffentlichungen in Anthologien.

CREATIVO

Wir sind eine Gemeinschaft von 25 freien Autorinnen und Autoren, die sich allen Themen rund ums Buch, ums Lesen und Schreiben verpflichtet fühlen.

Wir engagieren uns in vielen Bereichen.
Zum Beispiel in der Lese- und Schreibförderung hat jeder Autor andere Schwerpunkte. Einige lesen in Seniorenheimen und andere haben Lesepatenschaften in Schulen übernommen.
Mehrere Autoren widmen sich grenzwissenschaftlichen Bereichen. Anderen liegt die Förderung der Lyrik am Herzen.
Viele von uns sind zusätzlich in anderen kreativen Bereichen aktiv.

Gemeinsam präsentieren wir unsere Bücher auf Buch-Messen, Lesungen, Märkten, Ausstellungen, im Internet und in einem jährlichen Katalog.
Entstanden sind in unserer Gruppe im Laufe von 16 Jahren 3 Textsammlungen von den Bücherfesten und nun 6 Anthologien.
Jährlich wird ein Bücherfest organisiert und findet aufgrund der deutschlandweiten Verbreitung der Mitglieder an wechselnden Orten statt.

Wir tauschen unsere eigenen Erfahrungen mit der Buchbranche untereinander aus und geben diese gern an Interessierte weiter. Neue Autoren finden bei uns Unterstützung beim Schreiben und Veröffentlichen ihrer Manuskripte.

Unsere Bücher sind keine Massenware.
Sie sind oft nicht Mainstream genug, um in großen und kommerziellen Verlagen Fuß zu fassen. Trotzdem – oder gerade deshalb sind sie etwas Besonderes.

Weitere Informationen unter: www.creativo-online.de
oder telefonisch unter: 05528/205853
E-Mail: gudrun.strueber@creativo-online.

Ein herzliches

Dankeschön

an alle Förderer und Sponsoren für ihre Unterstützung! Durch sie ist es uns möglich, das Buch in diesem Rahmen herauszugeben.

Treffpunkt
Stadtmarketing
Duderstadt e.V.

Das Eichsfeld (er)leben...

mit einem erlebnisreichen Rad- oder Wanderurlaub!

www.eichsfeld.de

www.leineheideradweg.de

info@eichsfeld.de
info@leineheideradweg.de

hve
eichsfeld touristik e.V.

Leine-Heide
Radweg

Neuerscheinungen aus dem Fabuloso Verlag 2015 - 2016

Erren, Richard; **Ingenieure sind auch Menschen**
2015, Pb., ca. 150 S.; Erzählungen mit Musik-CD; Preis 11,80 Euro (978-3-945346-03-7) Auch als E-Book erhältlich

Schreier, Michaela; **Nimm dich vor den Muurspöök in Acht**
2015, Pb., Zeichnungen; ca. 200 S.; Kindergruselbuch;
Preis: 11,80 Euro (978-3-945346-04-4)

Creativo, **Wohin dich die Sehnsucht treibt**
2015, Pb., 200 S. Anthologie;
Preis: 9,80 Euro (978-3-945346-28-0)

Olbrich-Müller, Heide; **Ist die Welt noch zu retten**
2015, Pb, 172 S.; Lebensbericht
Preis: 11,80 Euro (978-3-945346-29-7)

Großer, Hartmut; **Space Explorer - Im Einsatz für das Solsystem**
2015, HC, „SF“ Comic
1. Band: **Gestrandet unter fremden Sternen**;
Preis: 14,80 Euro (978-3-935912-95-2)
2. Band: **Von Maschinen gejagt**;
Preis: 14,80 Euro (978-3-935912-98-3)
3. Band: **Eine unglaubliche Entdeckung**;
Preis: 14,80 Euro (978-3-945346-12-9)
4. Band: **Beängstigende Vergangenheit**;
Preis: 14,80 Euro (978-3-945346-13-6)

Dorothea Christian; **Niemand sah mich zwischen den Blüten**
2015, HC, 134 S.; Garten-Anthologie;
Preis 10,80 Euro (978-3-945346-31-0)

Leinemann, Ulrike; **Sasaella und die Grüne Neune**
2016, HC, 480 S.; Kinderbuch auch für Erwaschsene;
Preis: 13,80 Euro (978-3-945346-32-7)

Tietke, Lothar; **Welten und andere „SF“ Geschichten**
2016, HC, 253 S.; Erzählungen;
Preis: 13,80 Euro (978-3-945346-33-4)

Merten, Barbara und Karl-Josef; **Die Farbenschlange**
2016, HC; 51 S.; Kinder-Leselernbuch;
Preis: 10,50 Euro (978-3-945346-34-1)

Lesinski, Sarina M.; **Vor 1000 Jahren - Adelheid, ein Leben im Kanonissenstift**
2016, Spiralgebunden, 49 S.; Kinderbuch;
Preis: 6,80 Euro (978-3-945346-41-9)

Heinemann, Werner; **Als Klöten Karl noch lebte**
2016, HC, 170 S.; Erzählung;
Preis: 13,80 Euro (978-3-945346-42-6)

Theune, Axel; **Mondzeichen**
2016, erweiterte Neuauflage, HC, 305 S.; Ritterroman;
Preis: 15,80 Euro (978-3-945346-43-3)

Richter-Döring, Gudrun; **Patchwork & Backen**
2016, Pb. 83 Seiten, 29 Bilder, Sachbuch
Preis: 9,80 Euro (978-3-945346-44-0)

Anide, Paul; **Der Magische Wald**
2016, HC; 238 Seiten, Wordart/Kunstbuch
Preis: 24,90 Euro (978-3-945346-45-7)

Göthling, Maria; **Verhängnisvolle Gnade**
2016, HC, 17 Bilder; Kinder-Erzählungen
Preis: voraussichtlich 12,80 Euro (ISBN 978-3-945346-46-4)
Der Künstler Paul Anide hat der Autorin für 17 seiner Öl-Bilder die Abdruckerlaubnis erteilt.

Weitere Informationen und Leseproben unter
www.fabuloso.de / www.creativo-online.de